VINÍCIUS GROSSOS

FEITOS DE SOL

UM AMOR CAPAZ DE INCENDIAR O MUNDO

COPYRIGHT © FARO EDITORIAL, 2019

Todos os direitos reservados.
Nenhuma parte deste livro pode ser reproduzida sob quaisquer meios existentes sem autorização por escrito do editor.

Diretor editorial **PEDRO ALMEIDA**
Coordenação editorial **CARLA SACRATO**
Edição **ALESSANDRA PONOMARENCO JUSTO**
Preparação **TUCA FARIA**
Revisão **BARBARA PARENTE**
Capa e diagramação **OSMANE GARCIA FILHO**
Imagem de capa **MONTAGEM COM ILUSTRAÇÃO DE TITHI LUADTHONG**

Dados Internacionais de Catalogação na Publicação (CIP)
Angélica Ilacqua CRB-8/7057

Grossos, Vinícius
  Feitos de sol / Vinícius Grossos. -- São Paulo : Faro Editorial, 2019.
  256 p.

  ISBN 978-85-9581-080-8

  1. Ficção brasileira 2. Homossexualidade – Ficção I. Título.

19-0486   CDD-B869.3

Índice para catálogo sistemático:
1. Ficção brasileira : Romance LGBT   B869.3

1ª edição brasileira: 2019
Direitos de edição em língua portuguesa, para o Brasil, adquiridos por **FARO EDITORIAL**

Avenida Andrômeda, 885 – Sala 310
Alphaville – Barueri – SP – Brasil
CEP: 06473-000 – Tel.: +55 11 4208-0868
www.faroeditorial.com.br

Carta ao leitor

A nossa passagem pela Terra sempre é permeada por datas simbólicas. Pequenos apocalipses imperceptíveis aos outros, mas que nos marcam e mudam a nossa vida. No segundo em que nascemos, e daquele segundo em diante, celebramos a nossa existência. Quando morremos, há um funeral para que possam nos dizer adeus. Mas eu sempre me perguntei sobre o que há no meio, as pequenas mortes e os renascimentos que temos enquanto estamos vivos... Precisei escrever este livro por causa disso, por causa de um renascimento necessário (meu e do Cícero, o protagonista que você conhecerá logo).

Aos dezessete anos, eu amei pela primeira vez. Me apaixonei perdidamente e me joguei com tudo, porque eu nunca me sentira tão incrível em toda a minha vida. O amor faz isso, né? Alguém viu uma luz em mim — uma luz que eu nunca encontrara. E eu vi uma luz especial nesse alguém também. Mas com o amor, você sabe, vêm todas as outras coisas: as dores, os dramas, as traições e uma série de sentimentos ruins que, às vezes, invadem algo precioso que a gente não consegue proteger, por mais que tente até o fim. A frustração, a perda e a dor em geral fazem parte não só do amor, mas do ato de crescer e amadurecer. E aí, para não sucumbir no mar de culpa e sofrimento em que eu próprio mergulhei, precisei fazer algo... Eu precisei renascer do meu apocalipse pessoal. Eu precisei escrever um livro novo.

Sempre quando começo um livro, quero que você se veja na história, seja nas nuances dos protagonistas, dos personagens secundários, ou nas situações e temas que o livro aborda. Só que, entenda, a literatura é a minha salvação e maldição. Quando eu ponho as minhas dores no papel, ela me salva de morrer sufocado, mas o ato de colocar toda a minha vulnerabilidade nas páginas de algo que vai ser lido e comentado ainda faz as feridas doerem e sangrarem.

Este livro foi isso. Eu precisava sangrar. Assim como você sangrou e assim como ainda vamos sangrar muito mais até o dia em que partirmos. *Feitos de Sol* teve muitas versões antes de chegarmos à que está em suas mãos. Eu sabia a história que queria contar, e a essência dela nunca mudou, mas colocá-la para fora era como arrancar as minhas vísceras. Doía. Me fazia chorar. Mas era necessário. E talvez aí esteja a mágica da nossa relação, minha e sua: o sentimento que sempre nos ligou e faz a gente ter essa conexão especial não é o quanto você gosta ou gostou do meu livro, e sim a cumplicidade que você encontra nas minhas palavras, enquanto eu encontro conforto na sua aceitação. Sejam os sentimentos dolorosos ou doces, eu não solto a sua mão, nem você a minha, até que a gente chegue ao final daqueles altos e baixos nas histórias que eu conto.

Quando acabar de ler este livro, se você estiver passando por uma situação difícil, quero que se permita renascer também. Assim como eu fiz — e ainda farei muitas vezes. Do mesmo modo como o Cícero e o Vicente fizeram. Eu descobri que todos nós somos feitos de sol, e quero te ver brilhar.

Com amor,

FEITOS DE SOL

1

A entrada da cidade mudara pouco. Baixei o vidro e deixei o ar entrar, desconfiado da existência das coisas do lado de fora. Durante muito tempo, tudo o que aqui ficara havia me deixado uma impressão embaçada e dolorida, que preferi esquecer. Só que a gente não consegue, né? Pode fingir que superou, mas as memórias voltam com sede de vingança: os nossos fantasmas puxam o nosso pé à noite, reivindicando a lembrança.

Atravessei a avenida principal, virei à esquerda e estacionei. Por alguns instantes, fiquei paralisado, colado no banco, tentando juntar a coragem necessária pra conseguir abrir a porta. Para me certificar de que estava no mundo real, finquei os pés na calçada e me apoiei no poste, para não ser levado pelo furacão de memórias que se aproximava, mas fui vencido pelos ecos das vozes dos meus amigos de infância, que passaram correndo por mim. Respirei fundo e tentei conter a emoção, mas a minha boca se encheu do gosto do Kinder Ovo de que a Karol tanto gostava, e o meu nariz foi tomado pelo cheiro da Padoca do Seu Zé.

Andei uma, duas, três quadras. Não podia negar que tudo estava bem mais moderno. A cidade crescera um pouco, o comércio se expandira.

Parei em frente a uma loja e admirei a vitrine. Em vez do meu rosto, fui surpreendido pelo reflexo de um Cícero de vinte anos atrás: o corpo franzino, o cabelo bagunçado, os olhos vivos que queriam devorar o mundo. Coloquei os fones de ouvido para descobrir até onde conseguiria resistir. Tinha trazido aquela compilação que ele deixara para mim, mas também algumas das músicas que ouvira no Portal do Inferno, além de Johnny Cash, *Every Breath You Take* e *Love of My Life*. Sempre que pensava no Queen eu via o rosto da dona Emir: os palavrões, o cheiro de mofo com maresia do Chimbica, o melhor peixe com batata do mundo.

Respirei fundo.

Eu tinha que aguentar.

Apertei o *play*.

Parei no mercadinho onde uma vez me achei *cover* do James Bond e comprei um maço de cigarros. Fazia alguns anos que eu não fumava, mas tinha que passar por aquilo, era parte do ritual. Procurei perto do caixa pelas mesmas balas de menta daquela época, mas tive que me satisfazer com similares.

Acendi o cigarro e pus uma bala na boca — açúcar com nicotina — como nos velhos tempos, como os lábios dele. Fui em frente, surpreendido pelo frescor do *tsunami* de sentimentos que fez do inverno de 1999 um dos melhores da minha vida. Sorri, perdido entre a tristeza da saudade e a alegria da redescoberta.

Naquele tempo, tudo era novo. Eu estava crescendo, descobrindo que era um quase adulto, e a maravilha dessa revelação me impediu de perceber que, junto com a experiência, engolia também um fio, que sempre remexeria esses sentimentos escondidos no meu coração.

Eu me tornara outra pessoa. Fui embora, estudei. Acumulei uma avalanche de novos filmes na cabeça. Com relação a isso, eu continuava o mesmo. Sempre que me via livre, ia parar na frente da tevê ou no cinema. Velhos hábitos eram difíceis de mudar, mas, também, pudera. Atualmente, eu trabalhava com animação digital e fazia a curadoria de algumas exposições. Quem diria que todo aquele tempo observando cores no céu e desenhando super-heróis me renderia uma carreira? Eu vivia jogando isso na cara da minha mãe. Ela apenas ria.

Parei na frente do edifício em cujo apartamento vivi toda a infância. O prédio mudara quase nada: quatro andares bem conservados, numa região próxima do centro. A mureta que costumava abrigar um modesto jardim tinha sido cimentada e virado um banco improvisado. À esquerda, uma banca de jornal novinha, que não existia na minha época. As casas da direita, por sua vez, haviam sido substituídas por um edifício de dez andares e amplas portas de vidro, por onde saía um fluxo incessante de pessoas com copos de café nas mãos e cigarros nos lábios. Ao contrário de mim, que permanecia grudado ali pela força magnética das paisagens do passado, elas retornavam apressadas aos seus afazeres sem desconfiar da quantidade de fantasmas que surgiam da minha antiga janela.

Eu tinha que agradecer à internet e às redes sociais pela oportunidade de voltar. Um dos filhos de uma amiga de infância fazia aniversário, e era a desculpa perfeita para revê-la depois de praticamente uma vida. Por mais que tivesse vindo para reencontrar a Karol, eu também queria namorar a minha janela e conferir se as imagens da minha lembrança eram mesmo reais, se o sol daqui brilhava mais do que no céu de onde vivo agora.

Deixei o meu olhar se perder naquele andar, na direção de onde ficava o meu quarto. O primeiro cigarro acabou. Acendi o segundo. Suspirei e esperei, ainda procurando o gosto daqueles dias.

Fechei os olhos e quase consegui enxergar o que ainda se escondia por trás daquela janela. Eu tinha certeza de que nem toda a tinta do mundo cobriria o universo de descobertas, desejos e possibilidades que encheram as minhas paredes e a minha alma ali.

Sabe aquela frase "Ah, se essas paredes falassem..."? Elas sussurrariam o nome dele e sorririam, provocantes.

Eu estava mais velho. Os primeiros fios brancos que surgiram perto das minhas entradas eram prova da quantidade de noites que passei em claro, trabalhando, curtindo, vivendo. Outro dia mesmo, eu me assustei com as novas linhas de expressão no meu rosto. Talvez tenha sido exatamente isso o que me fez aceitar o convite da Karol. Ela sempre achou que, em vez de ter colocado um ponto-final, deixei minha história com reticências...

Fechei os olhos e relembrei o caminho para o prédio dele. Vivíamos a poucas quadras um do outro, mas os nossos mundos eram separados por abismos, e só compreendi isso realmente depois que tudo já tinha se perdido. Como nunca tiramos fotos juntos, o rosto dele desapareceu da minha memória com o tempo, mas tentei imaginar como estaria atualmente: os lábios muito vermelhos, o cabelo bagunçado... Estaria mais maduro, mas ainda devia ser tão inteligente e intenso como era — ou mais. Já os olhos...

Porra!

Provavelmente continuavam iluminando a cidade inteira, como se fossem parte do sol...

2

31 de julho de 1999

O céu estava todo pintado de lilás e azul. Os tons foram mudando gradualmente, e a nuance que se revelava era perfeita para o fundo de um desenho do *Under Hero* que eu vinha produzindo. Apesar de ainda ter dificuldade com o formato das mãos e do nariz — que eram os meus pontos fracos —, o resultado ia ficando melhor que o esperado. Agora, era lutar para encontrar os lápis de cor certos ou comprar tinta acrílica e misturar à exaustão até chegar ao tom ideal.

O grandioso, o único, o inigualável *Under Hero* era um cara de vinte e poucos anos que tinha superforça, voava e controlava objetos telepaticamente. Tudo sempre tendia a dar errado, e ele fazia o possível para remediar as coisas — em outras palavras, salvar o mundo. Assim, ele era o protagonista do quadrinho *underground* mais ultra, mega, super, *blaster* legal do universo. Não tinha como não ser, mesmo porque, além de morar na perifa, pegar ônibus lotado e vender os seus vales-refeições para pagar as contas, ele ainda dava um jeito de derrotar os vilões que queri...

— Cícero! — A Karol interrompeu os meus pensamentos beliscando o meu braço. — Da próxima vez, vê se consegue durar mais de dez minutos! — Ela revirou os olhos, jogou o cabelo para trás dos ombros e recolocou o vestido florido. — Senão eu gasto o meu segredinho à toa, né? Porra!

— *Segredinho*, Karol? Do que você está falando?

— Ai, que saco! — Ela bufou. — Já te expliquei várias vezes, seu lerdo! Aquela coisinha *especial*, que coloco no chá da minha mãe pra ela ficar mais... *sonolenta*...

— Desculpa, Karol — falei, sincero. — Prometo que volto à resistência de sempre na próxima vez...

Eu não achava que precisasse justificar o meu desempenho sexual para minha melhor amiga, mas, como ela era a única pessoa com quem eu transava, se esnobasse muito, podia acabar na seca.

Naquele dia, mal a minha mãe tinha saído para resolver as coisas dela, alguém tocou a campainha. Era Karol, que foi entrando na casa sem a menor cerimônia, dizendo que queria conversar. Eu sorri, todo animado — e ao mesmo tempo arrependido por não ter tomado banho depois do colégio —, porque *quero conversar* era o nosso código para transar. Para falar a verdade, eu gostava daquela postura dela, porque me ensinou a encarar o sexo como uma celebração de corpos, sem cobranças sentimentais. Fazíamos porque era bom.

É claro que morar na mesma rua facilitava, e muito, a nossa relação. Nós nos conhecíamos desde pequenos, e a amizade que tínhamos acabou se transformando em uma ponte para descobertas, e, por nos curtirmos, perdemos a virgindade juntos, sem paranoias. Hormônios + adolescência + curiosidade sexual era uma combinação que dificilmente teria outro resultado. Rolou. Continuou rolando. Os nossos corpos se entendiam e, para mim, estava mais que bom. Ela, pelo seu lado, era mais atiradona; então, a sua lista de conquistas prosseguiu crescendo, o que não era problema algum, porque era parte do nosso acordo.

— Até uma próxima vez, quando você se concentrar em mim, e não no céu.

Karol assoprou um beijo teatral, que peguei no ar. Ainda bem que ela já estava de costas, porque me achei meio ridículo.

Nem tive tempo de me vestir antes que ela desaparecesse do quarto. Éramos tão próximos que tínhamos esse tipo de liberdade. Se assumíssemos um relacionamento, era bem provável que Karol acabasse sendo presenteada com uma chave do nosso apartamento, porque Alessandra, popularmente conhecida como minha mãe, andava fazendo uma campanha para me desencalhar.

Aumentei o volume do rádio. Estava tocando *Losing My Religion*, do REM, minha música preferida daquele mês. Fui até o banheiro e dei um fim na prova do crime. Se a minha mãe achasse aquela camisinha usada, passaria uma semana falando que o filhinho dela havia *virado homem*.

Abri o chuveiro e tomei um banho rápido. Enquanto me ensaboava, pensei na Karol e na nossa relação. Certa ocasião, quando eu quis namorar, ela pulou fora:

— Você é aéreo, está sempre no mundo da lua. — Karol revirara os olhos, bufando. — Assiste e fala demais de filmes, é como se não soubesse comparar uma coisa com a outra se não tiver um personagem famoso no meio. Ferris Bueller isso, Ferris Bueller aquilo! Só fala de Ferris Bueller! Se não é Ferris Bueller, é *Under Hero* para cá, *Under Hero* para lá. Credo!

Ferris Bueller é o personagem principal de *Curtindo a Vida Adoidado*, um filme que ensina, de maneira didática, a enganar os pais e professores para se ter um dia de folga e aproveitá-lo ao máximo. Ferris tem um melhor amigo bacana, uma namorada incrível e é um herói. Na realidade, eu queria ser o Ferris Bueller.

Karol bagunçara o meu cabelo, continuando:

— Aposto que deve pensar nessas coisas quando a gente transa. É como se você vivesse em uma realidade alternativa dentro da própria cabeça. Além disso, sou uma mulher muito especial, Cícero! Quero namorar alguém que preste atenção a mim, e só a mim. Sou muita areia pro caminhão da maioria dos caras. — E ela rira, olhando para mim com uma cara que beirava à piedade.

— Ai, Karol, também não é assim! Gosto de cinema e de desenhar. Qual é o problema? E o que isso tem a ver com tentarmos uma coisa mais séria? Sei lá, a gente se gosta...

— Cícero, você é um amor de pessoa, mas entre nós é carinho. Te adoro, mas temos só um lance de pele. Pele e muita amizade. A gente se conhece desde pequeno, não ia funcionar.

Ela foi cruel, mas estava certa. Por mais que a gente se pegasse e fosse muito legal, o que os dois tínhamos era só uma amizade colorida, nada mais, e era aí que estava o problema: às vezes, o sexo parecia uma coisa boba, tipo escovar os dentes. Eu sempre achei que sexo devia ser ao menos especial, mas, como a minha experiência nesses assuntos não era lá grande coisa, eu empurrava com a barriga e pronto, ficava por isso mesmo.

Fechei o chuveiro, enrolei a toalha na cintura e voltei para o quarto. Sentei na cama e olhei para uma das paredes, tentando entender como a minha cabeça havia conseguido produzir um desastre tão grande. Tudo começara muito bem. Um dia, a minha mãe chegou em casa afirmando que eu já estava *mocinho* — que vergonha! — e poderia decorar o meu quarto do jeito que quisesse. O plano era exprimir a minha personalidade por todos os lados, mas não deu certo. Quero dizer, dar, deu, ficou do jeito que eu queria, mas, três anos mais tarde, aquela mistura... hmm... extravagante se tornara a metáfora para como eu me sentia: uma grande confusão em ebulição.

Antes de mais nada, tiramos todos os brinquedos — porque eu me achava *legal demais* para coisas tão infantis. Enfiei na cabeça que queria cobrir tudo de roxo. Foi uma longa guerra de vontades com Alessandra e, no nosso acordo de paz, ficou combinado que seria pintada uma parede só, e eu poderia desenhar do lado de dentro da porta.

Então, comecei. Na parede colorida, pendurei dois quadros de cortiça para juntar os meus esboços e inspirações. Na que ficava de frente para minha cama, colei pôsteres aleatórios e bem populares, ou seja, remixei o Batman, os Bananas de Pijamas, os Cavaleiros do Zodíaco, o Scooby-Doo e o Kurt Cobain com os atores de *Friends* e os filmes *Abracadabra* e *Rei Leão*. No centro, claro, joguei o maioral: o *Under Hero*.

Não sabia direito o que vestir de tão nervoso. Estávamos no maravilhoso e importantíssimo 31 de julho de 1999, data em que eu colocaria as mãos no trigésimo quinto número do meu quadrinho favorito, o último, a conclusão de uma saga que eu já vinha acompanhando fazia um tempão.

Era um dia especial para cacete.

Abri a porta do guarda-roupa para me ver no espelho. Nada havia mudado nos últimos quinze minutos, lógico: meu corpo continuava bizarro como sempre. Eu não era nem gordo nem magro — ficava mais ali entre o estranho e o perdido, com braços e pernas muito compridos e finos. Para piorar, nasciam pelos no meu peito e abaixo do umbigo, mas não tipo *uau, corta logo isso, Cícero, antes que você seja confundido com a porra de um urso!* Para completar a catástrofe, eu crescera mais rápido que a minha coordenação motora, isto é, meus quinze anos não conseguiam manobrar direito meu metro e oitenta de altura, então eu esbarrava em tudo, como um labrador dentro de uma casinha de boneca. No conjunto da obra, eu não tinha nada de especial: pele parda, cabelo preto espetado para todos os lados e olhos puxados — a única herança do meu pai.

Botei uma camisa do Woody do *Toy Story*, uma calça jeans e o meu All Star velho de guerra, usei os dedos como pente e pronto. Assim que pusesse as mãos no *Under Hero*, o meu final de semana seria o melhor da última década. Ainda havia cinco meses para o Bug do Milênio, mas, se o mundo acabasse depois de eu ler a minha revistinha, teria valido a pena.

Segundo as teorias, o Bug do Milênio seria um problema de informática em que os computadores não conseguiriam diferenciar o ano

2000 de 1900. Acreditava-se que, por causa do bug, catástrofes terríveis poderiam acontecer. Muitas pessoas levaram isso a sério e se preparavam para o possível apocalipse, e eu era uma delas.

Alessandra já tinha saído e passaria o domingo na casa do Sérgio, um cara legal com quem namorava fazia quase um ano. A minha vida era o sonho dos adolescentes: uma mãe legal, um talvez-padrasto bacana, dinheiro suficiente para não ter que me preocupar com isso e liberdade nos finais de semana. O que complicava era o fato de eu não ser muito sociável, o que reduzia o número de festas clandestinas na minha casa a zero e aumentava o número de fitas alugadas durante o final de semana para doze. A locadora tinha uma promoção para clientes VIP, o que me garantia um desconto razoável e um prazo grande para devolver — perfeito para minha vida nada secreta que se resumia a: *Under Hero*, desenhar, MTV, séries na tevê a cabo e uma dúzia de filmes por semana. Claro, também tinha a Karol e a escola, mas era mais ou menos isso.

Peguei a grana que ela havia deixado embaixo do videocassete e recontei. Como sempre, era o suficiente para os filmes, o almoço e o jantar do dia seguinte, e a edição final da revista.

Eu queria gritar de emoção.

Tranquei a porta, desci as escadas e saí. Já escurecera, e as ruas começavam a ferver com o movimento das pessoas voltando do trabalho ou indo se divertir. Aproveitei para entrar nesse clima de *dever cumprido, vamos curtir*, porque era o último sábado do mês e, se eu quisesse, poderia passar a noite na minha meca pessoal.

A Taverna do Dragão era o paraíso na Terra. As suas prateleiras ofereciam uma seleção incrível de *games*, bonecos de ação, revistas e livros especializados, uma variedade impressionante de histórias em quadrinhos, camisetas com estampas maravilhosas, jogos de tabuleiro, enfim, tudo que um cara como *eu* poderia precisar.

Por sua vez, o dono... ahn... o Stephen King era uma atração à parte! Ele se recusava a atender por Eustaquoromar, seu nome de batismo — o que fazia todo o sentido, porque eu também não era tão apaixonado assim por Cícero. Além disso, a figura ainda tinha o equipamento necessário para concretizar, com muita classe, os desejos musicais da garotada. Você chegava à loja com uma lista de músicas e o cara voltava com uma coletânea. O melhor de tudo era que, todo último sábado do mês, King promovia uma noite cultural na qual mostrava as partidas de RPG mais impressionantes da face da Terra e organizava batalhas de jogos de fliperama e Super Nintendo, que iam noite adentro e só se encerravam depois de todo o mundo ter ido embora.

A Taverna ficava a uns cinco quarteirões de casa. Para uma pessoa normal, isso significava uns... dez minutos andando? Para mim, no estado de nervos em que me encontrava, era praticamente a distância até Paris. Quase saí correndo de ansiedade, mas respirei fundo, balancei os braços e prossegui. Na minha cabeça, eu era o Indiana Jones indo atrás da Arca da Aliança... Era uma missão, e estava chegando ao fim. Quando eu tivesse o último número de *Under Hero* nas mã...

Se eu tivesse tomado um soco, teria doído menos.

Minha barriga ficou gelada e eu perdi o fôlego.

Não podia ser.

Se existisse a minha trilha sonora pessoal, eu ouviria aquela cornetinha que toca quando alguma coisa dá errado: fuén, fuén, fuén, fuén...

A Taverna do Dragão estava fechada!

3

Infelizmente, o sonho acabou. A nossa casa fecha as suas portas, depois de muitos anos de funcionamento, por motivos que ultrapassam a compreensão do ser humano. Adaptando Shakespeare, há muito mais entre o que recebo no caixa e as faturas dos fornecedores do que sonham os meus apaixonados clientes com as suas vãs filosofias. Sei que foi repentino, mas é o que acontece com as coisas geniais, como os Beatles.

Mandem as suas energias vitais para que eu possa reabrir o nosso templo um dia. Participarei de feiras e eventos, porque ainda tenho um estoque enorme para desovar. Caso precisem de alguma coisa, sabem onde me encontrar.

Vida longa e próspera!

Stephen King

Era o que dizia o papel colado na porta de vidro.

Eu queria gritar.

Não podia ser verdade!

Não podia!

Forcei a porta vermelha em formato de arco. Nada. Nem se moveu. Aproximei o rosto e as mãos do vidro, para enxergar melhor lá dentro. Tudo escuro. As prateleiras estavam vazias; o chão, coberto por papéis amassados.

A Taverna do Dragão estava sem vida.

Virei-me, encostei-me na parede, e meu corpo escorreu até o chão. Voltei um pouco à realidade quando a minha bunda encontrou a calçada gelada. Apoiei a cabeça na mão e o cotovelo no joelho. Respirei fundo. Tirando a coisa toda com o meu pai, essa era a primeira grande tragédia que me atingia na vida. Em poucas palavras, deve ter sido assim que os cientistas se sentiram quando os dinossauros saíram do controle em *Jurassic Park*.

Olhei ao redor, desconsolado. Os meus ouvidos foram agredidos por uma salada musical. Dos bares ao lado, saía uma confusão de sons: *Na Boquinha da Garrafa*, da Companhia do Pagode, *Brincadeira de Criança*, do Molejo, e *Every Breath You Take*, do Police.

A minha cabeça rodava, e eu mal sabia o meu nome, mas as pessoas bebiam cerveja, fumavam e falavam alto como se nada tivesse acontecido. Aliás, ninguém nem parecia se importar com o apocalipse anunciado do Bug do Milênio, muito menos com os mísseis descontrolados que, por causa dele, acabariam com o que chamávamos de civilização. As risadas boiavam no ar como se comemorassem a morte da Taverna e a minha impossibilidade de ler o último exemplar de *Under Hero*.

Pior!

Acho que ninguém nem tinha reparado que a Taverna fechara.

Senti um chute de leve na ponta do meu pé.

— Que estranho! Não abriu ainda?

— Oi? — Os meus olhos subiram em câmera lenta pelas pernas de um garoto magro e alto, de olhos muito grandes. — Cheguei aqui e estava assim. — Apontei para o comunicado grudado na porta trancada.

— Merda! — O menino deu um pontapé na porta e passou a mão pelos cabelos ondulados.

23

— Você veio pra jogar *Dungeons & Dragons*?

— Não... — Ele fitou pela janela e balançou os puxadores da porta, que estavam fechados com corrente e cadeado. — Vim atrás do último volume de *Under Hero*.

— O quê?! — praticamente gritei. *Under Hero* era tão *underground* que, mesmo frequentando a Taverna por tanto tempo, eu nunca havia conhecido outro fã. A minha boca grande não resistiu: — Eu *amo Under Hero*!

— *Under Hero go, go, go*! — gritamos, ao mesmo tempo, enquanto fazíamos o símbolo dele: um OK com os dedos, como nos filmes americanos, ou mais ou menos um seis, colado em frente ao olho.

— E agora? — Ele suspirou e enfiou as mãos nos bolsos da calça jeans.

E agora? *E agora* era a única coisa que eu tinha na cabeça. O número 34 acabara de forma crítica: o Arquiteto havia neutralizado todos os outros super-heróis que viviam em Interiorzópolis e estava prestes a aniquilar o *Under Hero*. O último quadro mostrava um grande clarão misterioso, que poderia significar milhões de finais diferentes... Tudo seria esclarecido na edição 35, a última, a final, a derradeira — e tudo o que eu não tinha no momento.

— *E agora*? Não tenho a menor noção. Pra ser franco, a minha vontade é sentar no chão e chorar. De repente, acho que vou dar uma passada na Banca do Vasco, que é famosa. Nunca vi nada além de gibis da *Turma da Mônica* e cruzadinhas por lá, mas preciso me apegar a essa esperança.

— Acho meio perda de tempo, mas vai que tem, né? — Ele deu de ombros. — Posso ir junto?

Eu não era o cara mais sociável do mundo. Havia deixado meus poucos colegas para trás ao mudar de escola no ano passado e, sinceramente, para que fazer novos amigos se o mundo acabaria em cinco meses? Cento e cinquenta e três dias e *pum*! Tudo iria pelos ares. Se bem que, depois de assistir a uns documentários sobre seitas e os apocalipses que nunca chegavam, eu começara a aceitar a possibilidade, bem minúscula, de que tudo continuaria normal. Se os computadores estivessem mesmo preparados para o Bug do Milênio, eu teria que aprender a lidar com as pessoas e, se tivesse que começar por algum lugar, por que não quando precisava de um ombro para chorar por causa do fechamento da Taverna?

— Pode, claro. Se encontrarmos lá, a gente já compra de uma vez.

A Banca do Vasco não era muito longe, quinze minutos no máximo. Não era algo promissor, mas eu iria mesmo assim. Observei as pessoas distraídas nos bares e nas rodinhas de conversas e, pela primeira vez, entendi o que as unia: todos só queriam curtir. E eu? Como curtiria se a minha diversão havia sido destruída, desintegrada, abduzida? Ah, Taverna! Foi bom enquanto durou. Sentirei sauda...

— Qual o seu nome?

— Ahn?

— Como você se chama? — Ele procurou encontrar os meus olhos. — Está tudo bem? Você estava meio... sei lá... em outro mundo...

— Ah! Nada, não. Estava pensando em um filme a que assisti. — Utilizei a tática da desconversação para disfarçar a minha falta de prática em fazer amigos. — Cícero... — Continuei andando, ansioso para chegar logo e resolver a minha dúvida mortal. — Meu nome é Cícero.

— Não vai perguntar como me chamo?

— Ahn? É verdade... — Suspirei. — Desculpa... É que estou tão passado com o fechamento da Taverna do Dragão que...

— Tudo bem. Típico de fã do Woody. No mínimo, deve estar se perguntando se o Woody vai fazer ponta em *Toy Story 2*.

— O que você quer dizer com isso? — Demorei um pouco para entender o significado daquilo.

O sinal ficou vermelho para os carros, ele seguiu, e eu acelerei o passo para acompanhá-lo.

— Ei! Não vai fugindo assim. O que o Woody tem a ver com o *Under Hero*? Do que você está falando?

— Nada. — Ele apontou para minha camiseta. — Também gosto.

— De *Toy Story*?

— É, ora!

— *Típico de fã do Woody*? — Arregalei os olhos. — Não entendi.

— Acho que os nossos personagens favoritos dizem muito sobre nós mesmos. Qual é o que você mais gosta?

— O Woody, claro, dá pra ver pela minha camiseta, né?

— Pfft... Sou muito mais o Buzz Lightyear!

— Quê? Você é doido! O Woody é, de longe, o melhor. Ele é o herói, é quem faz tudo acontecer!

— Não... — ele rebateu, rindo. — O Woody é superestimado; já o Buzz é como o *Under Hero:* rouba a cena porque tem muito carisma, uma presença irresistível e é o-ri-gi-nal.

— Ahhh... Vai à merda! — Estufei o peito no meio da rua, sem pensar direito. — Nhé, nhé, nhé, nhé! *Eu sou o Buzz Lightyear do Comando Estelar!* — Fiz a minha melhor imitação. Um casal de idosos olhou feio para nós, mas nem liguei. O cara estava cutucando a minha ferida. — O Buzz é um chato, se acha demais... Muito metido! O Buzz é igual ao *Under Hero?* Ah, vá!

— Metido por metido, você também parece ser, né, Cícero?

— Tudo isso porque esqueci de perguntar o seu nome? Pfft!

— Talvez. Ou quem sabe é porque a primeira impressão é a que fica...

Revirei os olhos. Aquele moleque estava tirando com a minha cara, e eu tinha coisas muito mais importantes com que me preocupar. No momento, nada conseguiria me desviar do meu objetivo, porque estávamos na entrada da Banca do Vasco.

Respirei fundo e tentei me manter calmo. Era inverno, fazia um pouco de frio, mas as minhas mãos estavam suando muito. Entramos e nos dividimos, porque seria mais fácil para cobrirmos todas as prateleiras. Encontrei várias opções de gibis da *Turma da Mônica* e algumas edições antigas do *Homem-Aranha*, mas nada do *Under Hero*.

— Alguma coisa por aí? — falei alto para que o carinha me ouvisse do outro lado da banca.

— Nada! Só revistas de artesanato, receitas, caça-palavras e carros. — Ele me olhou e balançou a cabeça. — Ah, umas pornôs também! Se quiser... — Apontou e riu.

— Ah, vá te catar, moleque! — Continuei fuçando, olhando embaixo das miniaturas e por trás dos fascículos das enciclopédias do mês. — Será que agora as HQs serão mandadas para cá? — pensei alto.

— Acho muito difícil — ele respondeu, perto do meu ouvido.

O seu Vasco ignorava a nossa presença. Estava empoleirado em um banco alto, com os óculos pendurados na ponta do nariz, e lia um livro sobre o Kama Sutra.

— Vou perguntar — falei.

— Vai ser perda de tempo.

— Vou perguntar assim mesmo. Não custa nada.

— Vai perder o seu tempo. — Ele cruzou os braços, colocou a cabeça para o lado e sorriu de leve.

— Vai que... — Comecei a ficar nervoso, porque, para piorar, o garoto ainda estava batendo o pé, com a certeza de que ia ganhar uma discussão.

— Então pergunta logo, teimoso!

Metido e teimoso... Será que eram essas as impressões que todos tinham de mim? Não interessava. Eu era o Woody, o *único* responsável por fazer as coisas acontecerem, ou seja, tinha que arrumar informações para tudo dar certo no final. Fui com a cara e a coragem. Limpei a garganta e perguntei:

— Seu Vasco, por favor, o senhor sabe alguma coisa a respeito do *Under Hero*? Vai começar a receber? É que a Taverna...

— Você não tem respeito? — O velho olhou para mim com um desprezo que me reduziu praticamente a um nada. — Não vendo drogas aqui, tá pensando o quê?! — Levantou-se e veio andando na minha direção, com cara de poucos amigos. — Taverna do Dragão, bah! Não se atreva a falar esse nome nesta casa de bem. Antro de degenerados, bando de drogados, perdidos! — Largou o livro em cima do balcão e mexeu as duas mãos como se espantasse um cachorro. — Saia daqui que não preciso do seu dinheiro. Vá!

Não tive dúvidas. Saí correndo.

— E não volte!

O fãzinho do Buzz começou a rir atrás de mim, e eu fui xingando mentalmente aquele velho ranzinza, que já não devia transar fazia décadas. Na minha cabeça, vi um flash do Edward Rooney, o diretor do colégio em *Curtindo a Vida Adoidado,* bem na hora em que ele entra no fliperama, crente que ia acabar com a farra do Ferris. Se havia uma coisa que eu não conseguia controlar era a minha imaginação. Era cansativo, até.

— Viu? — O garoto me alcançou, e agora caminhava ao meu lado. — Te avisei!

— Foda-se. Parece a minha mãe, que fica jogando na minha cara quando está certa. Que saco! Não sei se você percebeu, mas continuamos sem a última edição do *Under Hero.* O que o Buzz Lightyear vai fazer pra salvar o mundo agora, hein?

— Ah, vamos dar um jeito, mas não hoje. — Ele cutucou o meu braço de leve com o ombro. — Já está tarde e não dá pra resolver isso agora.

— O que você recomenda, então? Esta cidade não tem nem McDonald's! A Banca do Vasco era a última esperança, na boa.

Eu estava triste de verdade. O mundo acabaria em cinco meses, e morar em uma cidade pequena poderia me fazer morrer sem nunca saber o fim da história, o que era um absurdo.

— Há! — Ele levou o indicador à testa e bateu diversas vezes. — Assim, ó... Vamos fingir que nada aconteceu, como o Vicente faria.

Ele então pegou um caminho diferente do que me levaria para casa.

— Vicente? — Fiquei na ponta dos pés e gritei, enquanto ele se afastava. — E quem é Vicente?

— Muito prazer, senhor Cícero! — Ele olhou na minha direção, dobrou o corpo e fez uma saudação como se agradecesse aplausos no teatro. — Sou o Vicente! — Virou-se e retomou o seu caminho.

Eu, obviamente, fui atrás, porque não era todo dia que encontrava um cara tão estranho quanto eu.

4

Segui Vicente até um prédio que ficava a umas dez quadras da minha casa. Como o elevador estava quebrado, subimos correndo os oito lances de escada que levavam até o terraço, que era um espaço amplo, com algumas antenas presas no concreto e bitucas de cigarro no chão.

— Que lugar é este? — perguntei, sem fôlego.

— É a minha versão secreta do *meu* mundo. — Ele rodou com os braços estendidos.

Apesar do começo meio estranho, Vicente já havia ganhado pontos comigo. A frase era uma referência à parte de um diálogo entre o *Under Hero* e a garota por quem estava interessado na cobertura de um prédio abandonado.

— E você está compartilhando a versão secreta do *seu mundo* com um desconhecido?

— Você não é tão desconhecido assim... — Vicente me examinou com uma sobrancelha erguida. — Todos que gostam de *Under Hero*, o que inclui apenas nós dois nesta cidade, pelo visto, são meio parecidos.

Ele foi para perto da caixa d'água, fuçou entre os canos e pegou uma mochila vermelha de um esconderijo. Ajoelhou-se na frente dela e tirou um pano colorido, uma garrafa de vinho e um maço de cigarros.

— Todos os meus segredos estão aqui. — Levantou-se sorrindo, forrou o chão com o tecido e sentou-se. Gesticulou com a mão. — Pode sentar. É de graça.

— O que você está fazendo?

Vicente tirou a rolha da garrafa de vinho, deu uma boa golada e acendeu um cigarro. Alguns fios do seu cabelo faziam uma sombra por cima dos seus olhos. Ele inclinou a cabeça para trás e soprou para o universo a fumaça que saía lentamente, como se desejasse permanecer na sua boca.

— Será que você poderia respeitar o meu momento? — Ele suspirou. — Não temos muito que fazer com relação ao *Under Hero*, por enquanto. — Encostou-se na caixa d'água. — Então, vou tentar relaxar um pouco e imaginar uma forma de resolver isso.

— Você mora aqui? — perguntei, meio sem assunto.

— No terraço?

— Ótimo comediante... — Revirei os olhos e sentei-me ao lado dele.

Vicente colocou a garrafa na minha mão, e eu tomei um gole no gargalo, também. Fiz uma careta, porque nunca havia experimentado bebida alcoólica.

— Meu Deus! Você nunca bebeu?! — Ele riu alto. — Pensei que você fosse o fodão! — provocou.

Sorri, porque tinha certeza de que uma resposta à altura só me viria à cabeça dali a uma semana. Ele estava me zoando, mas não me ofendi, porque pareceu uma piada entre amigos, e não um ataque pessoal.

Vicente pegou a garrafa da minha mão e levou-a à boca. Observei o seu pomo de adão subir uma, duas, três vezes. Quando ele terminou, sorriu com os lábios manchados de vinho. Olhei para eles e para a forma como brilhavam, assim, meio abobado. Sei lá por que, mas senti uma vontade quase irresistível de tocá-los. Vicente ali, sorrindo para a lua, fez com que eu achasse que talvez o vinho ficasse mais gostoso se viesse da boca dele.

Tudo bem que a minha experiência no campo amoroso basicamente se resumisse à Karol, mas, virava e mexia, eu me pegava imaginando como seria ficar com um menino. Achava o Kurt Cobain, do Nirvana, bastante atraente, e tinha uma quedinha pelo Matthew Broderick, ou melhor, pelo Ferris Bueller. Apesar de me perguntar se esse interesse não era o motivo daqueles momentos de vazio pós-sexo, nunca tinha rolado porque eu estava de boa do jeito que as coisas eram — ou estavam.

— Moro no oitavo andar, bem abaixo deste terraço — ele explicou, cortando o meu raciocínio. — O acesso a esta parte do prédio é, em teoria, proibido, porque o pessoal vinha aqui pra transar. O grande lance é o seguinte: muita gente mudou, então deixaram de trancar a porta. — Sorriu, tomou outra golada, limpou a boca com as costas da mão e deu um trago muito longo no cigarro. — Quando descobri as novas dependências disponíveis para os malandros do prédio, fiz disto o *meu* lugar. Mais ou menos uma porta pra outro mundo, perfeita nos momentos em que as coisas dão errado e quero me isolar.

— Do que você tem que fugir?

Até que esse negócio de ter que socializar não estava sendo tão ruim. A minha mãe surtaria *se* ou *quando* eu decidisse contar que havia experimentado álcool e que estive num terraço com um desconhecido, mas fazia tanto tempo que não me sentia vivo de verdade...

— Lá em casa é meio complicado... — Vicente suspirou e deixou o olhar se perder no chão. — Ainda mais com a proximidade do fim do mundo.

— Não, para tudo! — Arregalei os olhos e me levantei. Esfreguei o rosto com as duas mãos, empurrei para trás o cabelo que caía na testa e disse: — Repete.

— As coisas lá em casa são complicadas, ainda mais com o fim do mundo chegando? — Ele jogou a guimba para o lado e me olhou, desconfiado. — Tá me zoando?

— Não! Claro que não! — Eu estava tão eufórico que queria pular. Aproximei-me dele e voltei a sentar. — Escuta, não fica bravo.

Cerrei as pálpebras e respirei fundo repetidas vezes para preparar o meu espírito. Eu tomara o meu primeiro gole de vinho, achara outro fã de *Under Hero* e tentava me acalmar para encarar a minha terceira primeira vez do dia: falar sobre isso em voz alta.

— Olha, eu também acho que o mundo vai acabar, mas ninguém leva muita fé... Nunca tive coragem de falar sobre isso antes, porque tenho certeza de que a minha mãe, por exemplo, ia me mandar pro psicólogo ou me proibiria de ver *Arquivo X*, o que seria uma *mer-da*. Quero dizer, em cinco meses, não vai haver nem Fox Mulder, nem mundo, nem mãe, mas... Sabe como é. Estou contando os dias. Vai acontecer.

— Cara, não sei quem é esse tal Fox Mulder. Mas foda-se de qualquer forma. — Vicente levou as mãos ao rosto, levantou-se, andou em círculos, até que olhou na minha direção: — O que você está fazendo pra se preparar?

— Antes de mais nada, você precisa saber que o Fox Mulder é o protagonista de *Arquivo X*, uma série sobre casos paranormais e não explicados que acabaram guardados pelo FBI. Nos arquivos, há problemas envolvendo desde abduções extraterrestres até casos de ocultismo. Fox Mulder é debochado, irônico e paranoico, o que faz com que eu me identifique totalmente com ele. E segundo: não tem muito o que fazer, né? — Peguei a garrafa e dei um golão.

Vicente voltou a sentar ao meu lado e fez um gesto, como se me mandasse continuar.

— O que vai acontecer ou deixar de acontecer não depende de mim.

— Como não?! — Vicente tomou a garrafa e virou um tanto. — Claro que depende, cara! Eu, por exemplo... — Limpou os lábios, ajoelhou-se e procurou alguma coisa tateando o pano. — Onde enfiei o meu cigarro?

Peguei o maço que estava atrás dele e balancei para que o visse.

— Ah! Então... Claro que depende. Veja bem... Passei a fazer mais coisas que gosto, pra ter o coração sempre contente. Apesar das coisas em casa... Agora tenho o *meu mundo* aqui em cima, e isso ajuda. Deixa a alma mais tranquila.

— O que isso tem a ver? — Arqueei as sobrancelhas, porque não estava entendendo. — Quando os mísseis forem lançados por causa da pane, não vai adiantar nada estar tranquilão. — Comecei a ficar muito nervoso, porque agora era eu quem achava que ele estava me zoando. Tomei o isqueiro da mão dele. — Me dá um desses aí? — Apontei para o cigarro que ele fumava. — Tenho que me acalmar um pouco.

— Claro! Pega. — Ele ficou observando o que eu estava fazendo.

— Então... — Traguei e comecei a tossir como um condenado. — Cacete! — Continuei tossindo.

— Quer dizer que é a primeira vez que o fodão está fumando? — Vicente caiu para o lado, rindo. — É bom mesmo que experimente as coisas antes de o mundo acabar. Aliás, pode até dar umas xingadas aí, porque não acredito nessas coisas de *o nome do Senhor em vão* — disse, rindo, com uma voz bem sinistra.

— Puta que pariu! Mas que gosto ruim!

— Acho que tenho... — Ele arrastou-se um pouco para cima, pegou a mochila, fuçou lá dentro e jogou uma bala na minha direção. — Chupa aí. Ajuda. É o que faço pra disfarçar o bafo quando falo com os meus pais. Essas da embalagem preta são as melhores. Dão até lágrimas nos olhos, mas são um santo remédio.

— Qualquer coisa é melhor do que este gosto de... Sei lá. Se cinzeiro tiver gosto, deve ser esse. — Enfiei a bala na boca e olhei para o cigarro queimando, sem decidir se continuaria com aquela besteira ou não. Traguei de novo exatamente porque cinco meses de vida era muito pouco para não experimentar as coisas. — O mundo vai acabar por causa do Bug do Milênio! Do que você está falando?

— Que tipo de droga você usa? Se tiver aí, vai compartilhando! — Ele riu e bateu nas pernas, que estavam cruzadas na posição de índio.

— Todo mundo sabe, ou deveria saber, que Jesus vai voltar na virada pros anos 2000 e levar todos os seus fiéis pro Paraíso!

— Nossa, não viaja! — Traguei novamente e não tossi. Senti uma tontura estranha, devia ser a nicotina. Talvez o vinho. Ignorei e continuei: — Se liga. Há várias revistas confiáveis e incontáveis reportagens na tevê. Não dá pra negar o óbvio. Os mísseis virão, vai haver um apocalipse nuclear, as empresas deixarão de funcionar porque os computadores ficarão inúteis... — Suspirei. — Se não acabar tudo, vai virar meio o *Mad Max*. Cada um por si, nada de gasolina, as pessoas se matando por água...

— *Mad Max*? — Vicente fez uma careta.

— É, caramba! Aquele filme australiano de ficção científica que se passa num futuro distópico. O Mel Gibson fez o papel do personagem principal, e, de verdade, acho que o mundo, caso não se destrua por completo, será um lugar parecido.

— Não viaja, cara! Bug do Milênio? Putz! Até parece, seu nerd! — Vicente se levantou e bateu de leve na minha cabeça. — Jesus vai voltar. Na verdade, os meus pais vivem dizendo que só os da religião certa vão ser arrebatados, sabe... Eu já acho que vai todo mundo que for legal e respeitar os outros, independentemente de falar palavrão, tomar umas de vez em quando ou transar antes do casamento. — Sentou-se ao meu lado e me empurrou com o ombro. — Fica sossegado, Cícero. Você gosta de *Under Hero,* é meio antipático no começo, mas depois melhora. Acho que seria incluído na lista.

— Tá falando sério? — Virei um pouco para o lado, para que pudesse encará-lo. Não estava entendendo mais nada. — Tipo, sério mesmo?

— Olha, o meu pai é pastor, e a gente acredita que Jesus vai retornar à Terra no dia 31 de dezembro deste ano — ele afirmou, com a maior certeza do mundo.

Para mim, que lia muito a respeito dessas teorias, quando o Bug do Milênio acontecesse, os computadores não conseguiriam decodificar a mudança e causariam uma pane geral em sistemas e serviços. Eu poderia citar para ele um monte de filmes apocalípticos que combinavam com a minha visão do mundo do futuro, mas, se o Vicente não conhecia nem o Fox Mulder, que é o básico, seria meio inútil. Fiquei em silêncio, pensando, porque não queria discutir com um cara legal. Seria besteira. Vicente continuou explicando as diferenças entre o ponto de vista dele e o do pai, mas como eu era ateu, não acreditava em nada do que ele estava dizendo. Além disso, a minha versão do fim do mundo, obviamente, era muito mais provável de aconte...

— Por que estamos discutindo essa merda toda? — Vicente interrompeu os meus pensamentos com um tapa no meu joelho. Acendeu um cigarro para mim e para ele, passou as mãos pelo cabelo e sorriu. — Olha, seja porque Jesus decidiu voltar ou porque o Bug do Milênio fará com que os computadores enlouqueçam e disparem mísseis contra nós, estamos fodidos, né? — Olhou para o céu, tombou a cabeça para trás e soltou fumaça bem devagar. — Independentemente do que aconteça, vamos morrer com quinze anos sem termos feito nada da vida e sem saber o final do *Under Hero*. Não me conformo! Você, por exemplo. Se não fizer nada, vai morrer em, sei lá, cento e cinquenta dias, e só bebeu este vinho porcaria e fumou este cigarro barato. É uma bosta. — Deixou a cabeça cair e suspirou. — Nem namorar eu namorei direito. É injusto demais. Vou morrer encalhado e frustrado...

Não aguentei. Não sei se foi o *encalhado e frustrado* ou o efeito do meu primeiro porre, mas um riso incontrolável explodiu na minha boca — junto com o gole que eu estava prestes a mandar para dentro. Só deu tempo de colocar a garrafa no chão para não quebrar. Daí para a frente, pipocou uma chuva de vinho para tudo quanto é lado. Aliás, vinho e baba, porque escorreu pelo meu queixo e pingou pelo meu nariz. Sujei minha blusa, sujei o Vicente, o meu cigarro caiu no pano, e fiquei desesperado tentando apagar para não pegar fogo; enfim, foi um dos momentos mais ridículos da minha vida. Respirei fundo e me contive. Considerei sair correndo sem olhar para trás, mas ele batia no meu joelho e ria tanto, que comecei a rir de novo. As nossas gargalhadas ficavam cada vez mais altas, e pareceram cortar a noite inteira e tomar conta do universo.

— Nossa!

— O quê? — ele perguntou, tentando recuperar o fôlego.

— Acho que vi uma estrela cadente... — Levantei-me, coloquei as mãos na cintura e olhei para o ponto no céu onde achei que tinha aparecido.

— Larga de ser mentiroso! — ele debochou. — Está falando isso só pra me distrair e esquecer que você deu a maior babada da história!

— Não, juro que não!

— Bem, pode ser também que você esteja bêbado. Perdeu a coordenação motora da boca e do cérebro! — Riu. — Aproveita! A primeira vez sempre é a mais incrível! É possível que você vomite, mas curta ao máximo!

— Posso estar meio bêbado, mas não cego! — Solucei e dei de ombros. O meu corpo estava leve, como se flutuasse. Nem liguei para a zoação, porque a minha pele formigava, como se tudo ao meu redor se comunicasse com o meu corpo. Eu estava meio zonzo, claro, mas a sensação não era horrível.

— Sempre que a realidade está uma merda, venho aqui e fico olhando o mundo. — Vicente parou ao meu lado e me mostrou a garrafa. — Consegui isto aqui quase por milagre, porque a minha família é muito controladora. Se não fosse a mesada clandestina da minha avó e o tráfico de presentes da dona Ariadne, o que estamos fazendo nunca seria possível.

— Do que você está falando?

— Ah, é uma longa história. Quem sabe te conto outro dia. O que você tem que saber é... — ele cutucou o meu braço com o cotovelo — ...que vou guardar esta maravilha da melhor maneira possível, porque você me provou, na prática, que este vinho barato... — balançou a garrafa perto do meu rosto — ... tem o poder de fazer as pessoas verem estrelas cadentes! Acho que você deveria começar a acreditar na minha versão do fim do mundo, viu, porque você já está fazendo milagres! — Riu baixinho. — De repente, você é o messias dos anos 90!

— Que messias, que nada! — Bufei e saí andando na direção oposta à dele. — Você não devia estar fazendo essas... Como chama mesmo? Ah! Heresias, né? É heresia que chama essa coisa de ficar tirando sarro de religião, não?

— Ah, Cícero! Não fica paranoico. — Vicente pôs a mão no meu ombro e apertou de leve. — A minha família é muito religiosa, sim, o que torna a minha vida um inferno. Eu tento ser mais *light*. Acredito que a gente deve ser feliz. Acho que, se Jesus estiver realmente me ouvindo, terá achado a piada ótima.

— Sei... Mas aqui, se você não me achar maluco, a gente podia marcar um dia pra procurar estrelas cadentes... — falei brincando, sem conseguir controlar a minha boca grande. Minha certeza era de que já queria marcar de vê-lo novamente. O que estava acontecendo comigo? Eu, que gostava da minha solidão, querendo fazer amizade...

— Demorou! — Ele se encostou no parapeito. — Nesse meio-tempo, podemos ainda tentar descolar o final do *Under Hero*. Aliás, o que acha que vai acontecer? O que foi aquele clarão na penúltima revista?

— Nem começa. Sou um cara ansioso. Enquanto não descobrir, não vou sossegar.

— Mas fala! Se você escrevesse a última edição, como seria?

— Vicente, olha só. Se você quiser continuar a ser meu amigo, é melhor a gente fazer um pacto.

— Pacto? — Ele arregalou os olhos. — Que tipo de *pac-to*? A gente se conhece há muito pouco tempo pra sair cortando as mãos e jurando amor eterno.

— Cacete! Não consegue passar um minuto sem ficar me zoando?! Da próxima vez, te trago um nariz de palhaço!

— Ah, então já vamos nos encontrar de novo? — Vicente abriu os braços, jogou a cabeça para trás e deu uma volta completa. — Jantar romântico, velas e a luz do luar?

— Não consigo competir com você! — Gargalhei. — Fica quieto e ouve. Promete que não vamos mais falar de final do *Under Hero*. Desde que saí da Banca do Vasco tento não adivinhar o que o P. C. Bicalho tinha decidido fazer.

— Ah, só um pouquinho! Será que o clarão era um cara do mal ou alguém pra ajudar a botar ordem no barraco?

— Não estou ouvindo, e não vou falar mais com você enquanto não prometer que...

— Cícero! — Ele veio até mim e colocou suavemente o dedo nos meus lábios, me interrompendo. — Deixa de ser besta. Se te incomoda tanto e vai tirar teu sono, não tem problema. Não falo mais nisso. Como também não vou mais falar... que rufem os tambores!!!... que o mundo vai acabar porque Jesus está voltando!

— Que coisa! Sossega, moleque! — Olhei para ele, que ria da minha cara.

— OK. — Ele recuperou o fôlego. — Melhor: juro que vou tentar ao máximo. — Olhou para o relógio. — Que saco! Tenho que ir. — Fechou o vinho e guardou-o na mochila junto com o maço de cigarros, o isqueiro e o pano. — Os meus pais já estão voltando da igreja. Preciso *estar dormindo...* — fez um sinal de aspas com os dedos — ... quando eles cruzarem a porta de casa.

Aceitei com um suspiro, para que minha boca grande não me fizesse dar com a língua nos dentes. Estava muito frustrado, porque queria que aquele momento durasse muito mais: eu bebera álcool pela primeira vez, encontrara um fã de *Under Hero* pela primeira vez e conhecera alguém que também acreditava que o mundo iria acabar pela — adivinhem! — primeira vez. Eram muitas primeiras vezes, e eu queria mais.

— Vamos, senão o apocalipse vai ser é lá em casa, isso sim. — Vicente colocou a mochila de volta no esconderijo e fez um sinal para que eu o seguisse.

Paramos em frente à porta do 800. Ele crispou os lábios e falou:

— Não te levo até lá embaixo porque preciso tomar um banho rápido pra tirar a inhaca de cigarro, acabar com o bafo de vinho, enfim... Todo um esquema 007 pra não ser pego.

— Ah, então o senhor até que conhece uns filmezinhos? — Ri e o cutuquei na barriga.

— O essencial, só. Os meus pais não me deixam ver nada na tevê. Nem à MTV posso assistir, imagina só.

Imaginei por um segundo como seria não poder assistir à MTV. Foi ela que me fez desenvolver um *crush* secreto pelo Kurt Cobain e ter pesadelos com o Marilyn Manson.

Vicente prosseguiu:

— Tento recuperar o tempo perdido quando vou pra casa da minha avó, mas ela tende a me fazer ver umas velharias que têm significado pra ela. Minha avó é meio hippie, então quer que eu assista uns cults. É assim que se chama, né?

— Isso. Cult, popularmente conhecidos como filmes-cabeça. — Sorri. — O meu lance é mais filme de ação, terror e comédia. Assisto tudo. O último que vi foi muito bo...

— Nossa, desculpa, mas estou bem enrolado. Tenho que ir. — Ele estendeu a mão para me cumprimentar. — Prazer, Cícero! Até uma próxima.

— Igualmente, Vicente! — Como estava meio bêbado, apertei a mão dele mais forte que o necessário, claro. A minha boca aproveitou a tontura que eu estava sentindo e soltou: — Quando vai ser a próxima? — Eu não queria parecer um maníaco, mas, caramba, aquele garoto me entendia e podia até vir a ser o meu melhor amigo.

Com a mão no queixo, Vicente olhou para o teto. Enquanto eu esperava uma resposta, reparei que o vizinho do 803 ouvia *Every Breath*

You Take, do Police, no último volume. Essa música estava me perseguindo! Duas vezes no mesmo di...

— Amanhã os meus pais têm um compromisso das três às sete, por aí. Acho que posso forjar outra crise estomacal.

— Passe muito mal, então. — Rindo, soltei a mão dele.

— Opa! Sou um artista nato. Um dia você ainda vai me ver no tapete vermelho do Oscar. — Ele sorriu e bateu continência.

— A gente se encontra às três e pouco, em frente à Taverna do Dragão? Quer ver um filme? Eu alugo.

— Você vai estar lá mesmo?

— Vou, ué! — Enfiei a mão no bolso e procurei um dos cartões de visita da minha mãe.

Ela mandara imprimir tantos, mas tantos, que acabaram virando bloquinho de recados. Pior! Mal haviam chegado, começou a rolar um boato de que, a partir do ano 2000, todos os telefones fixos passariam a ter oito dígitos em vez de sete, ou seja, se o mundo não acabasse, a minha mãe teria gasto o maior dinheiro à toa. Enfiei um na mão dele.

— O que é isto? — Vicente olhava fixo para o cartão.

— Aí você tem os dados profissionais da minha mãe, que trabalha em casa como contadora. Se são dela, são meus, claro, porque moramos juntos. É só pra você ter certeza de que eu não estou mentindo.

— Cícero! — Dando risada, Vicente empurrou o meu ombro de leve. — Eu estava brincando, mas gostei! Vou guardar comigo. Até amanhã, então. — Abriu a porta e acenou um tchau antes de fechá-la.

Desci as escadas e empurrei aquele portão pesado. Estava tão frio que o meu corpo se arrepiou.

Andei pouco mais de dez minutos até chegar em casa. Fiz um macarrão instantâneo, sentei na cozinha e relembrei tudo. Estava me sentindo feliz ao ponto de quase esquecer a minha revolta. Tinha passado por uma das noites mais interessantes da minha vida. Mastiguei devagar, pensando. Quando percebi que a comida tinha esfriado, desisti de comer.

Na cama, o teto rodava um pouco. Eu não sabia se tinha sido a conversa ou o vinho, mas me sentia aceso e *vivo*. Apaguei com a sensação do calor da mão do Vicente ainda na minha.

5

Ao abrir os olhos na penumbra do meu quarto, desejei uma morte rápida e indolor. Qualquer coisa seria melhor do que o jeito que o meu corpo havia decidido funcionar naquela manhã. A minha cabeça latejava, e eu não conseguia enxergar direito. Ah, então era isso o que os adultos chamavam de ressaca?

O meu estômago roncava de fome, o que julguei como um bom sinal, então corri para a cozinha e fiz um sandubão, para ver se dava jeito: queijo prato, presunto, meia salsicha que não tinha comido na sexta, tomate, alface, maionese e, claro, litros de ketchup. Devorei em segundos. Aquele monte de gordura foi lubrificando o meu estômago e me fez melhorar um pouco, mas bem pouco. Para completar, bebi meio litro de Coca quase de um gole só.

Fui andando bem devagar até o banheiro. Procurei no armário um daqueles remédios que a minha mãe tomava para enxaqueca, mas não consegui lembrar o nome correto. Por falta de opção, tive que me satisfazer com aspirinas. Suspirei e joguei dois comprimidos para dentro da garganta, esperando que não morresse de overdose.

Abri o chuveiro e deixei a água quente escorrer pelo meu corpo. Quando molhei o cabelo, um cheiro de cigarro se espalhou pelo ar, e me senti enjoado. Depois, lembrei-me da conversa, da bagunça e da presença do Vicente e sorri, pensando que faria tudo de novo.

Terminei o ritual matinal de higiene e deitei na cama, esperando que a dor passasse um pouco. Nesse meio-tempo, fui considerando as fitas que pegaria na locadora. Pelo que deu para sacar, Vicente não era tão vidrado em filmes como eu, então listei mentalmente as possibilidades. Até que lembrei que estava sendo tonto, uma vez que tudo dependeria do que estava disponível lá na Blockmonster, minha locadora de estimação. Icei o meu corpo cansado e resolvi enfrentar o dia.

* * *

— E aí, Cícero? Qual vai ser hoje?

— Nem sei direito. — Parei e encarei a Sabrina. Queria que o Vicente me achasse o bambambã por ter escolhido coisas muito fodas. — Estou perdidaço.

— Precisa de ajuda? — Sabrina botou em mim os seus olhos muito verdes, carregados de lápis preto, pegou uma caneta e começou a morder de leve a tampa. — Tá sem imaginação ou... sei lá... arrumou uma namoradinha e está querendo impressionar? — Pulou do banco e debruçou-se na bancada. — Vamos lá. O que você quer?

Encostei no balcão, sofrendo. Sabrina me conhecia havia tempos, e meio que sabia o tipo de filme que me agradava. Para dizer a verdade, acho que até me achava legal. No começo do mês, sempre me avisava das datas em que os lançamentos chegariam, escondia para mim uma cópia dos filmes mais procurados e fazia sugestões de títulos que eram a minha cara. Em termos de cinema, ela era a minha mentora.

— *Toy Story* está aí? Fala que está! — Revirei os olhos e suspirei.

— Fora isso, manda quatro que você goste. Que ache mais adulto, sei lá, inteligente. Não, pera! Tem também o *Curtindo a Vida Adoidado?* Se tiver, bota também; e escolhe os outros três, por favor?

— Nossa, Cícero? O que foi? Você sempre fica por aí, lendo as sinopses um tempão e escolhendo as coisas que te interessam.

— É que convidei uma pessoa pra ver filme lá em casa, e agora estou com medo de parecer um babaca criação, sabe? — Bati com a palma da mão na testa e me arrependi profundamente, porque a aspirina ainda não tinha exterminado a dor de cabeça.

— Que foi? Por que fez essa cara, neném? Tem certeza de que está bem, de que é só nervosismo mesmo?

— Ah, Sabrina! Pode rir, mas é minha primeira ressaca.

— Cícero! — Ela pegou minhas mãos, que estavam em cima da bancada. — Que bonitinho! Parabéns. — E deu risada. — Olha, infelizmente, só tendem a piorar, viu? As ressacas e a ansiedade por querer agradar aos outros.

— Sugira uns filmes bem agitados. — Joguei a tática da desconversação para fugir do assunto, porque as minhas bochechas já estavam esquentando, o que significava que a minha cara devia estar vermelha como um tomate.

— Você chegou a assistir *Matrix* no cinema? Tô louca pra esse filme chegar à locadora... Muito louco aquilo de humanos serem criados pra alimentar máquinas... Me deixa ver algo no estilo pra você. — Sabrina foi pegando as fitas das prateleiras e colocando no balcão. Quando ela queria, sabia fazer mágica. Fuçava nas prateleiras, puxava as fitas e empilhava na minha frente, para que eu escolhesse. — *Armageddon, Máquina Mortífera 4, O Show de Truman, Arquivo X, Blade, A Noiva de Chucky, Vampiros de John Carpenter, Assassinos por Natureza, Lolita, Rocky Horror Picture Show, Pulp Fiction, O Corvo, Morte do Demônio* e *Os Doze Macacos*. — Respirou fundo. — Ufa! Esses são os que lembro que prestam. O resto está fora.

— Mas, Sabrina, agora é que você ferrou com tudo mesmo! Como vou escolher? São muitas opções. Olha quantas! — Eu estava entrando em pânico. — Me ajuda! *Toy Story, Curtindo a Vida Adoidado* e mais três. Pooooor favooooor! — Virei de costas e fui escorregando até o chão.

— Cícero! Pensei que você estivesse brincando quando disse estar ansioso!

Olhei para cima, e a vi debruçada no balcão, me observando.

— Calma. Vou pegar três bem agitadonas, registrar junto com as duas que você escolheu, enfiar na sacola e você vai embora, tá? Estica aí a mão com o dinheiro e já coloco até o troco junto.

— Obrigado! — Entreguei a minha carteira e torci pelo melhor.

— Pronto, pronto. — Ela veio sorrindo e me ajudou a me levantar. Foi comigo até a porta, colocou a sacola na minha mão e me deu um tapinha no ombro. Então, aconselhou: — Vê se não vai com muita sede ao pote, hein, bebê! Às vezes, a gente pode se afogar.

6

Assim que cheguei em casa, larguei as fitas sobre o armário e me joguei no sofá. Respirei fundo, avaliando a necessidade de mais aspirina, mas tinha ficado tão nervoso que a dor desapareceu e eu nem percebi. Aproveitei para escovar os dentes de novo, porque, se cabo de guarda-chuva tinha gosto, era isso que estava na minha língua. Reforcei o desodorante, lavei o rosto e penteei o cabelo com os dedos. Decidi não pensar na minha roupa para não reviver o mesmo drama com os filmes. Seria All Star, calça jeans e camiseta branca. Definitivamente, a melhor estratégia. Peguei as chaves, tranquei a porta e saí.

O vento frio me deu um soco na cara, só então reparei que saíra sem casaco. Subi as escadas correndo. Vesti a minha jaqueta preta e branca, e estava com o pé do lado de fora quando me lembrei dos óculos escuros. Queria parecer descolado e misterioso. Respirei fundo, desisti e deixei-os sobre a mesinha de centro, porque estava surtando de novo.

Com tantos dilemas existenciais, claro que cheguei atrasado; dez minutos só, mas cheguei. Sorri de longe e acenei ao ver que Vicente já me esperava em frente à Taverna do Dragão.

— Oiiii!

— Oi! — Vicente estava com uma cara estranha, as mãos dentro dos bolsos e mudando o peso do corpo de uma perna para outra sem parar, tipo com vontade de fazer xixi. — E aí?

— Está tudo bem? — Tentei olhar melhor para ele, para me assegurar de que não estava passando mal. — Porque eu acordei com a maior ressaca. Se quiser, tem uns remédios lá em casa. Já estou bem melhor, pode te ajudar também.

— Não, não é nada disso. — Ele riu. — Quer dizer então que o bonitão acordou como se tivesse sido atropelado por um trem? Ah, a primeira ressaca... — Ficou sério, na ponta dos pés, e examinou os dois lados da rua. — Meus pais saíram de casa quase agora, então sempre fico meio cabreiro, com receio de esbarrar com eles por aí, por uma ironia do destino... Vai saber...

— Devia ter falado antes, Vicente! — Comecei a andar e fiz um sinal para que me seguisse. — Vamos logo, então.

Como eram só quatro andares, o meu prédio não tinha elevador. Na recepção, milagrosamente, não me encontrei com o porteiro, nem com nenhum dos vizinhos. Antes de subirmos, levei o indicador aos lábios, pedindo silêncio. A acústica dos corredores era tão boa que todo o mundo ouvia a conversa de todo o mundo. Se eu desse bobeira, os vizinhos contariam para dona Alessandra, que automaticamente me encheria de perguntas sobre o meu novo amigo. Eu adorava a minha mãe, mas às vezes ela se preocupava demais. Claro, o idiota do meu pai nos deixara com uma mão na frente e outra atrás, mas as paranoias dela tendiam a se parecer um pouco com as minhas. Talvez fosse genético.

Ao atravessarmos a porta do meu apê, Vicente arrastou uma das cadeiras para o lado, sentou-se, apoiou os cotovelos na mesa de jantar, segurou a cabeça e soltou o ar com força.

— Será que você poderia me dar um copo de água?

— Gelada ou sem gelo? — Aproximei-me e coloquei a mão no ombro dele. — Tem Coca, também. Tomei um copão, e foi quase um santo remédio pra minha ressaca. Quer?

— Se não for pedir muito e não for atrapalhar. — Ele sorriu, tímido. — Imagino como deve ser tenso trazer as pessoas em casa. Os pais olhando e contando tudo pra ver se nada sumiu...

— Ih, Vicente! Não se preocupe. — Fui até a cozinha e fiz dois copões de Coca e gelo. — Aqui em casa é *sussa*! Somos só eu e a minha mãe, e durante o final de semana, só eu. Pro que der e vier! — Coloquei os copos na mesa e sentei-me na cadeira ao lado da dele. — O meu pai foi um inútil, mas a gente se vira, eu e ela.

— Hmm... — Vicente murmurou, com a boca dentro do copo, ainda bebendo. — Deve ser maravilhoso. Na minha casa não posso fazer nada. As coisas devem estar sempre nos lugares certos, enfim... Não quero ficar falando disso. — Ficou em pé, fechou os olhos, respirou fundo, chacoalhou os braços e as pernas e disse: — Agora, sim. Estou pronto pra vida!

— Quer ver um filme, então? — sugeri, animado.

— Claro! A última vez que assisti alguma coisa foi na casa da minha avó.

Coloquei uns descansos de copo na mesinha de centro, para evitar o falatório da senhora minha mãe, voltei com mais dois copos cheios, sentei no sofá e olhei para ele. A sua voz havia mudado, e os seus olhos brilhavam de novo. Vicente continuou:

— E foram uns filmes muito velhos, tipo, *Psicose, Casablanca, Tempos Modernos*. Eram até interessantes, mas muito lentos. O mais novo foi *Conduzindo Miss Daisy*, não sei se você conhece.

— É romance?

— Não sei dizer. É sobre um motorista velho que leva uma outra velhinha para os lugares. É interessante, mas também é meio chato. Dormi em umas partes.

49

— Não curto muito filmes assim, não. Naqueles que gosto de assistir, as pessoas precisam ter uma pressa dentro delas, sabe? Uma pressa de viver, de fazer alguma coisa. — Bufei. — Meio como eu, correndo contra o apocalipse pra conseguir a última edição do *Under Hero*, na qual vai acontecer aquela coisa que não vamos comentar.

— Seu besta! — Vicente riu e tomou outro gole de refrigerante. — Não se preocupe. Hoje não estou com vontade de falar sobre is... — Reparou nos filmes sobre a mesa e pegou-os. — Hmm... O que será que temos aqui? — Arrancou-os da sacola e admirou as cinco fitas. — Bem...

— Já viu todos? — A insegurança voltou. — A gente pode rever o *Toy Story*...

Eu planejara tudo na minha cabeça. Primeiro, assistiríamos a um dos filmes. Nem sabia quais tinha trazido, mas confiava no sexto sentido da Sabrina. Depois, eu o levaria até o meu quarto, para que ele visse o *meu mundo*, e, para finalizar, o meu caderno de desenhos.

— Se você quiser, claro. Temos cinco opções, escolha a que preferir. Numa boa.

— Deixa ver... Não conheço, não conheço... Nunca ouvi falar... — Arqueou uma sobrancelha e sorriu pra mim. — Não sei direito o que escolher. Qual você recomendaria? Conheço só o *Toy Story* mesmo.

— Me deixa ver quais filmes tem aí, porque nem vi.

— Como não viu?

— Ah... — Chacoalhei a cabeça. — Fui pra locadora e pedi pra Sabrina escolher. Eu estava com enxaqueca e não tinha noção do que poderia te agradar, então pedi ajuda externa. — Levantei-me do sofá, abri a caixinha do filme, coloquei no videocassete e apertei o *play*. — Pronto. Resolvido. Veremos *Toy Story* de novo, pode ser?

— Cícero... — Vicente pegou o controle remoto, deu pausa e colocou as mãos sobre as minhas.

O toque da pele dele foi incrível, como se me passasse toda a vontade de viver que tinha dentro de si, porque era quente, intenso, quase queimava.

— Não muda o que você sente ou pensa por minha causa, nem de ninguém. Eu tenho que fazer isso o tempo todo, e é um saco! — Suspirou e, quando tornou a me olhar, seus olhos estavam um pouco vermelhos. Achei que ele ia chorar. — A gente pode até começar a gostar daquilo que os outros indicam, mas mudar o que a gente é ou quer, aí não dá. Escuta o que estou dizendo.

— Vicente, acho que não é pra tanto... São só uns filmes. Eu estava nervoso, e a Sabrina me ajudou, nada mais. Não é uma questão de vida ou morte... Mas, se for tão importante assim pra você, eu prometo. — Não sabia direito como reagir, então desconversei: — Vou ali na cozinha pegar mais Coca pra gente, e uns Polenguinhos.

Assim que me levantei, ele se acomodou melhor no sofá. Eu, porém, fiquei meio em choque, esquisitão. A minha mão ainda formigava pela proximidade com a pele dele, e a minha mente parecia bagunçada com a importância que o Vicente deu para a escolha dos filmes.

Coloquei os copos na pia, tremendo. Fiz o possível para não derrubar a garrafa no chão, peguei os queijos na geladeira e enfiei embaixo do braço, para não deixar cair no caminho.

Arrumei tudo em cima da mesinha de centro e apertei novamente o play. Não sei se foi a conversa ou a sensação que ainda pinicava a minha pele, mas ficamos calados, num silêncio estranho, que eu não sabia definir. Os meus pensamentos estavam em outro universo. Senti vontade de dizer tantas coisas, de perguntar muitas outras, mas as ideias apenas ricocheteavam dentro de mim. De canto de olho, tentei ler a expressão dele, mas não consegui. Sabia que o melhor era ficar quieto, porque o meu bocão ia acabar falando merda.

Não deu nem cinco minutos e a campainha tocou. A minha mãe costumava chegar um pouco mais tarde e, de uma forma ou de outra, tinha o hábito de já destrancar a porta; então, opção descartada. Arregalei os olhos, virei-me para o Vicente e dei de ombros.

— Não tenho a menor ideia de quem possa ser.

— Não está esperando ninguém? — Ele tomou um gole de Coca e pegou um Polenguinho. — Pode ser alguma coisa séria.

— Não tenho ninguém pra esperar...

— Vai logo! Pode ser o porteiro, o vizinho, até um portador com um testamento de um tio distante que morreu e te deixou uma fortuna. — Vicente riu.

A campainha tocou de novo.

— Vai logo.

— Cícero! Abre aqui! O que está fazendo escondido aí, pô? — Era a Karol. Eu não sabia onde enfiar a cara.

— Ai, Karol! Que escândalo! — Pulei do sofá e procurei as chaves. Tinha que abrir o mais rápido possível e controlar a tragédia antes que ela confessasse os meus segredos. Não que fossem tantos assim, mas eu pretendia continuar causando uma boa impressão no Vicen...

— Finalmente! — A Karol entrou como um pavão, pôs a mão no meu ombro e me empurrou para que pudesse passar. — Então era isso o que você estava escondendo? — Cutucou a minha barriga com o indicador. — Ele é fofo, viu? Está de parabéns.

— Karol! Pode ir parando. Não me faz passar vergonha! — Fechei a porta e tomei um tapa do perfume doce que ela usava.

A Karol estava toda de preto: um vestido curtíssimo, meias arrastão e coturnos, o que era uma novidade, porque sempre achei que ela curtia mais uns axés.

— Aonde você vai, toda, toda?

— Pra vida, Cícero. — Ela beijou rapidamente a minha bochecha e marchou até a sala. — Oi, gatinho! — Sentou-se ao lado do Vicente, colocou a mão na perna dele e balançou-a de leve. — Tudo bem? Quem é você? — Tomou um gole do meu copo e abriu um Polenguinho. — Cícero, Cícero! Está ficando social, agora?

— Karol, que coisa! — Dei um tapinha no joelho dela. — Vai, vai! — Sentei entre os dois e retomei o meu copo, antes que ela bebesse tudo. — O que deu em você hoje, hein?

— Hmm... E ainda é territorial. — Ela olhou por trás de mim para que pudesse falar diretamente com o Vicente. — Acho que ele gosta de você, viu? Nunca vi o Cícero fora do sério assim. — Enfiou o queijo na boca e continuou, enquanto mastigava: — Olha, ele nunca assistiu *Toy Story* comigo. Acho que a minha moral é muito baixa. — Rindo, cutucou o meu braço com o cotovelo. — Quem é esse cara que está sentado no seu sofá, hein?

— Karol! Para! — Bufei e revirei os olhos. Não sabia onde enfiar a cara. Tinha certeza de que estava vermelho. As minhas orelhas queimavam, a minha boca estava seca, as minhas mãos suavam. — É o Vicente, um amigo.

— Amigos mesmo... ou... — Karol abraçou o próprio corpo e fez uns barulhos bem altos de beijo. — Está rolando algo mais? — Sorriu com malícia e me cutucou de novo.

Vicente começou a rir, e eu, a considerar pular da janela. Karol se esticou por cima do meu colo, estendeu os braços para cima, passou a mão na bochecha do Vicente e disse:

— Aliás, prazer! Sou a Karol.

— Karol! — Fiz que ia me levantar, e ela voltou a sentar direito. — Para agora com isso!

— Cícero! Não precisa ficar nervoso. Não me encare como uma concorrente. — Karol olhou para o Vicente e piscou. — Ele não faz o meu tipo. E aí, Vicente? Tudo bem? Já beijou o Cícero ou...

A minha cabeça estava prestes a explodir.

— Nada de beijos... — Vicente sorriu. — *Ainda.*

— Há! Esse é dos meus! — Ela apontou o dedão erguido para o Vicente, bateu palmas e olhou para mim com cara de segundas intenções. — Vicente, você sabia que o Cícero tem um pôster do Kurt Cobain no quarto dele? Acho até que, às vezes... você sabe, né? — Levou as mãos à altura da virilha e simulou um homem se masturbando. — Coisas de menino!

— Karol! — eu gritei.

— Desculpa, não sabia que não podia contar! — Debochada, ela piscou o olho esquerdo para mim como se compartilhássemos um segredo que não existia. Pior: o Vicente ria que não se aguentava. — E aí? O que vocês estão fazendo?

— Vendo um filme. Ou tentando — falei, na esperança de que ela entendesse a indireta e se tocasse de que estava roubando um momento que deveria ser só meu e dele.

— *Toy Story*, meninos? Sério? — Ela olhou para a tevê e depois para nós dois com a mesma expressão de desdém que parecia ter nascido grudada na cara dela. — Nem mesmo um pornozinho? Lembro bem de quando você alugou aquele pornô da Gretchen, Cícero.

— Ah, que coisa! — Quase vomitei de tanta vergonha, e o Vicente, para variar, se dobrava de tanto rir.

Karol fez um beicinho, levantou-se e começou a dançar e cantar *Conga, Conga, Conga*. Nem preciso dizer que o Vicente já estava gritando e sem ar de tanto gargalhar.

Como não tinha alternativa, cruzei os braços e esperei que ela terminasse. Karol era assim: quando sentia que precisava ser o centro das atenções, nada no mundo era capaz de fazer com que ficasse quieta.

— Não fica chateado, Cícero... Ninguém aqui está te julgando! De qualquer forma, vim te convidar pra uma festa. — Ela se jogou no sofá e colocou os braços ao meu redor. — E agora, você também, gatinho — disse, olhando para o Vicente.

— Hmm... Do que você está falando, Karol? Nunca foi dada a essas coisas... Olha essa maquiagem toda na sua cara... Nem parece a mesma pessoa!

— Cícero, larga de ser chato. Uma mulher tem o direito de mudar de opinião e também de querer experimentar as coisas por aí. — A Karol mexeu nos cabelos, puxou a meia e continuou: — Olha pro meu modelito e adivinha onde é a festa.

— Nem vem. — Com aquela roupa, ela só podia estar indo para o Portal do Inferno, que era conhecido na cidade pelas suas festas regadas a música alta, álcool e drogas. — Não vou nem falar nada, deve ser naquele lugar lá, cheio de malucos.

— Ah, *baby*, não é assim. Você fica falando essas coisas porque nunca foi. — Karol se levantou, abriu a janela e acendeu um cigarro, que tirou de uma bolsa minúscula que carregava a tiracolo. — Tenho ido ao Portal há um tempo. É um lugar cheio de gente interessante e música boa. Antes de falar mal, tem que ir. Não seja chato, chatão! Fora que você já assistiu *Toy Story* um milhão de vezes. Nem vem.

— Não acho que seja uma boa ideia... — já fui cortando, antes que ela argumentasse para tentar me convencer a ir.

— Não temos idade pra entrar! — Vicente suspirou muito profundamente. — Eu adoraria ir, porque prometi a mim mesmo que faria coisas interessantes antes do fim...

Eu o cutuquei com o cotovelo.

— ... do ano. — Vicente riu, com o nosso segredo.

— E quem disse que precisamos comprovar a idade? — Karol fez charme, enrolando os fios do cabelo no dedo indicador, com a sua melhor cara de rainha da cocada preta. — Estou ficando com a DJ da festa. A gente entra VIP! — E sorriu, desafiadora. — Estou podendo, amigo!

— Qual o nome do DJ?

— *A* DJ, Cícero. Não escutou, não? No fe-mi-ni-no.

— Ahn? — Pisquei repetidamente, porque não estava preparado para aquilo. — Não estou entendendo nada... A gente não... — Apontei para ela e para mim. — Ah, você é muito estranha, viu.

— Cícero, larga de ser lesado! Uma coisa não tem nada a ver com a outra. Você é um amor... — Ela piscou para o Vicente e deu uma tragada no cigarro. — Mas estou ficando com uma menina, e é apenas isso.

— Meu Deus! — Vicente arregalou os olhos. — Você fica com meninas!

— Meninas e meninos! — Ela piscou, como se tivesse acabado de compartilhar um segredo só com o Vicente. — Tipo, assim... — Bateu a cinza pela janela. — O que o meu coração pedir.

— Mas, Karol, ninguém quer saber! Ninguém está interessado — resmunguei.

Vicente devia estar tão constrangido quan...

— E você tem quantos anos?

A pergunta dele teve o efeito de uma facada no meu coração. Pronto! Karol tinha roubado o meu amigo.

— Tenho dezesseis na certidão de nascimento, trinta no espírito e quarenta na maturidade!

Por mais que estivesse estragando o meu programa, uma coisa eu precisava admitir: ela tinha umas frases de efeito.

— Nhé, nhé, nhé, nhé! — Revirei os olhos e bufei. — Karol, olha, transar com meninos e meninas não te torna uma pessoa necessariamente mais... — deixei um sorriso aflorar, porque sabia que a minha fala seria um golpe no excesso de autoconfiança dela — ... madura, tá?

— Pelo menos estou adquirindo experiência, meu querido. Já você... Uau! Só transou com este corpinho aqui! — Ela passou a mão pela cintura e deu um tapa estalado na própria bunda. — O que já é um grande feito, se levarmos em consideração os seus... bem... dotes... — Sorriu, mostrando para o Vicente o mindinho da mão esquerda. Xeque-mate. E mandou um beijinho no ar.

— Mas espera aí. — Vicente olhou para ela e depois para mim. — Vocês são... namorados?

— Não! — respondemos juntos.

— Nós só ficamos — completei a informação.

— Ficávamos, meu filho. Ficávamos. No pas-sa-do, tá entendendo? — Karol, ainda perto da janela, tentava fazer anéis de fumaça em direção ao teto.

— Karol, você sabe muito bem que a minha mãe não gosta de sentir cheiro de cigarro em casa! — Tentei desviar o tema central da conversa, que estava me deixando nervoso.

— A que horas é essa festa?

— O quê? Você está considerando ir, Vicente?!

Ele mal chegara à minha casa e já estava pensando em sair com a minha ex-ficante. E o filme? E tudo o que a gente ia fazer juntos durante a tarde?

— Cícero, não precisa ficar com ciúme do Vicente. — Karol jogou o cigarro pela janela. — Vamos todos juntos, não se preocupe.

— Você quer ir, Vicente? — Dentro de mim subiu uma esperança que implorava para que ele dissesse que preferia ficar e assistir *Toy Story*. — Mesmo, mesmo?

— Por que não?

— Já gostei desse menino! — Karol foi na direção dele e pegou-o pela mão. — Olha, Cícero, não quero te ofender, mas o Ferris Bueller iria.

— Aí também já é muita chantagem, né, garota?

Vicente, então, me olhou com um sorriso aberto, cheio de expectativa.

— Pega a chave e vamos logo, Cícero! Vamos curtir! O que de ruim pode acontecer?

Eu não falei nada, mas um alarme soou silenciosamente na minha cabeça. E senti que, de uma maneira ou de outra, estava prestes a descobrir.

7

O Portal do Inferno estava explodindo de tanta gente. Ao entrarmos, a luz foi sugada do mundo e tudo ficou ultra, mega, superescuro. As pessoas se esbarravam, dançavam, pulavam, bebiam, fumavam e, claro, se beijavam. As luzes piscavam muito rápido, o que dava a impressão de que todos se moviam em câmera lenta. Por mais que eu estivesse chateado por mudar os planos, presenciar aquele efeito especial foi bem legal.

As gigantescas caixas de som se conectavam à aparelhagem da DJ Lakshmi, nome artístico da Gabi — a peguete da Karol —, e vomitavam *All The Small Things*, do Blink-182. A fumaça dos cigarros pairava no ar acima de nós, e a música entrava vibrando pela minha pele, alcançando o coração e os pulmões. Procuramos uma parede para nos encostar.

— Muito cheio, né? — Vicente comentou, com um sorriso animado.

— Vocês não viram nada, meninos. É fim de férias, até meados de agosto isto daqui vai bombar. — Na ponta dos pés, Karol acenou para alguém. — Opa! Estão me chamando. Volto daqui a pouco.

— Cutucou o meu braço com o cotovelo. — Dá uns beijinhos, Cícero. Aqui é escuro, ninguém vai contar pra dona Alessandra, não.

— Karol! — Fiquei aliviado ao vê-la se afastar. As brincadeiras dela estavam indo longe demais. — Que coisa, Vicente. Não aguento essa menina.

— Ah, não encana. Ela só está se divertindo. — Ele olhou ao redor, fechou os olhos e respirou fundo. — Nunca estive antes em um lugar com música tão alta. É emocionante, ocupa o corpo todo! Pena que está tão lotado!

— Já imaginava que estaria assim... Mas você quis vir, né? Eu preferia ter ficado em casa vendo filme.

— Cícero, para de ser chato, vai... — Rindo, ele bagunçou um pouco o meu cabelo. — Você se lembra daquela nossa conversa no terraço sobre...

O volume da música aumentou de repente, e as palavras dele se perderam entre os acordes.

— Não consigo te ouvir! — Aproximei-me do Vicente para escutar melhor. — Repete?

— O mundo vai acabar... Temos que aproveitar! Quando teríamos a oportunidade de... — Ele levou a mão para perto da minha orelha, para não ter que gritar.

A sua voz e o seu perfume chegaram com a mesma potência que a música. O calor da sua respiração esquentou o meu pescoço e arrepiou os meus pelos da nuca.

— Só temos cinco meses, Cícero. Cinco meses pra...

Na real, nem sei direito o que o Vicente disse. Estava tão ocupado em sentir a presença dele tão perto do meu corpo, que as palavras que saíam dos seus lábios se perderam para sempre entre a fumaça e o gelo seco que vinha da pista. A velocidade do mundo diminuiu, e tudo o que se passava fora do espaço que separava a minha boca da dele chegava em flashes: à esquerda, um homem muito alto se encostou na parede; à direita, duas meninas entraram pelo corredor; à minha frente, uma garota correu e se jogou nos braços dos amigos. Nada tinha sentido, eram cenas desconexas de uma noite que contrariava os meus planos, mas que buscavam me distrair da vontade de pular de cabeça dentro de tudo o que o Vicente era. A minha atenção ia de um canto a outro até que...

Os meus olhos tropeçaram na Karol beijando a namorada. Demorei um tempo analisando a DJ. A Gabi tinha uma presença forte: cabelo roxo e uma postura de dane-se complementados por *piercings* e uma camisa preta estampada com o rosto da Rita Lee. Por mais que a Karol tivesse batido todos os recordes no quesito me irritar, ela me trocara por uma pessoa com muito estilo.

— Vicente... O que você acha?

— Até agora, estou gostando. — Ele ensaiou uns passos para lá e para cá, dançando com uma habilidade surpreendente. — É bem animado, tipo, se eu pudesse, viria mais vezes.

— Não. Olha... — Virei-o na direção da parede à nossa esquerda, que era onde as meninas estavam. — Aquilo. O que você acha?

— Ahn? — Ficou na ponta dos pés para enxergar melhor. — Ah! A Karol e a Gabi? Deve ser a Gabi, né? — Voltou a dançar e aproximou-se para não gritar. — Elas ficam bem juntas, né?

No fundo eu queria saber qual era a opinião dele, ainda mais porque vivia na religião. Então, o instiguei:

— Você continua sem responder. — Eu não sabia nem qual era a *minha* opinião. Estava meio confuso com todas aquelas novidades. — Acha legal elas se beijarem? Tipo, *certo*?

— Ah... A Bíblia diz que ficar com pessoas do mesmo sexo é errado, né? Mas... a Bíblia também manda não comer carne de porco ou usar roupas de tecidos diferentes, e as pessoas não estão nem aí.

— Não é disso que estou falando, pô. Não quero saber o que a religião pensa. Quero saber o que *você* acha.

— Ah, agora entendi! Cícero, eu tenho a minha fé nas coisas que acho certas, e creio que Jesus, quando voltar, verá além de um beijo, da roupa que a gente usa ou do que a gente comeu no jantar. — Sorriu e segurou minhas bochechas, como aqueles vizinhos chatos fazem quando te encontram na rua e reparam que você está crescendo. — Ou será que você está é querendo a minha aprovação pra se juntar a elas? — Ergueu uma sobrancelha. — Tipo, um *casal de três*?

— Como assim? Tá louco?

— Ué, você já fica com a Karol, não fica?

— Ficava. — Suspirei e encostei a cabeça na parede. Os meus olhos procuravam algo no que se fixar, uma coisa sólida que pudesse me ajudar a encontrar a resposta certa. Não entendi bem, mas o tom da conversa parecia ter mudado rapidamente. — Não fico mais, como ela mesma disse lá em casa.

— E quando pararam de ficar?

— O dia exato? — As luzes piscavam, mudando de cor a cada segundo. A minha cabeça rodava, e o meu coração acelerava. — Hmm... — Procurei as palavras certas, uma explicação mais elaborada, mas fiz o que deu: — Ontem.

— Ah, tá. — Ele gargalhou. — Faz muito tempo mesmo. Uma vida!

— Isso não tem nada a ver. E você continua fugindo da pergunta.

— Quer uma resposta direta? — Vicente veio se aproximando, o que me fez recuar até grudar na parede.

Fiquei sem saber o que fazer, sem reação. Dentro de mim, o mundo estava sendo chacoalhado.

— Quer saber o que acho sobre duas meninas se beijando, é isso, Cícero?

— Ahn... — Tentei ao máximo expressar qualquer som humanamente compreensível, mas estava petrificado. Observei a forma como ele se aproximou de mim para falar, senti as suas mãos ainda nos meus ombros, a minha cabeça pifou. Sussurrei: — Sim...

— Acho muito bonito — falou perto do meu ouvido. — Se o mundo acabar mesmo, elas vão ter experimentado algo que as deixou felizes. — Afastou-se, sorridente, e deixou os olhos repousarem nos meus. — Vou pegar uma bebida... Quer?

— Nã... Não — a minha boca falou antes que eu pudesse entender o que estava fazendo. A minha garganta estava seca, mas fiquei ali, paralisado. Na verdade, eu queria que ele permanecesse perto de mim, falando no meu ouvido, mas deixei-o escapar.

Vicente partiu em direção à multidão, resvalando nos outros, que respondiam com um sorriso. Fiquei na ponta dos pés, tentando acompanhá-lo no percurso. Ele parecia muito à vontade no ambiente. Estralei os dedos e o pescoço. O meu corpo inteiro vibrava com a música.

Uma menina loira se aproximou dele e disse algo em seu ouvido. Vicente achou graça, desvencilhou-se e continuou em frente. Os dedos de um menino muito alto e moreno passearam por seu cabelo, acariciaram a sua nuca e repousaram no seu ombro. Vicente sorriu em resposta.

— Que porra é essa?! — falei para o vazio.

A minha visão ficou turva, as minhas pernas perderam a força e as minhas costas bateram na parede, mais uma vez. Eu não fumava, não bebia, mas precisava de um cigarro, precisava de álcool, alguma coisa para me acalmar. Mal encontrara alguém e pronto, no caminho para o bar o meu amigo já encontrava outro mais interessante. De onde eu estava, via o Vicente conversando com ele, exibindo sorrisos e demorando mais do que o necessário.

— Nossa! — O meu coração disparou quando a Karol se pendurou no meu pescoço, enquanto tentava entender o que estava acontecendo.

Ela segurava um cigarro em uma mão e uma latinha de cerveja na outra.

— Servido, *baby*?

— Não, obrigado. — Balancei a cabeça repetidas vezes para voltar à realidade e, quando olhei para a pista novamente, ele havia desaparecido. Pior: o menino também. O meu coração reagiu na hora, como se estivesse sendo esmagado. — O Vicente... — Eu olhava de um lado para o outro. — O Vicente acabou de ir ao bar e...

— Sossega — a Karol praticamente cantarolou. — Ele volta logo!

— Eu sei disso. Acho. — Pisquei rápido e saí do meu transe. Tinha que dar um jeito de fingir que estava bem. — Na verdade, estava vendo a pista e prestando atenção a essa música. Quem canta? Não conheço.

— É *Highway To Hell*, do AC/DC. Pelo que vejo e pelo que a Gabi diz, é um dos clássicos da casa. Todo mundo gosta. — Ela me ofereceu de novo a latinha, e, dessa vez, aceitei.

— O vocalista tem uma voz bem interessante! Acho que vou pedir uma coletânea deles lá na... — Nem terminei a frase. Senti uma punhalada no coração quando lembrei que a Taverna tinha fechado. — Ah, deixa pra lá.

— Bebe um pouco mais, *baby*. Relaxa.

— Karol, você me conhece, eu não bebo...

— Ah, bobinho... O bom do álcool é que enquanto ele entra no nosso corpo, a verdade vai saindo... saindo... saindo...

— Verdade? *Que verdade, Karol?* — Coloquei-me à sua frente em um pulo, como se tivesse sido mordido por uma cobra. — Está louca? Nunca menti pra você, e você sabe disso.

— Ah, Cícero... — Ela pegou de volta a lata que eu nem lembrava que estava segurando. — A verdade, ponto.

— Não gosto quando me vem com esses papos. Você está bêbada? — Eu tremia um pouco, a minha pele formigava de um jeito estranho que eu nunca experimentara. *Será que essa merda é ciúme?* Desconversei de novo, porque era mais seguro: — E você e a Gabi?

— Eu e a Gabi? Meio que foi natural. Eu tinha essa vontade dentro de mim e deixei as coisas acontecerem... Se o meu corpo me pedia, por que não experimentar?

— E isso te torna... — Arregalei os olhos, curioso. — O quê?

— Humana, talvez? — Ela tomou uma boa golada da cerveja. — Isso me torna alguém que gosta de pessoas e não se preocupa muito com o sexo delas. Por que a gente tem que se definir? Sou muito nova. Somos jovens, Cícero. Estou vivendo e seguindo o que o meu coração pede. Experimentando. Não tem nada de errado em fazer um *test drive* antes de decidir que carro comprar, né?

— *Test drive*, Karol? Sério? — Ri. — Era assim que você via o nosso relacionamento?

— Cícero, Cícero... Não entre nessas suas paranoias. Nunca tivemos um relacionamento, você sabe disso. A gente ficou, foi legal, agora estou em outra. Você está se descobrindo também. O nosso lance era legal, mas passou... Agora você está livre pra fazer o que quiser, partir pra outra... Não é?

— É. — Fiquei olhando para ela. — Você está certa, acho.

— Claro que estou. Você nunca teve problema com quem eu era, mesmo quando não sabia de nada disso. — Ela apoiou um dos braços no meu ombro. — Então, no fim das contas, gostar de meninos ou meninas, ou dos dois, não muda nada. Também não vai mudar quem você é. — Colocou o indicador na ponta do meu nariz.

Ela estava entrando naquela zona obscura em que parecia saber mais coisas sobre mim do que eu. Arregalei os olhos, tentando impedir que a minha boca me traísse mais uma vez, até que Vicente se aproximou e me salvou de ter que responder.

— Está curtindo, Vicente? As músicas são demais, né? Espero que goste. A Gabi capricha bastante nas coisas que resolve tocar.

— Nossa, Karol, aqui é muito legal! — Vicente respondeu. — Sempre sonhei em ir a um lugar como este... O som é muito bom, e a energia é simplesmente... Uau! Mas daqui a pouco os meus pais chegam... — Ele consultou o relógio. — E aí eu viro abóbora.

— Meninos, a Gabi está me chamando. Se quiserem ir embora comigo, ainda vou demorar mais um pouquinho.

— Karol, vá curtir a sua noite — Vicente disse, meio murcho. — Tenho que ir daqui a pouco, mas isso não quer dizer que você tenha que se apressar. — Sorriu. — Aproveite muito. Sei como é ter que ficar fazendo as coisas com pressa.

— Você é um fofo. — Ela passou a mão no cabelo de Vicente e aproximou-se do seu ouvido. — Espero que o Cícero cuide bem de ti. — Olhou para mim, fechou a cara e repetiu: — Cuide bem dele, viu? A gente se fala durante a semana.

— Karol! Você sabe que não gosto de... — Quando eu ia terminar a frase, ela já tinha corrido em direção à Gabi. Me virei para o Vicente, meio sem graça. — Quer ir embora?

— Não quero, Cícero. — Ele olhou para o chão e mexeu o pé direito, como quem brinca com uma pedrinha. — *Tenho* que ir. Mas você pode ficar, se quiser.

— E por que eu ficaria? — Torci os lábios. — Nem estou gostando muito daqui.

— Ah... — Vicente encolheu os ombros. — Karol está aqui, vocês se conhecem há tempos. Entenderei se você preferir ficar com a sua amiga, de boa.

— Eu não vim por causa da Karol, Vicente. Vim porque você quis. Sabe muito bem que eu preferia ter ficado em casa assistindo a um filme *com você*. — Eu e a minha bocona. O *você* saiu sem querer, infelizmente.

— Oi?

— Sim, isso mesmo. — Aproveitei a ocasião para tentar me corrigir. — Eu preferia ter ficado em casa assistindo a um filme.

— Não precisa ficar bravo. — Vicente suspirou e se aproximou de mim. — Teremos muitas outras chances até o dia 31 de dezembro, bobão. — Deu um soquinho de leve no meu ombro. — Não seja tão intolerante. Eu, que nunca tinha entrado num lugar como este, estou achando muito massa. Trocaria qualquer filme por estar aqui... — Sussurrou: — ... *com você*...

Estar ali, *comigo*? O meu cérebro entrou em parafuso. Como eu podia ser tão tonto? Estava do lado da pessoa mais interessante que conhecera nos últimos tempos e ficava chateado por besteiras. Eu era muito criança, mesmo. Olhei para a frente e vi que ele me chamava para entrar na pista. Fui atrás.

O Portal do Inferno era minúsculo e desafiava aquela lei da física de que dois corpos não podiam ocupar o mesmo lugar no espaço ao mesmo tempo. Estávamos prensados no meio da galera, pulando ao ritmo de *Smells Like Teen Spirit*, do Nirvana. Minha cabeça girou e, quando dei por mim, os meus braços estavam para cima, os meus lábios sorriam, e eu dançava. Vicente, à minha frente, cantava muito alto. Por uns breves segundos, nos misturamos a todos ao nosso redor. Naqueles instantes mágicos, deixamos de ser dois garotos preocupados com o fim do mundo e vibramos no ritmo de um Universo em que nada, absolutamente nada, era impossível.

O meu peito, colado ao dele, era pequeno demais para comportar aquela sensação desconhecida que ricocheteava dentro de mim. Eu queria explodir. Era uma espécie de vertigem misturada com invencibilidade, uma certeza de poder tudo.

Por alguns minutos, esquecemos o mundo e apenas brilhamos...

As luzes mudaram de cor, indo para um tom mais escuro, e a Gabi mandou *Every Breath You Take*. Alguns casais se formaram, outras pessoas começaram a cantar a letra da música como uma espécie de hino. Talvez o hino dos corações partidos.

O rosto de Vicente estava úmido de suor, e ele sorria, como se tivesse um milhão de luzes dentro dele. Fiz um gesto de cabeça, e aproveitamos a calmaria que tomara a pista para nos dirigirmos à saída.

— Não quero te perder. — Vicente segurou a minha mão.

— Eu também não. — Dentro de mim, senti que a minha mão queria estar na dele, então a apertei.

Os seus dedos se entrelaçaram nos meus imediatamente. Por mais que eu tivesse odiado o Portal do Inferno e estivesse louco para ir embora, a distância entre a pista e a porta era pequena demais para a sensação que a pele dele despertava em mim, então arrastei os meus passos para que os segundos se multiplicassem e eu pudesse morar naquele momento.

Ao chegarmos ao lado de fora, os nossos olhos repousaram em nossas mãos, que se soltaram.

— O que você achou? — perguntei, esperando que ele me desse algum espaço para falar sobre nós. — Foi bom?

— Ah, estava um pouco cheio... — Vicente começou a andar, e fui atrás. — Mas a música é muito boa!

— Ótima! — O meu coração murchou. Resolvi continuar no assunto, porque nem eu mesmo tinha certeza do que queria perguntar ou escutar. — A Gabi manda muito bem! A pista só ficou vazia quando começou a tocar música lenta.

— É. — Ele suspirou e passou a andar olhando para o chão. — Acho que as pessoas andam fugindo do amor.

— E com toda a razão — eu disse, e ele riu. — Porque é muito complicado...

— E você, Cícero? — Cutucou meu braço com o cotovelo. — O que achou?

— Uma experiência legal, mas que não pretendo repetir.

— Por quê? O mundo vai acabar, cara. A gente não tem nada a perder. Nada. — Vicente procurou os meus olhos e esboçou um sorriso. — Talvez a gente acabasse se arrependendo de não ter vindo...

— Ao menos temos isso no nosso currículo. — Dei risada e escondi as mãos nos bolsos. O sumiço dele ainda era um ponto de interrogação. — Você disse que ia pegar uma bebida, mas voltou de mãos vazias — falei, tentando não parecer um fofoqueiro. — Foi fazer alguma outra coisa? — Agradeci mentalmente por minha boca grande não ter perguntado sobre o garoto com quem ele conversou na pista. — Demorou pra voltar...

— Bem... — Ele fez a mesma cara que a minha mãe dizia que eu fazia quando era pego em uma mentira. — Posso ter bebido antes de voltar, não?

— É, pode ser.

— Também pode ser que eu esteja um pouco bêbado e por isso tenha segurado a sua mão daquele jeito...

— Pode ser também. — O meu coração quase saltava pela boca.

— Também posso ter saído dali e não ter ido beber nada. Há um mundo de coisas que podem ter acontecido até eu chegar ao bar — afirmou, todo misterioso. — Como, por exemplo, ter encontrado a solução para os nossos problemas...

— Você descobriu... — a minha mão pousou no ombro dele, como que puxada por uma força magnética — ... uma forma de continuarmos vivos depois que o mundo acabar?

— Engraçadinho! — Vicente revirou os olhos. — Não é isso... Mas acho que vamos conseguir a última edição de *Under Hero*!

— O quê?! — gritei, aproveitando para engolir o meu coração de volta. — Como assim?!

— Não sei se te conto... — Vicente correu um pouco, e eu fui atrás, sem pensar muito. Ele encostou na parede do prédio dele e me olhou com aquele sorriso branco e grandioso. — É segredo.

— Vicente! — Dei um passo à frente. — Não me provoca!

— Senão o quê? — desafiou.

Estávamos a centímetros um do outro. O corpo dele cheirava a suor e promessas. Era um aroma doce, que saía de cada poro e chegava a mim balbuciando o meu nome e entorpecendo a minha mente. O meu olhar se perdeu por alguns segundos nos poucos pelos dourados que brotavam no seu rosto quadrado. Alguma coisa me fazia me sentir muito à vontade na presença dele, algo que não perguntava do passado ou do presente e que me dizia que era fácil ser e existir.

— Você vai ver só! — E fui para cima dele, num ataque de cócegas.

— Eu conto! — Vicente gritou, se contorcendo. — Eu conto! Não precisa partir pra ignorância! Isso aí é golpe baixo. — Conseguiu se desvencilhar de mim, apoiou a mão no muro, dobrou-se para a frente e procurou recuperar o fôlego. — Devia ser proibido por lei fazer isso.

— Então, ele me encarou. — Quarta-feira... os meus pais participam do estudo bíblico... Apareça, às seis em ponto, lá no terraço.

— Não vai me contar mesmo?

— Segure a ansiedade até quarta — respondeu, sorrindo com os olhos. — Nem é tanto tempo assim. Enquanto isso, procure pensar em outra coisa...

Então, aconteceu. Só processei o fato depois que os lábios do Vicente já tinham tocado o espaço entre a minha bochecha e o canto da minha boca, e de ele ter entrado correndo no prédio. Mais uma vez, fiquei tonto. Será que eu estava doente? Será que a cerveja me afetara tanto assim? Talvez fosse tudo isso junto, pois havia tanta coisa se misturando dentro de mim que nem notei como cheguei em casa.

Quando a minha cabeça voltou ao planeta Terra, eu, na cama, olhava para o teto. Parecia que o nome de Vicente estava escrito na parede, de tanto que ecoava na minha cabeça. Sorri e fechei as pálpebras, rindo por dentro, meio envergonhado e excitado com todas as nossas recentes interações. A mão dele entrelaçada na minha... A minha boca tão perto da dele... *O que virá depois?*, era a pergunta que não saía dos meus pensamentos, e me acompanhou fielmente até eu cair de sono com a imagem dele na cabeça.

8

Um cutucão nas costas me fez despertar assustado. Os resquícios da noite passada estavam refletindo na primeira aula da segunda-feira. Limpei a linha de baba no meu rosto, e os meus olhos encontraram os de todas as pessoas da minha sala do primeiro ano do ensino médio. Experimentei a sensação do silêncio mortal quando se tem um Freddy Krueger se aproximando pelas suas costas. É claro que eu estava em apuros, pois os alunos tentavam ser discretos nos cochichos e nas risadas, mas a aura de desprezo que pairava no ar fazia com que eu me sentisse uma grande perda de tempo.

— E então, Cícero, sabe a resposta?

Gelei. Sentei direito e tentei recuperar um pouco da minha dignidade. A voz ecoava pela imensa distância entre o quadro-negro e a última carteira, que era onde eu estava. Dava para ouvir grilos naquele silêncio desconfortável, e o espaço entre mim e ele parecia aumentar como naqueles filmes de suspense em que o personagem sente vertigem.

O professor largou o giz, saiu da frente da lousa, sentou-se sobre a sua mesa e me olhou por cima dos óculos redondos, ainda com o livro aberto nas mãos.

— Planeta Terra chamando Cícero.

Cocei os olhos para espantar o resto de sono e procurei nos rostos dos meus colegas qualquer ajuda possível, mas percebi que não ia rolar. O jeito como o professor continuava a me encarar colocava todo o peso da civilização humana e da filosofia sobre a minha cabeça, o que era demais para um ser de quinze anos. A galera com quem eu tinha mais contato sentava mais para o meio da sala, então aceitei a derrota. Naquele momento, não conseguiria dar um jeito na situação.

— Desculpa, professor Santos, mas não sei.

— Cícero, Cícero... — Ele suspirou e crispou os lábios. — Se você estivesse acordado e tivesse ouvido a minha pergunta, tenho plena certeza de que saberia que a resposta é Aristóteles. — Passou as enormes mãos nos cabelos grisalhos. — Talvez você seja daqueles que consideram que a filosofia não ajudam nada na hora de ganhar a vida, mas... ela é fundamental pro homem aprender a pensar e entender o mundo e os outros. — Retirou os óculos e colocou-os na mesa. Depois, deu a volta e sentou-se. — Sem querer falar o óbvio, é lógico, mas muito do que digo aqui pode ser importante pra te ajudar a compreender como as coisas funcionam. — Desviou os olhos e se dirigiu aos demais: — Não estou falando só com o Cícero, mas com todos vocês. — Então, voltou para o livro e continuou a sua explicação.

Os últimos dias tinham sido tão agitados e com tantas coisas novas que a minha mente não conseguia desligar direito para que eu pegasse no sono na hora certa. Como vinha dormindo muito menos do que o meu corpo pedia, eu sabia que o risco de cochilar de novo era grande; por isso, resolvi ocupar a minha cabeça desenhando. Fucei na minha mochila, retirei o meu caderno secreto de desenhos e abri na ilustração inacabada do *Under Hero*. Eu a encarei por alguns segundos, mas senti que não estava a fim de concluí-la naquele momento; portanto, virei a página, meio frustrado, e comecei a rabiscar.

A voz do professor continuou como uma música de fundo, enquanto a minha mão procurava dar forma a qualquer coisa.

— Filho do médico do rei da Macedônia, Aristóteles foi pra Atenas, o grande centro de produção de conhecimento da época, e escolheu a Academia de Platão pra dar seguimento aos seus estudos. Lá, permaneceu por vinte anos, até a morte do seu mestre.

Deixei o traço fluir, porque desenhar me oferecia uma liberdade indescritível: com lápis e papel, eu dava contornos a medos, sonhos, desejos e demônios que nem sabia que me habitavam.

— Muito da vasta obra de Aristóteles se perdeu, e o que temos hoje são fragmentos, organizados de acordo com os assuntos e temas que os guiam. O que quero que vocês percebam é que Aristóteles visava superar Platão, que foi o seu mestre...

A fala do professor foi interrompida por um trovão. Olhei para a janela. O vento varria as nuvens com uma velocidade impressionante. Logo caiu uma tempestade tão confusa e fora de hora quanto as imagens que fugiam da minha cabeça para o papel. A minha mão dançava pela folha com vida própria. No espaço em branco, era como se três conceitos diferentes estivessem surgindo: um rosto, uma forma arredondada e traços irregulares que se tocavam, se repeliam e, de algum jeito, se juntavam de novo.

— Platão achava que as paixões humanas eram negativas e que precisavam ser racionalizadas, pois a razão deveria vir acima de tudo. Para Aristóteles, no entanto, a paixão não podia ser categorizada entre o bem e o mal, porque era ela quem movia e impulsionava o homem, o ser, para uma determinada ação. E a paixão vinha acompanhada... de dor ou prazer.

Olhei para a cara do professor Santos e tentei entender o que ele estava falando: paixão era o que movia e impulsionava o homem. Voltei para o papel e percebi que, no centro, dois olhos brilhavam entre uma confusão de linhas. Parecia que eu havia colocado uma lupa em cima de uma das íris para ampliar a sua luz.

Fiquei encarando o desenho; por mais que tivesse supostamente terminado, ainda não conseguia definir a sua real inspiração. O traço era confuso e cheio de linhas difusas. Mas não tinha muito que pensar. O título, em homenagem à aula e a tudo o mais que estava acontecendo, seria *A paixão de Aristóteles.*

Fechei então o caderno e tentei conter o sono. Por mais que soubesse, no fundo da minha alma, que íamos rumo ao fim do mundo, uma pontinha do meu cérebro ainda guardava um pequeno interesse pela escola. Aliás, o professor Santos era uma das pessoas que mereciam o meu respeito, porque o que ele falava sempre fazia muito sentido.

O sinal tocou, e os alunos saíram correndo. Como eu queria trocar umas palavras com o professor, aproveitei que ele estava arrumando a sua maleta e me aproximei.

— Pois não, Cícero? — Tirou os óculos e me olhou. — Posso te ajudar em alguma coisa?

— Então... — Afundei as mãos nos bolsos da calça para tentar diminuir a minha vergonha. — Eu não queria ter dormido na sua aula. Assim que acordei, percebi como estava interessante. Aristóteles parecia ser um cara bem legal mesmo. — *Aristóteles parecia um cara legal?* Por que eu sempre tinha que deixar o meu bocão soltar os meus pensamentos sem filtro? — E aí... eu queria me desculpar. Não tenho dormido direito.

— Tudo bem, Cícero. — Ele sorriu e abriu as gavetas, como se procurasse algo. — Tente não dormir nas próximas aulas.

— Nem precisa pedir duas vezes.

— Você disse que não está conseguindo dormir direito? — Observou-me e colocou a mão sobre o meu ombro. — Está tudo bem? Precisa de algum tipo de ajuda?

— Não, normal. — Eu não sabia como dizer que estava com o sono atrasado por ter ido me divertir em um lugar proibido para menores de dezoito anos. — Muito obrigado por perguntar. Mil desculpas de novo. Sério mesmo.

Apertamos as mãos e nos despedimos. Terminei de colocar a minha mochila, e estava quase na porta quando o professor pigarreou alto, chamando a minha atenção.

— Cícero, antes de ir, só mais uma coisa: caso não consiga discutir algum problema com os seus pais por medo, vergonha, intolerância ou qualquer outro motivo, procure um professor. — Acenou com a cabeça e sorriu.

A minha barriga gelou. Fugi da sala o mais rápido possível. O professor Santos tinha fama de durão, mas até que ele tinha sido bem legal comigo, apesar daquela sensação estranha de que ele sabia de algo e eu ainda não.

Mais tarde, no caminho para casa, a voz do Santos falando sobre *paixão* e *liberdade* ficou martelando na minha cabeça. Não adiantava me iludir. Eu já tinha plena noção de que não conseguiria dormir de novo. Será que era isso o que estava faltando na minha vida? A tal da paixão e da liberdade?

9

A terça amanheceu fria. Eu sobrevivi bravamente a todas as aulas basicamente por medo de pagar mico, como na aula de filosofia. Depois do colégio, fui até a locadora e devolvi os filmes antes do prazo, porque não fazia sentido assisti-los sem o Vicente. De lá, fui para a Padoca do Seu Zé, pois havia sido convocado pela Karol.

Da minha mesa na calçada, conseguia vê-la discutindo com a Gabi. Se eu a conhecia bem, ela queria que eu fosse testemunha da sua briga boba e que tomasse o partido dela. Típico.

— Pensei que estávamos nos conhecendo, Gabi!

— Mas estamos, Karol.

— E você acha legal beijar outra menina?

— Mas, docinho... nós não namoramos. Nunca nem *falamos* sobre essa possibilidade. — Gabi revirou os olhos, colocou uma das mãos na cintura e apontou o indicador para trás, como se estivesse falando de mim. — Fora que você também fica com *alguns caras*, que eu sei.

— Nem começa. — Karol cruzou os braços e bateu o pé. — Você sabe muito bem que o Cícero é café com leite. A gente *tinha* uma amizade colorida, nada mais. *Tinha...* — Esticou o indicador e moveu-o no ar, como se grifasse o que acabara de dizer.

Suspirei e comecei a observar a rua, tentando me distrair porque, pelo visto, elas ainda iam longe.

As aulas tinham sido um porre, o relógio se arrastava, nada acontecia. Na verdade, eu queria manipular o tempo para acordar no dia seguinte, quando reveria o Vicente.

As duas continuavam no seu drama. Na rua, a vida acontecia, as pessoas empurravam as suas existências, mas, para mim, a única coisa que importava era a pressa que eu tinha. O mundo acabaria em breve e, como Vicente dissera, eu tinha que começar a ser verdadeiro comigo mesmo, a fazer coisas que me deixavam feliz... Mas o que eu estava sentindo? De onde vinha aquele sentimento que me deixava confuso?

Talvez eu gostasse de meninos *e* meninas, e Vicente fosse uma nova possibilidade. Tudo bem que isso poderia até ser uma boa explicação, mas o que era aquele vazio que sobrava depois do sexo? Seria a falta de amor pela Karol ou o fato de ela ser uma garota? Lembrei o que ela tinha me dito sobre não ter que ficar dando nome a nada. A Karol tinha razão. Um sentimento inédito despertara dentro de mim e eu queria comemorar isso, abraçar essa necessidade sincera de estar junto de alguém, *só*. Afinal de contas, Vicente não era um teste, ele era muito mais, então não havia motivos para eu ficar me perguntando se gostava de x ou y.

— Cícero! — Pela segunda vez em dois dias, senti uma mão me sacudindo. — Cícero!

— Oi!

Karol e Gabi me encaravam como se estivessem me chamando por horas. Pisquei, para voltar à realidade.

— Vamos? — Karol me pegou pela mão e, antes que eu pudesse fazer qualquer coisa, deu um beijo estalado no rosto da Gabi e saiu me puxando pela rua. — A gente se vê por aí... — gritou, apressando o passo.

— Karol! A gente ainda não terminou a conversa...

— Ah, acabamos sim, dona Gabriela! Boa sorte com as suas paqueras! Estou fora.

— O que houve? — Ao me virar para trás, vi a Gabi, meio perdida, olhando a Karol se afastar. — Precisava de tanto? Está fazendo aula de teatro, agora?

— Ela ficou com outra menina no Portal do Inferno, e eu acabei descobrindo.

— Mas... vocês estão *namorando*?

— Não... — Ela me deu um soco de leve no ombro. — Mas a Gabi precisa entender que eu sou *especial*... Então, vou deixá-la sentir um pouco de peso na consciência.

— Sei! — Eu a encarei. — Você fazia esse tipo de chantagem emocional comigo também, né?

— O tempo todo! — Bateu com o quadril no meu. — O amor é um *jogo*, Cícero. Você precisa aprender as regras pra não ser engolido por ele.

— E... — Tinha lá minhas dúvidas quanto a isso, porque, apesar da minha pouca experiência, sempre achara que amor era amor, *só*, nada desses joguinhos. — ... por que você está dizendo isso pra mim?

— Cícero, está na cara que você gosta de *alguém*. Não é?

— Karol, olha... — Franzi as sobrancelhas e olhei para ela, muito sério. — Não sei do que você está falando. Sinceramente... Você foi a última pessoa com quem fiquei, e isso foi... — contei nos dedos — ... há três dias. Enquanto ficávamos, era só você, né? Então...

— Mas que bobo! — Ela sorriu. — Não estou falando disso, menino. Não sei se você lembra... mas estive lá no Portal do Inferno. Vi a forma como vocês se olhavam... O jeito como você ficou preocupado quando o Vicente sumiu...

— Vicente? — Arregalei os olhos. — Você está perguntando se eu gosto *do Vicente*? Somos apenas amigos — desconversei. Eu tinha minhas teorias, mas queria descobrir isso sozinho, e não apenas ser empurrado.

77

— Qual o problema de gostar além de *como amigo*, Cícero? — Karol pegou a minha mão e a apertou de leve. — Dá pra perceber que você está a fim dele... E ele de você.

— É?

— Claro que é. Vocês já se beijaram?

— Quê?! — gritei. — Enlouqueceu, garota?!

— A ideia te assusta? — Karol caiu na gargalhada. — Não é nada de mais, Cícero. É um beijo, só. — Bagunçou o meu cabelo. — Como outro qualquer. Não importa se é homem ou mulher. É uma vontade de estar junto.

— Ah, Karol... — Suspirei. — Pra dizer a verdade, ainda não pensei direito nisso. Conheci o Vicente outro dia, e as coisas aconteceram tão rápido...

— O que aconteceu? Que coisas?

— Ele é o cara mais legal que já conheci. A gente se entende. — Sorri e suspirei de novo. — A gente ri das mesmas piadas e tem tantas, tantas coisas em comum...

— Tá vendo? Já é um começo. Aliás, é assim que tudo costuma acontecer. — Ela encostou a cabeça no meu ombro. — Entre nós foi diferente, porque nos conhecemos faz bastante tempo, temos muita intimidade, foi bem legal; mas só. Não foi um grande amor... Né?

— Não sei aonde você está querendo chegar.

— Estou querendo chegar àquelas tardes em que ficávamos no seu quarto, lembra? Aquelas conversas que tínhamos a respeito de quem a gente achava bonito? Muitas vezes, eu falava de homens, e você, de mulheres, mas também comentávamos sobre pessoas do mesmo sexo.

— Nossa, nem lembrava mais disso! Agora que você está tocando no assunto...

— Pois bem. Você falava do Kurt Cobain e do Leonardo DiCaprio... — Ela voltou a se sentar e me cutucou com o cotovelo. — Eu, pelo meu lado, nutria uma paixonite brava pela Ivete Sangalo. — Deu risada. — E *Malhação*? Você pegava o Mocotó, e eu, a Cacau.

— Nossa, pode crer! — Chacoalhei a cabeça. — Faz tão pouco tempo que conversamos sobre isso, mas também parece uma eternidade.

— Não muda de assunto, garoto. — Karol puxou o lóbulo da minha orelha. — E o Vicente?

— O que tem ele?

— Se você não tentar, nunca vai saber se gosta dele ou não.

— Mas, Karol, não sei se os nossos papos eram só alucinações coletivas ou se eu estava a fim mesmo. — Respirei fundo e procurei uma justificativa na minha cabeça, porque a possibilidade era meio nova. Por mais que já tivesse considerado, era um tanto assustador tirar do campo das ideias. — Gosto de cinema, desenho, então gosto de ver coisas bonitas. Vai ver era só isso.

— E como ficar sabendo se você não tentar?

— Vai ver o que eu sinto pelo Vicente é só carinho... — E podia ser mesmo. Ele era o cara mais legal que eu conhecia e, por não ter muitos amigos, talvez eu tivesse ficado impressionado. — A gente mal se conhece...

— Sim, pode ser que seja só isso. Mas também pode ser que tenha surgido uma vontade dentro de você... Sei lá... Curiosidade... Um sentimento? — Ela encaixou os dedos nos meus. — Independentemente do que seja, acho que, antes de tudo, você devia se certificar de que está pronto física e emocionalmente pra tentar qualquer coisa.

— Mas como? — Arqueei as sobrancelhas e esqueci a boca aberta. Às vezes, a Karol tirava umas sabedorias da cartola. Eu queria só ver o tipo de abobrinha que ela ia inventar. — Tem teste pra saber?

— Ai, Cícero, larga de ser bobo! — Largou a minha mão e colocou os cabelos para trás. — Beijar revela que existe mais que amizade... — Ela estufou o peito, como se fosse uma grande especialista no assunto.

— Mas beijar também significa, muitas vezes, *estragar* uma amizade... Somos uma rara exceção, meu caro. Então, caso não tenha certeza *absoluta* de que está fazendo a coisa certa, aguarde.

— Certo. — Pensei em como o meu corpo reagia quando estava perto do Vicente, em como tudo parecia certo e em como eu me sentia à vontade ao lado dele. — Estamos no campo das hipóteses, né?

— Exato.

— E se eu, *hipoteticamente*, claro, quisesse beijar o Vicente? — Olhei para o chão, porque comecei a sentir as bochechas queimando. — Como vou ter certeza de que ele quer me beijar também?

— Aqui vai a dica de mestre... — Karol se empertigou e arrumou a postura.

Eu engoli o riso, porque, por um segundo, me lembrei do professor Santos.

— Olhe o Vicente bem fundo nos olhos; depois, mire nos lábios dele e, finalmente, suba de volta para os olhos. Faça isso diversas vezes. — Karol foi se aproximando de mim, com uma cara sexy de quem queria me devorar. — Assim, ó...

E ela demonstrou exatamente o que dissera. Mais uma vez, eu contive o riso, porque não estava funcionando comigo.

— Caso ele responda aos seus olhares, vai fundo. Agora — ela deu um sorrisinho malicioso com o canto do lábio —, se ele morder o lábio... Aí, meu filho, o bicho vai pegar, porque ele está pronto pra algo mais quente... Se é que você me entende. — Karol abriu um sorriso sacana e piscou o olho esquerdo. — Mas calma! Presta atenção. Se ele desviar o olhar, é melhor esperar mais um pouco. Não vai avançar o sinal, hein? Isso não é só com ele, não, é com qualquer pessoa. Homem ou mulher. Não vai se jogando se a criatura parecer desconfortável, tá?

— Ah, não precisa falar esse tipo de coisa, né, Karol?

— Claro que precisa! Lembrar onde termina a nossa liberdade nunca é demais, Cícero. Não esquece. Assim, ó... — Repetiu a cara sexy e mordeu o lábio. — Assim pode. Aprendi por aí...

— Aprendeu por aí, onde? — Bati palmas, debochado. — Está com cara de artigo de revista, isso sim.

— Não enche! — Ela bufou e bateu de leve na parte de trás da minha cabeça. — Sempre soube que o dinheiro que investi em revistas adolescentes traria algum retorno. É claro que existe uma grande diferença entre a teoria e a prática... — Deu de ombros. — Mas funcionou comigo. Aliás, tem funcionado. O que fiz com a Gabi, por exemplo: faça-se de difícil e mantenha a pessoa interessada. Sempre funciona. As revistas de adolescentes preparam a gente pra vida!

— Ah, tá. — Ri muito por dentro. De uma forma ou de outra, a Karol era a única pessoa para quem eu poderia pedir um conselho, e teria que servir. — Vou pensar.

— Sim, faça isso. E depois me conta tudo, com detalhes.

— Beleza — menti.

Claro que não contaria os detalhes. Eu nem sabia o que ia acontecer e, se rolasse algo, não queria ser apresentado como um caso de sucesso da Karol para as amigas. *Me fazer de difícil?* Como eu faria isso, se o que eu mais queria era me entregar?

10

Cheguei em casa um pouco molhado por causa do chuvisco constante, e a primeira coisa que escutei foram alguns palavrões. Era regra: toda vez que a minha mãe perdia algum prazo importante das empresas para as quais prestava serviços, era um festival de xingamentos por uns dois dias. Dessa vez parecia sério; pelo menos, era o que me dizia o ódio com o qual ela teclava na nossa máquina de escrever. Andei de mansinho pelo corredor e observei a cena: ela estava toda torta na cadeira em frente à escrivaninha e parecia meio louca, com o cabelo preso num rabo de cavalo e de pijama com desenhos de deuses indianos. No rádio, ouvia Barão Vermelho.

— Está com sangue nos olhos hoje, hein, mãe? — Aproximei-me e dei um beijo molhado no rosto dela. — Problemas de trabalho, né?

— Ah, filho... — Ela abraçou a minha cintura e me puxou para perto. — Nem quero falar nada. Você é uma das poucas coisas boas na minha vida. Tem o Sérgio também, mas você é muito melhor. Esses bostas de diretores que não sabem o que querem estão tirando a minha paz! — Apertou minha camiseta de leve, sentindo a umidade. — Vá tomar um banho quente e trocar de roupa antes que se resfrie...

—Tô indo.

— Que tal uma massa pro jantar?

— Alessandra, Alessandra... Massa, massa ou o de sempre?

Uma das manias dela era inventar moda fazendo uns macarrões instantâneos temperados com alguma mistureba que ela chamava de alta gastronomia.

— Te conheço, mãe.

— Macarrão com molho branco, seu sacana! — Alessandra sabia que as palavras *molho branco* eram o segredo do sucesso, porque compravam a minha lealdade e me faziam mais feliz.

— Mãe, olha, se for fazer mesmo, faz muito. — Além de estar virado de fome, aquele era o meu prato preferido. — O meu estômago aguarda ansioso!

— Sim! Agora vai logo tomar o seu banho, senão eu desisto! Xô, xô!

Alessandra tinha fama de durona e insensível porque sempre precisou fazer o trabalho de mãe e pai. Na verdade, as dificuldades de administrar uma casa e um filho a tornaram uma pessoa obcecada por organização, que não podia se dar ao luxo de ter emoções. Isso nos assuntos profissionais, claro, porque em casa éramos parceiros de crime.

Comecei a chamá-la de Alessandra de zoeira, só para encher o saco, mas, em vez de se zangar, ela entrou na brincadeira e disse que os outros achariam que era a minha irmã mais velha. E ela não estava errada. Apesar do estresse com o trabalho e de ter que cuidar de mim sozinha, minha mãe ainda era muito jovem. Aliás, esse era um dos muitos motivos pelos quais fiquei feliz quando Alessandra me disse que estava namorando. Aí, veio o Sérgio e os finais de semana sozinho sem ela, com zero festa e doze fitas de vídeo. Basicamente, o paraíso.

Deixei o chuveiro ligado e entrei no box. Para mim, entrar no banho bem quente era uma espécie de terapia, porque me ajudava a juntar as peças dos quebra-cabeças de dúvidas que eu mesmo criava.

O dia tinha sido estranho...

Parecia que faltava algo...

Comecei a desconfiar de estar sentindo saudade do Vicente, o que era estranho, porque a gente mal se conhecia. A água foi descendo, e eu me lembrei dos dias malucos que vivi: o gosto do meu primeiro cigarro, a minha explosão de baba no terraço, o jeito com que ele segurou a minha mão no Portal do Inferno... Segurou, não! Encaixou os dedos nos meus. *Encaixou...*

O meu corpo reagiu com a lembrança...

E não parou por aí.

Fui dominado por uma enxurrada de sensações: o cheiro doce da proximidade do corpo dele, a boca muito vermelha, o cabelo castanho-claro, os olhos cor de chocolate que pareciam brilhar e que eram capazes de me incendiar...

A minha pele pegou fogo.

A lembrança dele me deixou excitado, o que fez com que me recordasse de tudo o que o meu professor dissera sobre Aristóteles e a liberdade — liberdade para me apaixonar, para sentir.

Então fechei os olhos e imaginei...

A boca do Vicente percorrendo o meu corpo...

Os seus dedos longos me tocando...

Os seus dentes brancos me mordendo...

Imaginei...

Imaginei...

Imaginei...

E a liberdade explodiu de dentro de mim.

Sentei no piso e deixei que a água escorresse pelo meu cabelo e pelo meu rosto. Encostei a cabeça na parede e sorri para o teto, com os olhos fechados, sentindo as lágrimas descerem pelas minhas bochechas. Não sei como ou por que, mas foi como se eu finalmente tivesse montado o meu quebra-cabeça mental, que, apesar de ter um milhão de peças, só me mostrava uma coisa: o rosto dele.

Após o banho, do quarto, senti o cheiro da massa na cozinha. Eu e a minha mãe nos sentamos no sofá e vimos um pouco de tevê enquanto comíamos. Manobrei os assuntos para manter a conversa sobre cinema e amenidades, porque a Alessandra tinha um sexto sentido estranho, que sempre conseguia pescar as coisas na minha cabeça. Decidi que a estratégia correta era manter sigilo. Ainda mais porque, se a minha mãe desconfiasse de qualquer mudança, podia querer me dar conselhos, já que estava numa cruzada para me desencalhar.

Após o jantar, fingi estar muito cansado.

Na cama, tudo parecia estranho... O meu quarto, o meu corpo e os meus sentidos pareciam novos. Até respirar estava diferente. Será que era isso o que as pessoas sentiam quando estavam apaixonadas?

Apaixonado?!

Eu?!

11

Depois de tudo o que descobrira no dia anterior, eu queria me sentir bonito e minimamente atraente. Assim, conferi o meu reflexo em todas as vitrines do caminho que me levava a Vicente. Sei que devia estar ridículo, mas eu tinha os meus motivos.

O portão de entrada do prédio dele estava aberto. Subi para o terraço e, antes de entrar, consultei o relógio. Havia conseguido chegar dois minutinhos antes da hora marcada.

Empurrei a porta e perdi a força nas pernas. O meu coração disparou, e comecei a suar como louco, porque não me lembrava da última vez em que alguém tinha feito uma surpresa para mim. As minhas mãos tremiam. Olhei ao redor, para memorizar cada detalhe daquele momento.

Vicente forrara parte do chão com um edredom e, sobre ele, colocara um pacote de salgados, uma garrafa de vinho e umas almofadas. Para completar, um pequeno aparelho de som e alguns CDs. Era improvisado, mas me fazia sentir especial. Ele estava encostado no parapeito, atento à capa do CD que segurava. Um restinho do pôr do sol ainda pintava o céu de vermelho, no mesmo tom da camisa de flanela que ele vestia.

Ele.

Estava.

Lindo.

Vicente estava lindo para caralho! O vento frio do começo da noite trazia o perfume amadeirado do corpo dele até mim. Sinceramente, eu não sabia o que fazer.

— Oieeeee! — ele disse, sorrindo.

— Oi! — sussurrei, com o máximo de voz que consegui juntar. Nunca sentira aquilo, uma euforia, uma vontade tão grande de alguma coisa que eu não sabia definir.

Vicente veio na minha direção com os braços abertos. O corpo dele no meu me fez ter certeza de que ele era daquelas pessoas que abraçavam de verdade.

— E então... como você está?

— Bem. — Na verdade, eu queria dizer que sentira saudade, mas usei todo o meu autocontrole.

— Vamos sentar aqui... — Vicente caminhou até o edredom e se deitou.

— Essas almofadas são do seu quarto? — Me acomodei de frente para ele.

Ele ajeitou duas delas, cruzou os braços atrás da cabeça e se deitou sobre os integrantes de *Friends*.

— A maior parte do que eu tenho de maneiro são presentes da minha avó. Ela costuma me dar coisas clandestinas, tipo esse toca-CD.

— Por que o toca-CD é clandestino? Você também não pode ouvir música? — Olhei para as caixinhas de CDs, ajeitando-me ao lado dele.

— Músicas que não são religiosas e que incitam os jovens a beber, fumar e transar? — Ele riu, sem humor. — Claro que não, mas eu tenho os meus métodos: um radinho, no qual ouço FM escondido, porque ninguém é de ferro. E agora... — Apontou para as compilações. — Na verdade, os meus pais odeiam que eu tenha contato com a minha avó porque ela é toda descolada, sabe? A vó Emir é defensora

87

da liberdade! Nunca vi uma pessoa tão foda! Ela mora no litoral, mas viveu aqui por muito tempo. Mudou-se pra lá uns anos depois que o meu vô morreu.

— Como vocês mantêm contato?

— Os meus pais são muito rígidos. O telefone é só pra emergências ou conversas essenciais, mas a vó Emir é esperta. Como ela nasceu aqui, ainda tem muitas amigas na cidade. Uma delas, a dona Ariadne, serve de ponte entre nós dois. Ela funciona meio que como a minha agência dos correios e o meu banco: a minha avó manda uma mesada pela conta dela e presentes pro endereço dela também. Se dependesse dos meus pais...

— Ainda bem que você encontrou um jeito de quebrar as regras.

— Sempre encontro, Cícero. — Vicente inclinou o rosto para me olhar.

Sorrimos ao mesmo tempo. Pensei naquela ideia sobre saber o momento. Será que seria agora? Uma coisa era certa: eu queria muito. Olhei nos olhos dele, e depois a boca. As minhas palmas começaram a ficar úmidas, e eu decidi tentar. Quando fitei os lábios dele, Vicente havia acabado de enfiar uma mão enorme de salgadinhos na boca. Decidi esperar...

— A minha ideia era tentarmos ver estrelas cadentes... — ele comentou, frustrado. — Mas não demos sorte, olha o céu.

— É, não está dos melhores. Pelo menos, não está chovendo, senão nem poderíamos ficar aqui, mas pensa só... Ainda temos até 31 de dezembro. Não é possível que não tenhamos uma noite sem nuvens até o fim do mundo, Vicente.

Dias atrás eu estava muito tranquilo com relação a isso, pois parecia um fim natural para a civilização: máquinas se virando contra as pessoas, meio *O Exterminador do Futuro,* mas sem robôs ou viagens no tempo. Eu tinha minha vidinha: escola-casa, casa-escola, mas agora um sentimento de urgência dera início a uma contagem regressiva na minha cabeça e eu estava com pressa, muita pressa.

Vicente me tirou dos meus devaneios:

— Come, Cícero.

Olhei para a mão dele se aproximando cheia de salgadinhos e fiz a única coisa possível: abri a boca. Nunca fui fã dessas porcarias fedidas que a criançada tinha mania de comprar no recreio, mas aqueles vieram com o gosto e o cheiro da pele dele. Suspirei e mastiguei devagar, saboreando mais que o necessário.

— O que vamos ouvir? Tem alguma preferência? Eu trouxe os álbuns que pedi pro Stephen King gravar...

— Você encomendava os seus por gênero ou banda também? — respondi, ainda mastigando.

— Ah, não... As minhas compilações combinam os sentimentos que experimentei durante o mês e as bandas que me marcaram. Fiz uma a cada trinta dias desde que ganhei o toca-CD, no Natal passado. Tenho álbuns de janeiro até junho... Escolhe um mês!

— Vicente, nem sei o que você escolheu pra cada um deles! Assim fica difícil.

— Deixa de ser chato! Escolha um mês e aceite a surpresa.

— Hmm... Abril, então. Mês do meu aniversário.

— Boa escolha! — Ele bateu de leve no meu joelho e me entregou um lado do fone, e encaixou o outro na própria orelha.

Como o fio era curto, nos deitamos bem próximos. O instrumental de *I Still Haven't Found What I'm Looking For*, do U2, invadiu o meu ouvido direito.

Então, tomei a iniciativa. Os meus dedos foram se esgueirando até se encaixarem nos de Vicente. Por baixo da minha pele, tudo borbulhava e, ao meu redor, as coisas pareciam ter ganhado foco. Eu queria sorrir e gritar. O meu corpo vibrava e, naquele momento, me senti *vivo*. Mais do que isso, me senti eu mesmo pela primeira vez, porque entendi as minhas reações como a confirmação de que estava realmente *apaixonado*, sem julgamento, medo ou culpa.

Ficamos calados por quase uma hora. As músicas começaram e terminaram, os nossos olhos permaneceram no céu e as nossas mãos repousaram no edredom. Nada que disséssemos faria jus àquilo que tomava conta de mim.

Quando a última faixa acabou, Vicente, suspirando, se sentou. Não consegui entender a expressão dele.

— Está tudo bem?

— Antes de continuarmos a nos envolver, eu preciso que você saiba que... os meus pais são complicados... — Vicente passou a mão pelo cabelo e desviou os olhos dos meus. — Já tem um tempo que me tratam como se eu fosse um peso por não ser o filho ideal. Não consigo corresponder às expectativas deles. — Abraçou as próprias pernas.

— Aconteceu alguma coisa? — O meu coração batia tão forte que chegava a doer.

— É que eu fui pego... — Ele me encarou. — De algum jeito, os meus pais descobriram que eu fui pro Portal do Inferno.

— O que eles fizeram com você?

— Nada com que deva se preocupar... Sério. Está tudo bem...

Não estava, eu sabia, mas por não encontrar o que dizer para que Vicente se sentisse melhor, aproximei-me de lado e o abracei. Ele pousou a cabeça no meu ombro, e eu desejei que o mundo parasse, mesmo que só por aqueles poucos instantes, para que eu pudesse continuar a senti-lo dentro e fora de mim.

Vicente suspirou, pegou a garrafa de vinho, tirou a tampa e deu um belo gole.

— Que o universo apague as nossas mágoas e todas as merdas que jogam em cima da gente! — Ele bebeu de novo, sorriu, triste, e me passou a garrafa. — Só pra você saber: ainda não bebi o suficiente pra botar a culpa na bebida. — E pegou a minha mão.

O meu coração pareceu explodir, me fazendo engolir as minhas próprias palavras. Eu ainda não tinha uma confirmação concreta de que Vicente também sentia algo por meninos, *por mim*, mas aquilo devia significar alguma coisa! Aquilo e todos os outros sinais que...

— Vamos mudar de assunto, até porque tenho algo *incrível* pra te contar. — Ele respirou fundo e me encarou cheio de expectativa. — Descobri como conseguir a última edição de *Under Hero*...

— O quê?! Como assim?! Me conta logo!

— Só se você me prometer uma coisa.

— Que coisa?

— Promete que vai fazer o que eu te pedir?

— Depende, preciso saber antes do que se trata!

— Mas preciso de uma garantia, caso contrário, não falo. E olha, essa dica é quente...

— Putz! Está bem, prometo.

— Na festa, encontrei o Stephen King... Ele estava meio deprimido por causa da Taverna, claro. A gente conversou um pouco, e eu comentei que estávamos frustrados por causa do último número da revista. Quando eu disse que a cidade ia ficar órfã do único lugar que vendia coisas alternativas, ele me abraçou meio bêbado e falou algo sobre o sistema estar acabando com as lojas pequenas. Aí, virou a dose de uísque que tomava, bateu o copo no balcão e falou que ia resolver meu problema. — Vicente gesticulava, como se visse toda a cena na sua cabeça. — Ele, então, me deixou falando sozinho e foi conversar com uns sujeitos meio estranhos, com cara de motoqueiros do apocalipse, sabe? Uns cinco minutos depois, voltou e me deu a informação mais valiosa de todas.

— Onde encontrar o trigésimo quarto volume de *Under Hero*...

— Isso! — Vicente piscou e bebeu mais um gole generoso do vinho. Definitivamente ele estava gostando de segurar todo o suspense consigo.

— Então me conta logo, cara...

— Se liga: na sexta-feira da semana que vem começará o Festival de Cultura Alternativa. — Ele tirou o panfleto do evento do bolso de trás da calça jeans e deu na minha mão. — Vai ser bem grande. Acontece a cada dois anos e concentra todo tipo de arte: música, cinema, literatura, quadrinhos, pintura, enfim, um monte de coisas legais e... o criador do *Under Hero* vai estar lá... Ou seja, você poderá conversar com o cara e pegar um autógrafo! — Vicente parecia animado ao extremo. — Imagina que incrível, Cícero, poder agradecer pessoalmente por tudo o que ele fez por nós e ainda adquirir a última edição!

— Por que *eu* irei, *eu* agradecerei, *eu* pegarei autógrafo? E você? Não vai? Não quer saber o final?

— É claro que quero... — A alegria sumiu da voz dele: — Mas... fico feliz porque você vai conseguir realizar isso por nós dois, porque não poderei ir...

Eu não sabia o que estava acontecendo: primeiro, aquela conversa sobre os pais; agora, essa história de não poder ir comigo conhecer essa feira.

— Olha, eu não vou — decretei, sem medo.

— O quê? Você não pode estar falando sério!

— Mais que muito sério, Vicente. Eu não vou.

— Mas você prometeu!

— Prometi sem saber o que estava prometendo.

— Mas...

— Sem discussão! Nem vem.

Ficamos nos encarando, como duas crianças num duelo entre as vontades e razões que flutuavam nos nossos olhares: ele queria me convencer a ir, porém, eu não iria sem ele.

— Então seremos dois ferrados sem saber como a história acaba... — Vicente concluiu, irritado.

— Ou não. Temos de achar uma solução.

Ele então me olhou de canto de olho e suspirou.

— Cara, eu pensei em algo... — Vicente bebeu mais um gole e acendeu um cigarro. — Mas, assim, é loucura demais. Não tem nada a ver.

— No que você pensou?

— Tenho até vergonha de falar, porque penso nisso há muito tempo, e essa feira seria a desculpa perfeita. Mas esquece! Não tem nada a ver mesmo. Você não tem que se envolver nisso. É a minha vida, são os meus problemas.

— Agora eu quero saber! Posso ficar de costas pra você se sentir mais à vontade. Ou fechar os olhos. O que seria ridículo, creio eu, mas se for te ajudar...

— Não. Seja o que Deus quiser. — Vicente suspirou, deu uma tragada no cigarro, olhou para cima e disse: — Pensei em fugir de casa pra ir ao festival.

— Fugir, tipo, fugir mesmo? — O meu coração acelerou. — Pra valer?

— É. Sem olhar pra trás... — Ele se levantou soltando a fumaça, que dançava ao seu redor. — Os meus pais vão querer me matar, e provavelmente vou me meter na maior encrenca da minha vida, mas do que adiantam todos esses dias ruins? Logo estaremos mortos de qualquer forma. Eu fujo, vou a esse festival e depois desapareço no mundo. Quem sabe acabo encontrando uma cidade em que possa ser quem sou, sem encheção de saco dos meus velhos, com menos gente careta.

— Gosto da ideia... — Eu queria parecer maduro, mas, por dentro, sentia medo.

A cada dia, o Bug do Milênio estava mais próximo, o que tornava o fim do mundo uma possibilidade mais real. Pior, Vicente acabara de admitir estar disposto a ir para algum lugar desconhecido e ficar por lá. Por mais que eu quisesse ir ao festival, nunca sequer tinha saído da minha cidade. É lógico que eu iria, mas não estava conseguindo processar ainda o fato de que o perderia no fim das contas.

— Mas você acha mesmo necessário não voltar pra casa?

— Acho. O mundo vai acabar... Não quero viver triste até isso acontecer. Você não acha que sou maluco, acha?

— Não. Na minha cabeça faz toooodo o sentido... — Não quis cortar o clima, porque também tinha os meus momentos em que queria ouvir que estava certo, mesmo não estando.

— Ah... — Vicente abriu aquele sorriso de que eu tanto gostava.
— Obrigado. Obrigado. Obrigado!

Ele se ajoelhou na minha frente e me abraçou. De relance, reparei que os seus olhos estavam marejados. Por mais bobo que pudesse parecer, a presença dele fazia com que eu me sentisse protegido e me dava força para enfrentar o mundo — ou o fim dele —, apesar de o Vicente ter acabado de me dizer que iria embora.

Depois disso, conversamos pouco. Passamos a maior parte do tempo olhando para o céu de mãos dadas, procurando estrelas. Após o festival, Vicente fugiria, e eu não tinha noção do que isso iria significar, nem para ele, nem para mim. Eu voltaria para minha rotina, mas e ele? Eu não tinha a menor ideia de como isso iria interferir na minha vida, mas me parecia muito menos preocupante do que o que aconteceria com ele. Onde Vicente iria morar? Com quem conversaria sobre as coisas dele, histórias em quadrinhos e música? E dinheiro? Tiraria de onde?

Vicente parecia tão animado com a nossa breve jornada atrás da última edição de *Under Hero* que eu não quis ser a corda que o puxaria de volta à realidade amedrontadora do mundo. Aliás, eu nem tinha esse direito, porque não fazia ideia de quão conturbada era a relação dele com os pais. Na verdade, não sabia grandes coisas sobre o próprio Vicente, mas tinha duas certezas: eu queria empurrá-lo na direção da felicidade e desejava estar lá com ele.

Em dado momento, Vicente olhou demoradamente para o relógio e xingou, baixinho. Eu entendi a deixa: o nosso tempo acabara. Sem outra opção, arrumamos a nossa bagunça.

— A gente se manda na sexta-feira do festival, então? — ele perguntou ao descermos as escadas até a porta do prédio.

— Sim, acho que sim. A minha mãe sempre vai pra casa do namorado lá pelas oito da noite. Se tudo der certo, ainda consigo voltar domingo antes de ela se dar conta de tudo o que fiz.

— Ótimo! É a hora em que os meus pais estarão numa corrente de oração. Vou ter que inventar um mal-estar qualquer, o que não será problema. Já estou acostumado.

— Seja convincente! — falei, disfarçando o meu medo com toda a naturalidade de um sorriso forçado.

— Cícero, se liga. Sou o maior ator que esta cidade já viu!

— Isso! É só brilhar como só você sabe... — Entrei na onda, segurei a ponta do dedo dele, e ele deu uma pirueta no meio do corredor do primeiro andar.

— Olhe pra mim, Cícero! Sou uma estrela!

Acho que ele tinha ficado um pouco bêbado, porque se desequilibrou depois de girar. Rimos alto, cortando o silêncio da noite. Vicente se apoiou nos meus ombros para não cair, e meus olhos não conseguiram se desprender dos dele.

Foi tudo muito rápido. Vicente segurou na gola da minha camisa, me puxou para o primeiro degrau da escada que dava para o térreo e, no segundo em que fechei as pálpebras para piscar, ele pousou os lábios molhados na minha boca de uma maneira dura e rápida. Só tive tempo de processar que os lábios dele eram macios e doces. Permaneci suspenso naquele beijo por uma eternidade, com a boca formigando, pedindo mais.

— Me encontra aqui na quinta, depois da escola. Temos que combinar melhor — ele sussurrou no meu ouvido. Depois, sorriu, acenou e subiu as escadas correndo.

Não tive tempo para dizer nada; nem poderia, porque sentia o meu corpo se espalhar pelo céu como fogos de artifício. Sério. Era como se os meus membros fossem líquidos e eu estivesse derretendo por dentro.

Me concentrei em caminhar até em casa, ainda sentindo a presença dele na minha boca, quente. Na minha cabeça, havia uma única certeza: sim, eu estava *incuravelmente* apaixonado pelo Vicente.

12

Os dias passaram devagar, como se tirando sarro da minha cara... Quando finalmente chegou quinta-feira, saí da escola voando, antes mesmo de o sinal tocar, e acelerei o passo para chegar ao local combinado com o Vicente. Passei todos os dias muito preocupado, porque a possibilidade de ele sumir no mundo depois do festival ainda me assustava. Mesmo assim, precisávamos discutir aspectos básicos da nossa viagem, até porque eu...

— Caralho, Vicente! — Uma quadra antes, trombei com ele na esquina.

— Nossa, desculpa. — Ele se abaixou para me ajudar a pegar algumas folhas de exercício da última aula. — Estou fingindo te ajudar só pra pedir pra você me encontrar no mercadinho.

— Aconteceu alguma coisa? A gente não ia se encontrar na sua casa?

— Lembra que eu fui pego? Acho que os meus pais andam desconfiando de que vou aprontar alguma, porque a minha mãe não sai do meu pé. — Ao se erguer, ele me entregou as folhas que juntara e foi saindo. — Tenho que comprar duas latas de creme de leite pra ela fazer um bolo pra vender na igreja.

Não entendi nada. Terminei de pegar o que restava do meu material e fui pra lá. Vicente estava parado com cara de paisagem na frente da gôndola de enlatados. Fez mímica com o dedo indicador para eu ir para o outro lado da prateleira. Obedeci. Tentei encontrar algo interessante entre os pacotes de macarrão e molho.

— Fala baixo e disfarça, ok?

— O que houve? — sussurrei, fingindo admirar o rótulo de uma lata de molho de tomate. Jotalhão, o elefante verde da Turma da Mônica estampado na lata, parecia me encarar como se me ouvisse.

— Não tenho tempo. A minha mãe deve aparecer daqui a pouco, porque acho que ela anda me espionando. Faz assim. Sabe aquela padaria lá perto da sua casa? Aparece lá na sexta da semana que vem. Te encontro depois da escola.

— A Padoca do Seu Zé?

— Não lembro o nome! Mas é a única padaria perto da sua casa. Não tenho tempo pra conversar. Vou dando um jeito nas coisas do meu lado. A gente termina de combinar tudo na padoca. Até lá, não vou poder te ver, senão vai tudo por água abaixo.

— Mas...

Não consegui terminar a frase. Vicente saiu correndo com as duas latas na mão, pagou e sumiu, e eu fiquei lá, com cara de bobo. Se eu já estava preocupado com ele por causa daquelas conversas no terraço do prédio, agora, então, nem imaginava o que fazer.

Voltei para casa meio deprimido. Joguei as minhas coisas em qualquer canto e decidi ir para a locadora. A Sabrina, para variar, seria a minha salvação.

Tentei ocupar os espaços da minha semana com os meus filmes favoritos, mas na verdade eu me sentia preso dentro de uma espiral. O que estava acontecendo com o Vicente? A pergunta rondava a minha mente quando eu acordava e quando ia dormir. Por mais que tentasse espremer o cérebro e fazer mil suposições, não tinha como saber. Não conhecia ninguém que tivesse contato com o Vicente.

Entre *Toy Story, Curtindo a Vida Adoidado, Romeu e Julieta, Clube dos Cinco* e *Cães de Aluguel*, tudo o que eu fazia era esperar...

Esperar.

Esperar.

Esperar.

A falta de notícias me dava a impressão de estar preso no tempo, acordando para viver o mesmo dia sem notícias novamente. Comi, dormi e vivi no automático. Para me distrair, tentei ser produtivo e desenhar um pouco, mas os dias se passaram nebulosos, em uma grande sucessão de nadas.

Foi difícil aguentar a minha mãe achando que eu estava com anemia. Alessandra sempre teve essas manias de achar que eu estava doente, então, quando ela chegou em casa no domingo e viu que o presunto e o queijo que deixara na geladeira continuavam lá, pronto: foi o início do problema todo.

Eu era alto e magro, mas comia como um desesperado; assim, a sobrevivência de toda a comida em casa a fez concluir que eu estava morrendo. Claro que não era nada disso, e sim uma baita preocupação, mas como eu diria isso a ela? Tipo, *Alessandra, escuta, eu me apaixonei por um menino e estou ansioso porque vamos fugir de casa*?

Foi aí que teve início o festival da gastronomia improvisada na minha casa. Ela começou a pedir umas comidas diferentes, para ver se atiçava o meu paladar. Pizza. Feijoada. Bife à parmegiana. Comida japonesa. O restaurante entregava, ela colocava nos pratos, feliz. Eu então fazia o meu papel: comia, às vezes forçado, para não levantar suspeitas.

O lado bom disso tudo foi que, como sempre fui responsável por descer até a portaria e pegar a encomenda, acabava ficando com o troco e, por ela ter tentado me agradar todos os dias da semana, deu para guardar uma graninha. Confesso que me senti um pouco mal todas as vezes que não dei a gorjeta ao motoboy, mas era por uma boa causa.

Nesse intervalo, improvisei. Fiz questão de não usar as minhas roupas favoritas, para que estivessem limpas para a viagem. Deixei três cuecas e três pares de meias separados, os que estavam mais decentes. Fiz a limpa também nos trocos que havia esquecido pelas gavetas, porque era melhor prevenir do que remediar. Cortei as unhas dos pés e das mãos. Separei a minha lapiseira e uma borracha, porque levaria também o meu caderno de desenhos. Basicamente, fui deixando tudo preparado, mas espalhado pela casa, para que Alessandra não desconfiasse.

✳ ✳ ✳

Na sexta-feira, assim que o sinal tocou, juntei as coisas e voei da escola. Acho que nunca andei tão rápido, porque cheguei à Padoca do Seu Zé em quinze minutos. Sem saber direito o que fazer, sentei numa mesinha do lado de fora, coloquei a mochila na mesa e pedi uma Coca. Não demorou nem um minuto e o Vicente apareceu.

— Nossa, que coincidência! Você usa o mesmo livro de física que eu! — Vicente sorria. — Já está estudando mecânica? — Sentou-se à minha frente.

— Está louco?

— Shh, fala baixo! Não podemos pôr tudo a perder. Abre o seu livro aí na página 80 e vamos fingir que estamos falando de coisas de escola. O pior que pode acontecer é a minha mãe aparecer aqui e ver que estamos estudando.

— Você ainda quer fugir hoje?

— Cícero, não faça perguntas bestas. É claro que sim. Já tracei a nossa rota. Tá tudo sob controle com relação à minha família. Eu tinha que dar uma disfarçada, pra não botar tudo a perder. — Ele abriu um sorriso que acalmou o meu coração. — Depois que os meus pais me pegaram voltando do Portal do Inferno, resolveram ficar no meu pé. Pra despistar, comecei a ir aos cultos e às correntes de oração. Fui um anjo.

— Eu estava tão preocupado... Achei que você tinha sido mandado pra um colégio interno, sei lá. Pra ser sincero, depois de tudo o que você me disse, achei que os seus pais tinham passado a te tratar como a menina de *O Exorcista*.

— Apesar de eu ter sentido a sua falta, seu nerd, não comece a fazer essas referências obscuras. — Vicente deu risada, depois ficou sério e falou mais alto: — Então, esse exercício aqui na página 80 é o pior.

Achei graça e tentei disfarçar a minha alegria. Ele sentira a minha falta, assim como eu sentira a dele.

O nosso encontro foi rápido, menos de uma hora. Com relação à viagem, Vicente usaria o dinheiro que acumulara das mesadas que a dona Emir mandava. Para não precisarmos pensar em hotel, tomaríamos o ônibus noturno. Aliás, como dois garotos de quinze anos alugariam um quarto? Fora de questão. Sobre o nosso itinerário, eu insisti muito, mas ele não revelou a nossa rota; acho que nem Jesus conseguiria extrair essa informação dele — e olha que Vicente era bem religioso.

No meio de tantos assuntos sérios, acabamos conversando sobre bobagens também. Descobri que ele gostava de ouvir *boy bands*, tipo Backstreet Boys; que a sua comida favorita era lasanha à bolonhesa; que era fissurado por nomes e as suas origens; que o seu sobrenome, Rossi, significava "vermelho", que, por coincidência, era a sua cor favorita; que Cícero queria dizer "aquele que está vencendo", e Gutemberg, "montanha de Deus". Achei o meu sobrenome bem idiota, mas preferi não discutir, porque ele parecia ter gostado.

— Às oito, em frente ao meu prédio? — Vicente me encarou.

— Se tudo der certo, sim.

— Para de ser negativo. Vai dar tudo certo.

— Claro que vai. É só jeito de dizer. Se tudo der certo, chego às oito. Se der errado, chego mais tarde um pouco, mas que eu vou, vou. Depois de todo esse plano *Romeu e Julieta*, estarei lá nem que tenha que fingir que tomei veneno. Você já assistiu esse? Ou...

— Que mórbido! Deixa isso!

— Desculpa. É que vi a versão com o Leonardo DiCaprio este final de semana, então estou com o filme na cabeça.

— Para. Nada de venenos, tá? Agora, tenho que ir. Quem sabe, quando eu tiver um lugar só meu, chamo você e a gente assiste juntos, *Romeu*. — Levantou-se e sorriu, tirando sarro de mim. — Te espero hoje.

Vicente recolheu as suas coisas, deixou a mão sobre a minha uns poucos segundos e foi embora. O meu coração doeu. Observei-o saindo da padaria e só depois peguei a minha mochila, juntei os meus livros, paguei o seu Zé e fui para casa.

Era doido. Nunca pensei que o que eu via nos filmes faria sentido, mas o meu peito já estava explodindo de saudade.

13

Cheguei em casa, larguei a minha mochila no sofá, peguei alguma coisa para comer e liguei na MTV. Fiquei tentando desenhar a Britney Spears, que dançava dentro de uma escola com umas trancinhas e uns pompons cor-de-rosa. Eu estava viajando forte. A minha cabeça voava.

Naquele momento, eu apenas me imaginava atravessando esquinas e chegando até o prédio onde Vicente morava. Longe, muito longe, ouvia uma voz familiar, mas que não conseguia distinguir direito.

— Cícero?! Você me ouviu?!

— Oi! — despertei do transe. — Sim — menti, enquanto mastigava a comida.

— O que eu perguntei, então?! — a minha mãe rosnou e parou na frente da tevê.

— Se a comida está sem sal?

— Onde você anda com a cabeça, Cícero? — Revirou os olhos e foi ajeitar a pochete jogada na poltrona. — Presta atenção aqui... — Estalou os dedos diante do próprio rosto. — Onde já se viu comer, desenhar, assistir à tevê e ficar perdido no mundo da lua ao mesmo tempo?

— Só me distraí um pouco... Aliás, aonde você vai, Alessandra?

Ela usava macacão e botas, o que era um sinal de que estava pronta para sair.

— Preciso resolver um problema na firma, ouviu? E de lá devo ir ver o Sérgio, que está no hospital com uma daquelas gripes arrasa-quarteirão, coitado.

— Tudo bem. Você volta pra casa? — Como tinha que me planejar, aproveitei para extrair o máximo de informação possível.

— Estou na dúvida. Não sei se passo o final de semana com o Sérgio aqui ou se vou pra casa dele. — Alessandra colocou os brincos de argola e ajeitou o cabelo cacheado.

Apesar de toda a minha ansiedade, não pude deixar de admirar o fato de ela conseguir se arrumar sem se olhar no espelho.

— Acho que na casa dele é melhor — sugeri sem pensar, movido pela euforia.

— Ah, é, Cícero? — Ela colocou as duas mãos na cintura. — Por quê? Você me quer fora de casa? Vai começar a dar festa, agora? Trazer os amigos pra empestear a casa de cigarro? Está se achando o adulto, né?!

— Mãe, não viaja! Só comentei isso porque imagino que lá deva ser mais confortável pra ele... É a casa do cara, afinal! — Respirei fundo e a encarei com frieza, para não demonstrar nenhuma anormalidade tão perto da fuga. Puxei a arte da desconversação e disse: — O Sérgio vive reclamando do carpete e do sofá aqui da sala. Diz que ataca a rinite, e ele fica espirrando o tempo todo. Imagina o Sérgio te enchendo até melhorar, mãe.

— Ele reclama do carpete? Mas o Sérgio nunca falou nada comigo...

— Deve ser pra não te aborrecer — menti de novo. Agora que já estava com um pé na mentira, teria que enfiar o corpo todo.

— Prefere que eu volte amanhã?

— Pra...?

— Pra ficar com você.

— Ah, mãe! Sério? Quantos anos você acha que eu tenho? Já sei me cuidar. Não compensa você passar a noite na casa do Sérgio e voltar amanhã pra cá, sendo que você sempre passa o fim de semana todo lá! Vá e cuide dele. O cara está precisando de você. — O meu argumento era irrefutável, e ela se viu obrigada a concordar.

— Vou deixar o dinheiro do fim de semana com uma quantia extra pra você poder fazer algo legal.

— Tipo ir ao cinema?

— Cinema?

— É, mãe. Seria legal... Um dinheiro a mais, saca?

— Hmm... Então o seu plano é pegar um cineminha com a Karol?

— Talvez.

— Talvez? — Ela encarnou a leitora de pensamentos e ficou me encarando, para ver se me fazia entregar o jogo. — Ou será que tem uma gatinha nova na jogada? Qual o nome dela?

— Mãe, para de tentar ser descolada.

Ela riu alto, e respondeu:

— Vou deixar dinheiro pra pipoca e um lanche depois.

— Beleza! Mas preciso da grana para as fitas de vídeo também. E se puder adiantar a mesada...

— Adiantar mesada? Espertinho... — Deixou o dinheiro embaixo do videocassete, como sempre. — Essa pessoa que você quer levar pra sair deve ser muito especial, né?

— Muito.

— Ahá! Eu sabia que tinha alguém! — Ela estalou os dedos, animada, e deu uma risada de filme de terror. — Mães nunca se enganam.

— Mãe, o Sérgio está no hospital! — mudei de assunto para não dar mais com a língua nos dentes, pois a Alessandra já havia arrancado informações demais.

— Tudo bem... — Pegou a pochete e correu para a porta. — Se cuida, tá? Qualquer coisa, me liga. Se precisar, deixei alguns cartões telefônicos no escritório.

— Sim. Pode deixar.

Minha mãe se aproximou, me deu um abraço apertado e um beijo caloroso como se soubesse que eu estava planejando ir para longe por um tempo.

A nossa relação sempre fora pautada na verdade e no respeito. Alessandra sempre relutara muito em investir no seu relacionamento e em começar a tirar os finais de semana para si, então fiz de tudo para que ela confiasse em mim. Na realidade, eu sempre contava as coisas para ela. Mas, dessa vez, eu teria que dar uma de Vicente e quebrar as regras da família.

14

Antes mesmo de chegar em frente à casa da Karol eu já sabia que ela estaria na janela. A sua veia jornalística — ou melhor, fofoqueira — pulsava forte, o que a tornava quase a vigia oficial da rua. Dito e feito: estava sentada na bendita janela, pintando as unhas dos pés de vermelho.

— Ei!

— Sai da frente, Cícero! Estou ocupada!

— Ocupada?

— O Lombriga está roubando! — gritou tão alto que quase estourou os meus tímpanos.

— Eu não estou roubando nada! — berrou um menino banguela, dentre o bando de crianças que brincava de pique-pega.

— Está sim! — a Karol respondeu, toda autoritária. — Vocês me chamam pra ser juíza e depois ficam falando que estou mentindo.

— Deixa as crianças brincarem em paz! — me intrometi.

— O que você quer falar comigo? — Karol revirou os olhos. — É muito importante? — E voltou a molhar o pincel no esmalte, como se eu não estivesse ali.

— Com certeza é mais importante do que você fiscalizando o jogo da molecada.

— Ai, Cícero, você e os seus dramas! — Ela suspirou e sumiu para dentro do quarto. — O que foi desta vez? — indagou ao sair pela porta do prédio instantes depois. — Beijou um menino e não gostou? Ou será que gostou mais do que o esperado? — Dando risada, me deu um tapa na cabeça.

— Para... É mais sério que isso. E não fala tão alto. Ninguém da turma do Lombriga tem que ficar sabendo da minha vida.

— Desculpa, madame! É sério, tipo, o quê?

Um grupo de meninas estava na calçada dançando É o Tchan, que saía aos berros de uma casa próxima. Eu conhecia Karol havia anos, e sabia muito bem que a sua capacidade de concentração era diretamente proporcional à relevância dela na história. Assim, não me surpreendi quando olhei para o lado para conversar e a vi indo na direção da garotada, rebolando como se fosse cover da Carla Perez.

— Karol! Preciso de você. Foco em mim!

— Desculpa, Cícero! — E apressou o passo na minha direção. — É mais forte que eu, desculpa, sério. É que amo essa música. — Sorriu daquele jeito que me deixava desarmado. — Vamos pra padaria? Aí, você me compra um Kinder Ovo e me conta o que está acontecendo. — Apontou para os próprios pés. — E nem adianta reclamar. Estou saindo com você, de Havaianas, com um pé pintado de vermelho e o outro não. É mais que merecido.

Eu nunca imaginaria que Karol poderia se tornar minha guru — ou seria gurua? Sempre me enxergara como uma pessoa muito mais sensata e equilibrada que ela e, por isso mesmo, ela se tornara fundamental na minha vida. Se eu dependesse do meu bom senso, permaneceria em casa, vendo filmes por toda a eternidade. Ela fazia o papel do diabinho sentado no meu ombro, porque me encorajava a escolher o caminho mais arriscado ou, pelo menos, tentava argumentar comigo a respeito de todas as possibilidades.

Sentamos na Padoca do Seu Zé, e eu contei tudo. Falei sobre os meus sentimentos pelo Vicente, sobre como me sentia incrível e especial ao lado dele e sobre acompanhá-lo no que seria o fim de semana mais louco da minha vida. E pela primeira vez percebi o quão maravilhoso e libertador era poder falar sobre o que eu sentia.

— Leva um casaco — Karol disse, como se tivesse terminado de ouvir o resumo da reprise de uma novela. — Ouvi dizer que vai continuar frio no fim de semana. — Lambeu o dedo sujo de Kinder Ovo. — E, ah, por favor, apare os pelos do seu amiguinho!

— Karol!

Ela me deixava transtornado. Além de não ter comentado nada de nada sobre as minhas confissões, ainda tinha que fazer piadas sexuais. Não sei nem por que eu insistia em tentar conversar com ela. Ah, lembrei... Karol era a única pessoa com quem eu podia me abrir.

— O quê?! Quero que o Vicente tenha uma boa experiência quando conhecer o parquinho de diversão!

— Pelo amor de Deus! — Eu realmente estava a ponto de ter um colapso nervoso. — Você não consegue entender a gravidade disso?

— Quem não consegue entender é você, Cícero! — Ela me encarou com firmeza. — Você tem quinze anos, porra, e a vida inteira pela frente! Está se apaixonando pela primeira vez... então segue a droga do seu coração!

— E se eu estiver com medo?

— Vai com medo mesmo. Ficar parado nunca levou ninguém a lugar algum.

Ficar parado nunca levou ninguém a lugar algum. Não aguentei e comecei a rir.

— É sério? É esse o conselho que você tem pra me dar? Agora só falta dizer que até relógio parado acerta duas vezes por dia — disse, tirando com a cara dela.

— E acerta mesmo! E olha, se continuar rindo — fez um bico torto —, vai ter que me pagar outro Kinder Ovo só pra aprender que conselho custa caro.

— Não! Preciso de todo o dinheiro possível pra viagem!

— Então não seja idiota... — Ela se levantou da cadeira. — Vicente tem muito mais a perder com isso tudo. Já parou pra pensar que ele está deixando a família pra trás? Ele gosta de você, dava pra ver isso lá no Portal do Inferno! Agora, seja foda e honre isso. — Me deu um beijo na bochecha, e ia saindo da padaria quando se virou pra mim, como se tivesse esquecido alguma coisa. — Recapitulando: apara os pelinhos do parquinho, encapa direito e me procura domingo quando voltar. Ah! Comprei isto aqui na farmácia outro dia pra você, e estava quase me esquecendo de te entregar. Achei que era minha função; afinal de contas, era sempre eu que escolhia quando a gente usava, lembra? — Enfiou a mão no bolso e jogou um pacote de preservativos na mesa, o que quase me fez dar um grito de vergonha. — Vou querer saber dos detalhes!

E se afastou, rindo alto.

Encarei o pacote de camisinhas por um segundo antes de enfiá-lo rapidamente no bolso e ir embora também, com um sorriso no rosto. Pensei na aventura que se desenrolava diante de mim, em todas as possibilidades que eu estava vivendo com o Vicente... O frio na barriga que eu sentia me dizia que a nossa viagem seria incrível.

15

Cheguei ao prédio do Vicente às oito em ponto. Não consegui me controlar e comecei a sorrir de longe, ao vê-lo encostado na parede, me esperando. Ele me olhou sério, sem nenhuma mochila, mala, sacola, nada. Foi inevitável: o meu coração disparou e eu imaginei o pior. Para ele estar com aquela cara e com as mãos vazias, alguma coisa dera errado.

— Oi! — cumprimentei, preocupado.

— Ei! — ele respondeu, sem sorrir ou demonstrar a animação de costume. — Vem comigo? Antes de irmos, quero te mostrar uma coisa. — Abriu a porta e fez um sinal com a cabeça para que eu o seguisse.

— Está tudo bem? Você desistiu? — Ai, que medo da resposta... Subi as escadas sem entender o que estava acontecendo. Tentei investigar a expressão no rosto dele, mas a única coisa que consegui perceber foi que ele não estava normal.

— Eu... — Vicente sorriu sem jeito, com os olhos apagados. — É idiota, ok? Mas antes de irmos, quero te mostrar o meu quarto. Pode ser? Nunca levei ninguém lá. É algo muito besta, mas quero que você seja a primeira pessoa a entrar no *meu* mundo.

— Uau... — Engoli a emoção com um sorriso. Vicente estivera presente em tantas das minhas primeiras vezes, e agora, eu, Cícero Gutemberg, ia ser o primeiro a conhecer o universo *dele*. — Será um prazer...

Entramos pela porta e passamos primeiro pela cozinha, que parecia um laboratório de tão branca, iluminada e limpa. Ao lado, a sala de estar. Eu não conseguia prestar atenção às coisas, mas queria — e muito — guardar o máximo de detalhes possível. Reparei na falta da televisão e nas três Bíblias ao lado de um porta-retratos no qual um Vicente criança e muito fofo dava uma gargalhada junto da mãe, que sorria com discrição, e do pai, muito sério. Voltei à realidade quando me vi cercado pelos olhos ameaçadores das fotografias que forravam quase todas as paredes.

— Que bizarro... Parece que eles ficam encarando a gente...

— São fotos das missões onde os meus pais estiveram. Basicamente, é a forma sutil que os meus pais acharam pra me dizer que não devo pecar, porque Deus está de olho em tudo, e a obra de Deus está em todo lugar.

— Credo, Vicente. Parece que a sua vida é *O Show de Truman* da religião. Esse montão de olhos em cima de você, ameaçando. Ninguém merece. Você por acaso já viu *O Show de Truman*, né?

Vicente riu e fez um sinal com a mão, me conduzindo por um corredor tão pequeno quanto os outros cômodos. Eu estava nervoso, então desandei a falar:

— *O Show de Truman* é um filme que mostra a vida de um cara chamado Truman Burbank. Ele não sabe que está vivendo em uma realidade simulada, saca? A vida dele é exibida vinte e quatro horas por dia pra todas as pessoas ao redor do mundo... É uma coisa de louco e...

Ele parou por alguns segundos diante de uma das portas, respirando fundo. No mesmo instante, eu me calei. Não entendia o motivo daquilo tudo, mas parecia ser importante para ele.

Vicente abriu a porta, e eu dei de cara com um quarto totalmente diferente do meu: quatro paredes muito brancas, um guarda-roupa velho de madeira, uma cama pequena e uma escrivaninha com duas Bíblias abertas. Só. Mais nada. Era um quarto morto.

— Uma merda, né? — Vicente capturou os meus olhos e sorriu tristemente.

— Não, não... — Engoli em seco, sem saber o que dizer. — É um quarto normal.

— Aposto que não tem nada a ver com o seu.

— Bem... Só um pouco. — Eu não queria entrar nos pormenores de como as minhas paredes eram forradas de pôsteres, de que a minha mãe me deixara desenhar na porta e de que uma das paredes era pintada de roxo.

— Não precisa mentir... — Vicente bateu com o ombro no meu. — Eu te trouxe aqui porque, antes de fugirmos, queria ter uma lembrança boa do meu quarto. Queria pensar nele como se fosse meu mesmo, com a minha personalidade, sabe? Este sempre foi o espaço em que eu era castigado, e não quero mais me lembrar dele assim.

— E como faremos isso? — perguntei, sem saber como ajudar.

— Bem — Vicente foi até o canto e puxou a sua mochila —, aqui estão aqueles presentes clandestinos que a minha avó me deu, sabe? — Puxou o toca-CD e me ofereceu o fone. — Podemos ouvir um pouquinho? Só pra eu guardar isso comigo...

Senti um aperto no coração. Eu nunca me ligara no quanto era privilegiado: além de ter um prato sempre cheio e não ser tratado como cidadão de segunda classe, eu ainda tinha liberdade para existir. No meu mundinho de poucos problemas, eu assistia, lia e ouvia o que desse na telha, e nunca fora castigado por nenhuma das minhas escolhas. Tudo bem que, de vez em quando, eu e a minha mãe nos estranhávamos pelos nossos gostos musicais diferentes, mas não ia além disso. Naquele momento, o abismo entre as nossas realidades se escancarou, e eu não soube o que fazer ou dizer, porque qualquer coisa que saísse da minha boca poderia parecer hipócrita. Suspirei, engoli as lágrimas e tentei fingir o máximo de normalidade possível.

— O que vamos ouvir? Mais uma das suas coletâneas?

— Sim, senhor.

Sentamos na beirada da cama. Ele abriu a caixinha de junho e, com as mãos trêmulas, precisou apertar os botões mais vezes que o necessário para chegar até a faixa 8. A proximidade dos nossos corpos fez com que o meu coração palpitasse, e quase pulasse para fora quando senti a cabeça do Vicente no meu ombro. O cheiro do cabelo, do perfume e da pele dele tomou os meus sentidos e me deixou ainda mais nervoso. Para dizer a verdade, era muito mais que isso, porque as minhas mãos começaram a suar, e eu fiquei tonto e arrepiado com a tensão que começou a se manifestar em outras partes da minha anatomia. Eu não sabia como ele reagiria se percebesse, então respirei fundo e tentei pensar em outra coisa. Dobrei as pernas, desconfortável, tentando fazer o meu *amigo* se acalmar, e invoquei a tática da desconversação:

— Que música é essa?

— *La Solitudine*, do Renato Russo...

— Aquele cara do Legião Urbana?

— É. Ele mesmo.

— A minha mãe curtia muito o som dessa banda...

— Uma pena que o Renato Russo morreu.

— Aids, né? A doença dos... — O meu bocão ganhara a guerra novamente. Eu quis morrer de ódio quando me dei conta do que dissera. Para que falar disso agora? Podia ter dito que as letras eram ótimas, mas que preferia Titãs, mas não. Tive que falar merda e mencionar aquela palavra. Parabéns, Cícero, parabéns.

— A *doença dos gays*... — Vicente riu, debochado. — Como se fosse exclusiva dos gays. Ei, pera aí! Você não acha que a aids é uma doença apenas dos gays, né?

— Quê? Não... — Envergonhado, olhei para o chão, desejando que um buraco aparecesse para me engolir. — Na verdade, nem sei o que acho. Nunca conheci nenhum gay. Mas as pessoas por aí dizem que todo gay tem aids. E... e se tiverem? Eu não sei... — Não deu tempo. Foi mais rápido que eu. Vomitei aquele conjunto de palavras imbecis que nunca me passara pela cabeça antes.

Eu gostava do Vicente e pronto, gostava dele pelo que ele era, só, mas acho que as opiniões dos outros estavam muito entranhadas em mim, e eu nem percebia. Fiquei calado, constrangido. Não me reconheci. Eu não era aqueles preconceitos. Não podia ser.

— Cícero, você tem noção do que acabou de dizer? Consegue perceber o nível do preconceito que você colocou na sua fala? *Todo gay tem aids*? Cara, em que merda de mundo ignorante você mora? Acorda!

— Mas, Vicente! Eu não sou preconceituoso... É... É só o que *todo o mundo* diz... Como vou saber que não é verdade se *todo o mundo* diz? Acredito que a Terra é redonda porque *todo o mundo* também fala que é. Não é culpa minha. Só achei que era...

— Não estou acreditando nisso, Cícero! — Vicente arrancou o fone do ouvido com violência, ficou de pé e foi até a janela. Encostou a cabeça na folha da veneziana e fechou a mão direita, que tremia compulsivamente.

— Vicente? — Havia um formigamento dentro de mim que abria um buraco cada vez mais fundo. — Vicente?

Ele permaneceu calado, protegido pela muralha de silêncio que interpôs entre nós.

— Pelo amor de Deus, Vicente. Fala comigo! — Eu não sabia o que estava acontecendo, porque não conseguia ver o rosto dele. Não entendi direito o que eu fizera, mas queria engolir as palavras, fazer tudo voltar a ser do jeito que era antes.

Então aconteceu: Vicente deu um soco com tudo na parede. Eu dei um pulo, chocado.

— Você acha mesmo que todo gay tem aids, Cícero? — Ele se virou para mim, chorando. — Acha? — Foi ficando vermelho. — Esse é o tipo de coisa que os meus pais dizem! Você é burro ou o quê? Fica aí, repetindo o que *todo o mundo diz*. Isso é coisa de gente sem instrução. Ignorante! — O seu tom de voz foi subindo, e ele pôs o indicador em riste. — É provado cientificamente que qualquer pessoa que faz sexo sem camisinha pode pegar aids... Informe-se antes de abrir essa boca grande e falar merda. Sabe o tamanho do estrago que você pode causar na vida de alguém com esse pensamento?

— Vicente, eu...

Ele me cortou, andando em círculos e olhando para o teto:

— O mundo está do jeito que está por causa desse preconceito besta. — A mão dele sangrava. — Você acha que eu não queria ser normal?!

— Vicente, mil desculpas. Eu não sabia mesmo o que estava falando.

— Cícero, estou conversando com você porque tenho que lutar contra isso todos os dias. — Ele sentou ao meu lado na cama. Ainda chorava, mas parecia mais calmo. — O que mais eu queria na vida era ser o orgulho dos meus pais. Vivo me anulando, fingindo que não é comigo e tentando ser normal do jeito que eles acham certo, desde bem pequeno. A única pessoa que me entende é a minha avó, sabe? Ela gosta de mim pelo que sou, e durante muito tempo foi a minha válvula de escape. As conversas com ela sempre me davam esperança, me faziam acreditar que eu seria possível em algum lugar. Depois veio você. — Me olhou bem fundo nos olhos, e o meu peito se aqueceu. — O nosso encontro maluco, a nossa viagem. O modo como você me olha me prova que não estou errado, que posso realmente existir, que Deus gosta de mim também, porque está me dando uma chance. Só quero que você entenda que já tentei ser diferente... Mas eu sou assim...

Eu não sabia o que dizer. Não conseguia nem entender como ele não tinha socado a minha cara e me mandado embora por causa das merdas que disse, porque não sei se eu teria a mesma paciência. Na real, eu queria que o Vicente ficasse bem pequenininho, para entrar no meu bolso e estar protegido para sempre. Desejava ser um escudo que o defendesse de toda a ignorância — inclusive da minha. Se pudesse, eu daria ao Vicente toda a minha esperança, só para que as coisas parecessem mais fáceis para ele.

Para mim, naquele momento, Vicente brilhava tanto que tive certeza de que o mundo mudaria só para ele ser feliz, porque ele era luz. Eu não conhecia a sua família, não sabia com o que Vicente tinha que lidar diariamente, mas se eu tivesse direito a um só desejo neste mundo, pediria que ele fosse feliz no lugar que desejasse, mesmo que isso significasse nunca mais vê-lo.

— Cícero, desculpa ter sido tão agressivo. Eu surtei...

— Não fala nada, tá bom? — Forcei um sorriso. — Eu é que deveria pedir desculpas.

Peguei o toca-CD e me ajoelhei na frente dele. Encaixei um lado do fone no meu ouvido e o outro no dele, e pulei algumas faixas até chegar à canção que ele havia escolhido antes.

Vicente fechou os olhos, sorriu e segurou a minha mão. Eu aproximei a mão machucada dele dos meus lábios e a beijei suavemente. Permanecemos ali, eternos, naquela noite silenciosa e fria, como se não houvesse tempo e espaço. Do lado de fora, o mundo continuava a se desfazer a cada minuto, mas éramos imunes a tudo, porque nos bastávamos. Pelo menos era isso o que eu sentia. Dentro de mim, o Bug do Milênio podia mandar mísseis e derrubar aviões, porque o meu momento era perfeito, e nada poderia roubá-lo da minha memória. Em algum lugar do Universo, nós estávamos marcados para sempre naqueles segundos felizes e tão nossos.

— Obrigado... — Vicente disse baixinho, com os olhos fechados.

A minha cabeça estava a mil. Porra, eu que devia agradecer, por tê-lo na minha vida! O meu coração batia forte, e a minha boca ficou seca. De uma hora para outra, o meu corpo sentiu uma vontade incontrolável de beber o Vicente todo, de saber quem ele era, do que gostava, os seus sonhos, medos, vontades. Queria saber o que ele tinha almoçado ontem e se gostava de uva-passa na maionese. Eu o queria por completo, e tanto que chegava a doer. Como era possível gostar de alguém naquela intensidade em tão pouco tempo? Eu queria ouvir as suas histórias de infância hoje, e escutá-las novamente amanhã.

Com medo de perder a oportunidade e o momento perfeito, juntei toda a minha coragem e deixei a minha boca grande agir:

— Estou tão a fim de você... — Fui simples e direto, para evitar qualquer besteira e por ter certeza de que não tinha outra forma de dizer aquilo. Eu poderia até ter sido mais romântico, falar que gostava dele ou gritar que estava apaixonado e sair correndo, mas não queria assustá-lo.

Vicente ficou me olhando. Eu gelei. Nunca passara por algo parecido com a Karol, porque o nosso caso foi meio natural, totalmente descomplicado. As comédias românticas que a minha mãe me forçava a assistir com ela também não haviam me preparado para aquele momento; afinal, nelas as pessoas sempre se beijavam depois que diziam gostar umas da outras. Fiquei todo perdido, desejando rebobinar o mundo para sentir as minhas palavras voltando para minha garganta. De repente, aquelas merdas que eu dissera acabaram com todas as minhas chances, e ele queria me ver morto, ou passara a me achar o cara mais detestável do mundo, um preconceituoso que não tem empatia por ninguém. *Game over*. Baixei a cabeça e suspirei fundo.

O dedo indicador dele ergueu o meu queixo e nos colocou cara a cara. Eu não estava preparado para ficar tão perto, sem proteções, num olho no olho sem nenhuma vergonha ou temor. Naquele momento, tudo que existia ao meu redor desapareceu. Não havia mais gravidade, e o meu corpo inteiro flutuava no pequeno espaço entre a minha boca e a dele. Perdi o chão, as paredes se desintegraram, e só o que existia era a luz que emanava dele, a faísca irresistível que acendia o seu olhar. Como seria me dissolver naquele castanho-claro sem medo? Qual seria a textura do cabelo dele entre os meus dedos? Como seria ter... a boca dele... na minha?

— Eu também gosto de você — ele sussurrou de volta.

O seu hálito quente viajou até mim como um véu e me deixou alucinado. Vicente sorriu, e o mundo se iluminou como se ele tivesse engolido o sol, como se ele exalasse luz pelos poros, pelos olhos, pela boca e pelo coração.

Não consegui resistir e me deixei levar pela força da sua órbita. Os nossos lábios se encontraram, e aconteceu. Foi um beijo de verdade, quente, doce, calmo e profundo, diferente de qualquer coisa que eu pudesse imaginar. A minha viagem à boca do Vicente foi um mergulho em alto-mar, foi um pulo num poço sem fundo, que me envolveu e não me pediu nada em troca. Quando nos separamos, a minha boca formigava e pedia mais.

— Temos que ir... — Vicente falou, sem fôlego.

Ele estava certo. Por mais que eu quisesse, não podíamos nos esquecer da vida ali. Tínhamos uma odisseia pela frente, tínhamos que descobrir o final de *Under Hero*.

— É... Caso contrário, acho que a gente não sai nunca mais deste quarto. — Levantei-me, sorri para ele e peguei a minha mochila. — Mas... porra! Que beijo gostoso é esse?

— Hmm... — Vicente veio na minha direção, me abraçou e mordeu o lábio, divertido. — Que tal irmos depois de... *outra* música?

Ele riu. E sem nem uma palavra a mais, me perdi nos lábios dele de novo, antes de seguirmos para a rodoviária.

16

Embarcamos no ônibus das vinte e uma horas, com duas mochilas e uns casacos, por causa do tempo frio. O mundo ia acabar, mas juro, eu estava pouco me fodendo. Vicente era tão maior e melhor do que eu esperava, e ele gostava de mim, de *mim*. Eu tinha vontade de gritar para o mundo todo ouvir. O menino por quem eu me apaixonara estava sentado ao meu lado, com as mãos presas nas minhas e a cabeça deitada no meu ombro. Caralho, eu explodia de felicidade! Era como se nada pudesse nos atingir. Ter vivido até ali já valera a pena.

Olhei para o Vicente e confirmei que ele já dormia tranquilamente. Por alguns minutos, apenas fiquei observando a paisagem escura por trás da janela, pensando em tudo o que estava acontecendo. Por algum motivo, me recordei da cor do céu no último dia em que transei com a Karol e, também, conheci o Vicente. Lembrei-me daquela mistura de azul com rosa e lilás, que tentei replicar no meu desenho. A verdade é que o sol do Vicente já mudava a cor do meu céu antes mesmo de ele aparecer de verdade.

O meu corpo inteiro foi tomado por um calor gostoso, um sentimento de invencibilidade. Os beijos que trocamos pareceram me entregar um mapa para um lugar conhecido e seguro.

Beijei a testa dele e torci para que ele sentisse o mesmo que eu.

* * *

Nem percebi quando peguei no sono. Acordei com o tranco do ônibus parando no terminal. Cutuquei o Vicente, que se virou para o outro lado e me ignorou. Insisti, rezando para não estar com bafo:

— Acorda!

— Onde estamos? — Vicente indagou, e abriu um bocejo.

— Acabamos de chegar, acho.

O relógio pregado na coluna da rodoviária marcava cinco da manhã. Vicente ficara encarregado de traçar a nossa rota para o festival. De acordo com o que me dissera, faríamos uma parada por algumas horas e depois pegaríamos outro ônibus até o nosso destino. O custo disso tudo ficara um pouco mais alto do que eu planejava; por sorte, tinha pedido para minha mãe adiantar a minha mesada.

Pela hora, havíamos chegado. Senti um frio na barriga, porque, até o momento em que adormecera, ainda não tinha caído a ficha de que eu fugira de casa de verdade. Ri sozinho, pensando que eu era o Cameron, e o Vicente, o Ferris Bueller. Não tinha como ser diferente, porque ele era o cara das ideias: ficara sabendo do festival, descolara as passagens e garantira que tudo daria certo. Só faltava subir no teto do ônibus e cantar *Twist and Shout*.

— Vem... — Vicente se espreguiçou umas duas vezes até me olhar e sorrir. — Quero te apresentar a uma pessoa especial.

Chutei pra longe o resto do sono. Estava meio torto por causa do banco desconfortável, mas me sentia pronto para dominar o mundo.

Pegamos as nossas mochilas, descemos do ônibus e fomos recebidos por um vento tão gelado que me fez bater os dentes.

Vicente ficou na ponta dos pés e esticou o pescoço para um lado e para o outro, como se procurasse alguém. Até que abriu aquele sorriso maravilhoso e me cutucou com o cotovelo, acenando para uma senhora perto dos guichês das empresas de ônibus. Eu a observei de longe e me perguntei se a minha mãe ficaria parecida com ela quando ficasse mais velha. Fisicamente, não tinham nada a ver, mas ela usava um vestido roxo e um xale com as estampas iguais às dos pijamas indianos da Alessandra.

— Vovó! — Vicente gritou, saiu correndo e jogou-se nos braços dela.

— Seu merdinha! Se eu ficar resfriada, mato você! — ela rosnou enquanto o abraçava.

Assim que se soltaram, Vicente inclinou a cabeça na minha direção.

— Vó, esse é o Cícero, aquele menino de quem te falei. Cícero, esta é a minha vó Emir.

— Ouvi muito sobre você... — Emir me mediu de cima a baixo, depois ergueu a sobrancelha e olhou com pouco caso para a mão que eu estendera para cumprimentá-la. — Já vou dizendo: não me chame de dona, senhora, velhota, moça, tia ou qualquer uma dessas bostas. Só atendo quando me chamam de Emir, sacou?

— Cícero, não liga... Ela é assim mesmo. Meio estranha no começo, mas é gente muito boa. Tipo... você. — Vicente riu e me empurrou de lado com o ombro.

Recolhi minha mão, que sobrara no ar.

— Bateu a cabeça, moleque? Não fala de mim como se eu não estivesse aqui, seu pirralho! — Emir franziu a testa e foi na direção de um fusca azul. — Putzgrila! Dá pra irmos logo? Estou congelando!

— Mas, vó! Você ainda tem o Chimbica? — Vicente apontou para o carro.

Chimbica? É esse mesmo o nome do carro?!

— Claro! Olha bem pra minha cara. — Emir tirou as chaves do bolso do vestido. — Eu sou lá de mexer em time que está ganhando? O meu calhambeque 69, ano do Festival de Woodstock, melhor festival de música que este mundo já viu, só irá embora de casa quando não tiver mais conserto. — Colocou as mãos sobre o coração e suspirou fundo. — Agora os moços podem entrar logo antes que alguém pegue um resfriado?

— Você foi ao Festival de Woodstock? — Fiquei curioso, pois ela falava com tanta certeza sobre esse ter sido o melhor festival do mundo...

— Não. Mas eu sei das coisas.

Emir deixara a porta do passageiro aberta, então me joguei no banco de trás, contendo o riso. A avó do Vicente era, no mínimo, exótica. Eu estava crente que o Vicente iria na frente, mas ele tacou a mochila em cima de mim e sentou-se ao meu lado. A avó dele nos encarou pelo espelho.

— Ah, então os bonitos estão me achando com cara de motorista? — Emir colocou o braço direito sobre o encosto do banco e se virou para trás. — Vou te contar, viu?! Depois de velha, virei taxista.

— Vó! Não viaja! — Vicente encheu o carro com a sua risada.

— Ah, moleque! Sua batata tá assando... — Ela deu a partida e riu. — Pivetada, quero mostrar uma coisa pra vocês. Sei que o Vicente não tem acesso a essas coisas, porque os pais dele são... bem... daquele jeito lá... Esquisitos. — Mexeu no botão do rádio enquanto virava à direita para sair da rodoviária, segurando o volante com apenas uma mão. — É Cícero, né? — Olhou-me pelo retrovisor. — Queria saber se você conhece este deus.

Fiquei meio sem saber o que responder. Pelos alto-falantes, saía um pouco de estática, mas nada de música. Eu era ateu e não estava a fim de ficar falando de Deus logo cedo, ainda mais sabendo que a família do Vicente era muito religiosa.

— Cacete, tá difícil hoje, hein, Chimbica! Colabora! — Ela deu mais umas batidas no painel, e o carro foi tomado por uns acordes solitários de um violão incrível, e então veio uma voz maravilhosa. — Vocês conhecem Johnny Cash?

Então todos nos calamos, apenas esperando e sentindo. O som da música entrou no meu peito e me ocupou por completo. Era uma melodia tão simples, com uma voz tão clara, mas que me deixava até sem fôlego.

Emir cantarolava junto *A Thing Called Love*, dançando com as mãos. Do banco de trás, pude perceber como a luz dos postes batia nas enormes pedras dos anéis que cobriam quase todos os seus dedos. Os cristais reluziam como pequenos caleidoscópios.

Vicente buscou o meu joelho, que estava por baixo da minha mochila, e o apertou de leve. Respondi com um sorriso.

— Ela é meio doida. Não liga... — ele sussurrou perto do meu ouvido, me oferecendo a garrafinha de água que apanhara na própria mochila.

— Louca é a sua mãe! — Emir atravessou um sinal vermelho como se fosse a coisa mais normal do mundo. Então, suspirou mais uma vez e aumentou um pouco o volume. — O meu sonho é dar pra esse homem!

Quase cuspi a água que estava na minha boca. Vicente riu alto e falou:

— Oi, dona Emir, como é que é?

— Ué?! Você acha que o seu pai veio de onde? Sou mulher, pelo amor de Krishna. Não é porque já estou meio passada que não posso continuar tendo sonhos eróticos com o Johnny Cash. Vocês dois aí atrás com essa mão boba pra lá e pra cá, e eu tenho que entrar pro convento, pô! Até parece! — E Emir explodiu numa gargalhada que me fez querer morrer.

Que comentário era aquele?! Mão boba? Vicente apenas achou graça, como se tudo fosse natural, apertou ainda mais o meu joelho e entrou na onda:

— Vó, você está deixando o Cícero envergonhado!

— E daí? Ele que se acostume comigo! — Ela trocou a marcha, acelerou, meteu a mão na buzina e berrou: — Sai da frente com essa carroça! — Ultrapassou uma Brasília branca, que gritou algum xingamento de volta, e então voltou a nos mirar pelo retrovisor, fazendo o sinal de paz e amor.

A minha vida passou como um filme na minha cabeça, e eu senti a morte se aproximando. Já o Vicente, só ria.

— E os seus pais, Vi? Como vão os mocorongos?

— Hmm... — Ele suspirou. — Do mesmo jeito.

— Ai, ai! Ainda estão alienados e doentes. Grandes bocomocos. Quadradões. — Ela balançou a cabeça e olhou para o neto pelo retrovisor.

— É, por aí.

— E como eles te deixaram vir me visitar?

— Bem... — Vicente me olhou, meio receoso. — Eu insisti *muito*. Mas não vamos falar sobre isso por hoje, por favor.

— Tudo bem, você tá certo! Nada de atrair a energia negativa daqueles dois! — Emir tossiu. — Nunca consigo achar as coisas nesta pocilga. Cadê o meu cigarro? — Parou o carro no acostamento, fuçou no porta-luvas, pegou o maço e acendeu um. Deu um longo trago, soprou a fumaça devagar pela janela e disse: — Ah, agora, sim. Bendita nicotina. Só falta um café. Sei que você não quer falar disso, Vi, mas está muito estranha essa história de os seus pais terem te deixado vir pra cá sem terem me ligado pra passar sermão, e ainda fora do período de férias. Tem caroço nesse angu!

Prendi a respiração e procurei a mão do Vicente, que apertei com força. Por alguns segundos, imaginei que todos os nossos planos iriam por água abaixo, porque era óbvio que ela mataria a charada e descobriria que a gente havia fugido.

— Ih, vó, não encana. Depois a gente conversa sobre coisas chatas. Por enquanto, deixa só eu matar a saudade. — Vicente colocou a mão direita no ombro dela e fez um carinho demorado.

— Hum, sei... Chegamos, galera! Abre e fecha o portão, Vi. Vou levar o carro com o seu amigo até a frente da casa. Te espero lá; e cuidado, porque choveu e a subida está meio escorregadia.

— Deixa comigo!

Vicente desceu do carro e abriu o portãozinho de madeira. Senti as rodas patinando e achei que atolaríamos, mas as árvores foram aparecendo e deram lugar a uma casa muito colorida. Descemos e eu me espreguicei, deixando aquela maresia maravilhosa entrar nos meus pulmões.

— Tomou um capote, neném? — A avó dele riu e apontou para os calçados dele, sujos de barro.

— Muito engraçadinha... — E ele foi até uma torneira no jardim, dar uma limpada nos tênis.

— Vou passar um café pra gente. Fiquem aí curtindo o milagre...

Milagre? Que milagre?, pensei. A avó do Vicente era uma criatura realmente muito exótica.

Emir pegou as nossas mochilas e seguiu em direção à entrada da casa. O seu cabelo grisalho era muito longo e liso, e ela se movia como se flutuasse. Parou alguns segundos para fazer carinho na cabeça de um cachorro preto e de dois gatos listrados, que estavam deitados na mureta da varanda, e sumiu porta adentro.

Vicente me pegou pela mão, contornou o jardim correndo e me levou a uma área com duas cadeiras de madeira, a poucos metros da praia.

— Senta aí, Cícero. — Ele apontou para a cadeira verde e sentou-se na azul.

— Vicente, que história é essa de milagre? A sua avó é crente também?

— Daqui a alguns minutos você vai entender do que ela estava falando. — Sorrindo, ele apontou para o mar. — Cícero, você não tem noção de como gosto deste lugar. A praia, a areia... — Fechou os olhos, relaxado, como se enfim pudesse respirar em paz depois de anos.

Deixei a cabeça descansar no encosto da cadeira e olhei para o céu. Os passarinhos começaram a cantar, e eu percebi que o azul-escuro estava clareando. Para variar, outra primeira vez. Eu nunca estivera na praia.

Tirei os sapatos e deixei os dedos dos pés cavarem a areia úmida. A brisa trazia o cheiro do mar e mexia um pouco no meu cabelo. Lambi os lábios e senti um gosto muito sutil de sal. Virei para o lado, e o Vicente estava me olhando. Sorri, sem graça.

— Você já tinha ido à praia, Cícero? Além de pequena, a nossa cidade ainda comete o crime de não ter mar. Toda cidade deveria ter. Toda. Não sei o que acontece comigo, mas este é um dos lugares de que mais gosto. É como se eu tivesse uma conexão única com este lugar...

— Não, é a primeira vez. É maravilho...

— Shh! — Vicente apontou para o horizonte. — Olha lá o milagre...

Uma bola gigantesca, em tons fortes de laranja, parecia sair do mar, crescendo e pintando a água de amarelo e vermelho. Era como se o sol estivesse sendo cuspido de dentro de um vulcão e incendiasse o mundo, milímetro a milímetro, arrastando-se por entre as nuvens.

Ali, naquele momento, me achei um bobo, porque me dei conta do número de coisas que ainda não conhecia. Quantas primeiras vezes eu experimentara nos últimos dias? Umas novecentas e quarenta e nove? Quinze anos, e nunca tinha ido à praia ou visto o sol nascer.

— Incrível, né? — Vicente suspirou, sem conseguir parar de sorrir.

— Sem palavras. — Foi só o que consegui dizer, porque estava anestesiado pelo barulho do mar, pela areia embaixo dos meus pés, pela luz do sol crescendo pelo horizonte.

— Às vezes me pergunto como podem existir pessoas que não acreditam em Deus... porque... Olha isso. — Ele esticou o braço e moveu-o horizontalmente de um lado para o outro. — Olha esse presente, esse milagre... Só pode ser resultado de algo sobrenatural. — Virou-se para mim, sorridente. — Tem que ser muito burro pra não acreditar em Deus...

— Oi? — Tossi, engasgando.

— É. Negar que o nascer do sol foi criado por Deus é coisa de gente que deve ser muito amargurada. Deve faltar alguma coisa pra essas pessoas, viu, porque ó... — Mostrou para mim o antebraço. — Fico todo arrepiado. Deve ser difícil não acreditar em nada.

— Para tudo! — Levantei-me e me pus na frente dele com as mãos na cintura. — Então quer dizer que quem é ateu é burro e não consegue gostar de ninguém?

— Nossa, que foi, Cícero? Que bicho te mordeu?

— Você sabe muito bem que sou ateu, Vicente. Não creio em nenhuma dessas baboseiras em que a sua família acredita. O mundo vai acabar por causa do Bug do Milênio, e não por conta dessa porcaria de arrebatamento que falam por aí. Não acredito em Deus porque não preciso de nada pra me ajudar a entender que as coisas existem, porque elas existem e pronto. É bem óbvio até.

— Cícero! — Vicente também ficou de pé e passou a mão pelo cabelo. — Desculpa, mil desculpas. Eu não estava falando de você, especificamente.

— Caramba! Na sua casa você me deu o maior sermão. Subiu num pedestal e fez com que eu me sentisse a pior pessoa do mundo. — Bufei. — Vê agora o que você está fazendo? É a mesmíssima coisa. Sou apenas uma pessoa que não acredita em Deus. Só. Nem eu, nem ninguém merece esse tipo de julgamento!

— Cícero! Cara, desculpa. Eu nunca tinha conhecido um ateu antes, e os meus pais...

— Pois é, Vicente. — Passei a mão pela minha testa e baguncei o meu cabelo. — Os seus pais são aqueles mesmos que falam todas aquelas coisas horríveis pra você sobre gays e ateus. Claro que eles estariam certos sobre os ateus, né? Porque não é algo que te toca...

— Cícero!

— Cadê a sua empatia? E olha só, não acreditar em Deus pelo menos me livra dessa culpa que os seus pais colocam em cima de você. Quando eu morrer, puf!, acabou. Agora vocês... Vocês, não. Não pode fazer nada que vai pro inferno. Não pode gostar de ninguém que vai pro inferno. Sinceramente! Não tenho saco pra essas merdas. Eu não sou uma pessoa má só por não ter as mesmas crenças que você!

Vicente veio silenciosamente na minha direção e me abraçou. Correspondi com menos energia e fiquei olhando o horizonte clarear por sobre os ombros dele.

Ele sussurrou diversas vezes que sentia muito, e o meu coração foi amolecendo aos poucos, porque, por mais que estivesse com raiva, o Vicente estava ali, colado ao meu corpo, respirando no meu pescoço.

— Ainda tenho tanto pra aprender com você... — Vicente murmurou, e eu pude detectar a pontada de dor na sua voz. — Não quero ser alguém que julga os outros pelas diferenças. Ainda mais alguém de quem gosto tanto... — Ele ergueu o meu queixo com as pontas dos dedos e procurou os meus olhos.

O vento passava por nós como se viesse carregado de partes do sol, que se acumularam sobre o rosto de Vicente e se acenderam quando ele sorriu para mim. Encostei os lábios nos dele, e todo o meu corpo se esquentou, como se ele houvesse me tocado com os raios que se revelavam sobre o mar. Coloquei as mãos no seu pescoço e o trouxe mais para perto, mais para dentro, porque queria descobrir com a minha língua o lugar onde ele guardava toda aquela luz.

Era totalmente verdade aquilo sobre julgamentos... Eu e o Vicente éramos dois garotos de quinze anos aprendendo sobre o mundo, sobre as diferenças e sobre existir. Estávamos no mesmo barco de aprendizagem.

O nosso beijo durou até ouvirmos um bater de panelas e um mover de pratos. Despertamos do nosso transe juntos. O Vicente sorriu para mim e me deu um beijo na testa.

Quando Emir nos chamou para tomar café, a única coisa de que eu tinha certeza era que o maior milagre que eu vira na vida era o sentimento que eu e o Vicente estávamos descobrindo juntos.

18

A casa da Emir era muito diferente da minha, não tinha nem como comparar. Passei pela porta e senti o cheiro doce dos incensos. Os batentes das portas eram decorados com tecidos de estampas psicodélicas ou cortinas de miçangas, que balançavam com o vento e faziam um barulho bem baixinho e gostoso, parecido com o do mar. As janelas eram cobertas por desenhos geométricos coloridos, que tingiam a luz que entrava e mudava os tons da mobília. Pendurado em cada uma, havia um filtro dos sonhos, que tinha cara de ser obra da própria Emir.

Em vez de uma cozinha de avó, cheia de capinhas de crochê sobre os eletrodomésticos e panos de prato bordados com frutas, a dela era *rock'n'roll*. Os armários eram pintados de azul-escuro, laranja e verde, o fogão e a geladeira eram vermelhos, e, em uma das paredes, havia um mural cheio de fotos, cujo centro era decorado com a frase *Make Love, Not War*.

Sentamos para tomar café, e eu reparei nos detalhes de tudo ao meu redor, tentando entender aquela mistura. Sobre a mesa, pão, manteiga, café, leite e um bolo de chocolate. Enquanto nos servíamos, Emir pegou umas migalhas, saiu pela porta e ergueu o braço. Vicente me olhou, fazendo um sinal para que eu prestasse atenção. Um grupo de passarinhos começou a pousar na mão dela e a comer do banquete que havia preparado.

— Muito louco, né? — sussurrou para mim.

Sim, eu estava maravilhado. Emir, de olhos fechados, sorria como se fosse a coisa mais natural do mundo. Do fundo do meu coração, eu quis experimentar como seria sentir os pés e os bicos dos bichinhos, mas fiquei com vergonha de me meter. Pelo jeito que a Emir se movia, devia ser um ritual dela.

— Vó! Deixa os pardais em paz e vem aqui. Temos que ir embora hoje ainda.

— Mas já? Não aceito. — Ela entrou pela porta e sentou-se ao lado de Vicente. — Vocês nem chegaram!

— Vamos pra um festival, vovó.

— Festival? — O rosto dela se iluminou. — Qual festival?

— O Festival de Cultura Alternativa. Estamos atrás da última edição de uma série de quadrinhos de que somos fãs, e ficamos sabendo que o criador estará lá. Vamos tentar a sorte.

— Amo festivais. Amo! Estive no primeiro Rock in Rio, bicho. Foi uma sensação indescritível.

— Sério que a senhora foi ao Rock in Rio? — perguntei, genuinamente interessado.

— Não me chama de senhora, senão volto a te chamar de amigo do Vicente. — Ela apontou o indicador para mim.

— Vou tirar um cochilo enquanto vocês conversam! — Vicente se levantou, parou atrás dela, levou a mão direita até a altura da orelha e ficou abrindo e fechando, para que eu entendesse que ela falava muito e que a história seria comprida. — Não fica enchendo o Cícero, hein, vó? — Ele riu, veio na minha direção, passou a mão no meu cabelo e desapareceu em algum dos quartos. — Não me deixa dormir muito, vó! — gritou de lá de dentro.

— Vocês, mais novos, vivem com sono! Ah, se eu fosse jovem hoje em dia, com todas essas facilidades! Liberdade de ir e vir, poder comprar coisas importadas! A literatura, música e cinema do mundo todo, sem censura! Vocês são muito devagar mesmo. — Emir serviu café para nós dois. — Onde estávamos? Ah! O Rock in Rio... Era janeiro de 1985, catorze anos atrás. O meu marido, graças a Deus, já tinha morrido, e o meu filho, Jairo, já era pai do Vicente e estava engajado nas causas da igreja de uma forma extremista e perigosa; uma herança maldita do meu falecido, um controladorzinho barato que não permitia que ninguém tivesse nenhuma alegria nesta vida. Pro meu filho, eu era apenas uma viúva qualquer, que devia cumprir luto pro resto da vida. — Ela cobriu o rosto com as mãos, rindo, e me olhou por entre os dedos. — Pra mim, eu havia me tornado uma mulher livre, e iria engolir o Universo, se pudesse.

Apesar de terem estilos totalmente diferentes, Emir e minha mãe eram parecidas, então. Duas mulheres solitárias contra o mundo.

— O Rock in Rio foi mágico, Cícero. Descolei os meus ingressos, peguei o Chimbica e me mandei pro Rio. O Jairo já estava criado, Vicente estava bem de saúde, então fui sem medo de ser feliz, só pra curtir mesmo. Nem sei quanto tempo demorou pra eu chegar lá. Você percebeu que o meu fusquinha não é dos mais rápidos, né? Mas peguei minhas coisas e saí sem olhar pra trás. Queria ouvir música de verdade e cantar até perder a voz. Assim que cruzei os portões da Cidade do Rock, o meu corpo se arrepiou e eu me emocionei. Caí de joelhos e comecei a chorar, sozinha mesmo: eu, os meus guias, os meus orixás e os espíritos da floresta. Ali, sentada no chão, tive certeza de ser parte de algo maior, de que estava em comunhão com todas aquelas pessoas e com qualquer coisa que possa existir por aí. — Apontou o indicador para cima. — Entrei com a minha cerveja e o meu cigarro, e foi como se tivesse adentrado o túnel do tempo pra Woodstock, manja? Foi como uma transição espiritual, uma elevação pra outra dimensão...

Emir foi até o rádio e fuçou em uma pilha de fitas cassete com capinhas coloridas. Selecionou uma delas, beijou-a e colocou-a no deck. Apertou um botão, pôs a mão na cintura e revirou os olhos.

— Acho que vocês nem sabem mais o que é isso, né? Já tive que usar muita caneta pra rebobinar fitas e economizar pilhas. Bons tempos! Agora, saca só, bicho!

Ela apertou outro botão, afastou-se do som, fechou os olhos e colocou as mãos no peito. Começou a cantarolar e a se balançar de um lado para o outro, como se tivesse esquecido que eu estava lá.

— E este deus, você conhece? — Sorriu.

— Acho que, além de ateu em religião, sou ateu em música. Não conheço nenhum dos deuses que você tem me apresentado, desculpa — admiti, envergonhado.

— Ah, vocês! Em que mundo vivem? — Emir voltou a sentar-se. — Esse é o Freddy Mercury, vocalista do Queen, e a música é *Love of My Life*. Não fica com vergonha, não. Ninguém nasce sabendo, mas todo o mundo deveria nascer conhecendo pelo menos o Queen. — Deu risada. — Nunca vou me recuperar totalmente daquele coro de vozes que o acompanhou durante essa música. Não tenho palavras. As pessoas estavam felizes, Cícero. Realmente felizes. Bicho, o lugar era precário, chovia, fazia sol, os banheiros eram de meter medo e a lama chegava às nossas canelas, mas o amor, a felicidade e a liberdade estavam estampados nos rostos de todos.

Ela então emudeceu por um instante, olhando para o nada, com os olhos marejados. Observei a lágrima escorrer pela sua bochecha e me perguntei quantas histórias trazia consigo. Ela era uma mulher incrível. Suspirei profundamente, imaginando se algum dia teria a chance de experimentar tantas coisas como a Emir; afinal de contas, eu era um garoto que, até poucos minutos atrás, nunca tinha visto o mar.

— Ainda hoje sinto falta daquela sensação... Mas é só botar o Freddinho para cantar, que tudo volta, e sou novamente invencível. — Emir limpou os olhos e sorriu na minha direção. — Cícero, preste atenção. — Ela pegou a minha mão e a apertou de leve. — Procure sempre uma coisa que te faça se sentir invencível, poderoso, e a proteja a todo custo. Aí, quando você ficar triste ou achar que o mundo te derrotou, faça como eu. Coloque o *seu* Queen pra tocar e saia pra dominar o mundo. Nunca se esqueça disso.

Eu não sabia bem como responder, então apenas concordei com a cabeça e deixei a música preencher todos os espaços em que o meu silêncio se fez presente.

Emir cortou um pedaço do bolo, colocou no meu prato e fez um sinal para que eu comesse. Obedeci depois de um obrigado.

— Vicente não contou aos pais que vinha me visitar, né?

— Oi? — Engasguei com o café que acabara de colocar na boca.

— Não tem problema... — Ela tornou a pegar a minha mão. — Não imagino o quanto você sabe da vida do Vicente, Cícero, mas é uma vida complicada... Bem difícil.

— Eu... eu... Não tenho noção. Ele raramente consegue falar a respeito dos pais. — Suspirei. — O que sei é que ele vive tendo que inventar desculpas ou fingir que está doente pra poder sair ou ficar em casa, mas é só isso.

— O meu filho herdou muito da personalidade do pai, saca? Quando era pequeno, era um amor. Aí, não sei direito o que aconteceu. Na adolescência, ele entrou numa de virar conservador e ultrarreligioso, especialmente após a morte do meu marido. Acabou se tornando pastor. É muito triste, mas parece que pegou todo o pensamento opressor que sempre tentei combater em casa e multiplicou por mil.

— Vicente comentou que o pai é pastor e que a família é religiosa, mas só...

— O problema dele é a intolerância. Não suporta nada que seja diferente dele, das coisas nas quais acredita. Vive num mundo maniqueísta, onde tudo é preto no branco. Se não for do jeito dele, não pode, está errado. — Fechou os olhos e balançou a cabeça negativamente. — É aí que o meu neto sofre... Vicente é gay. Você sabe, né?

— Se eu sei? — Emudeci.

Ele nunca dissera com aquelas palavras, mas a gente se beijara mais de uma vez. A ideia declarada ainda me assustava, de certa forma. Olhei para as minhas mãos, sem coragem de encará-la, e dei de ombros.

— Cícero, ele é gay e gosta muito de você. Quando me ligou, dizendo que viria me visitar, falou que traria um colega. Percebi o jeito como ele te olha... Pra ele, você é mais que um amigo...

— Eu também gosto dele... — A minha garganta parecia fechada. — Mas é tudo tão complicado!

— Complicado como, meu bem? — Ela ergueu o meu rosto, e eu tentei não chorar.

— Complicado. Não sei direito o que fazer. Não sei nem o que estou sentindo. Sei que gosto dele, a gente se beijou... mas... — Eu queria ter calado a boca, mas não consegui.

— Que ótimo, Cícero! Vem comigo! — Ela me puxou pela mão e me levou para o sofá da sala. Abriu as janelas e deixou a brisa entrar. Acendeu um cigarro e um incenso, sentou-se e fez com que eu deitasse a cabeça no seu colo. Com a mão livre, começou a fazer cafuné no meu cabelo. — Você está permitindo que o seu coração funcione, você está gostando de alguém, *baby*. Isso é lindo.

— Se a família dele é assim, o que a minha mãe vai fazer? Como vou dizer pra ela que, de uma hora pra outra, passei a gostar de garotos? Éramos ámigos, eu e a minha mãe, eu contava tudo pra ela. E o mundo? Como as pessoas que conheço vão me encarar? Elas vão me tratar como um lixo... Vão...

Tapei o rosto com as mãos e desabei no choro. Não tinha pensado nisso até aquele momento. A minha mãe estava crente que eu sairia com a Karol ou com alguma outra *menina* pela qual estivesse interessado. Ela iria se decepcionar tanto comigo...

— Oh, meu amor... Não fica assim, não... — Emir deu uma tragada e enxugou as minhas lágrimas com a barra do vestido. — Vou ser sincera com você. Não vai ser fácil. É muito provável que a sua mãe fique muito grilada com isso. É normal. Se você, que é quem está gostando do Vicente, já está meio assim... — Respirou fundo. — Ela pensará que foi culpa dela, fará drama à beça. Tenho certeza. O grande lance é que somos criados pra seguir um molde, um comportamento que os outros esperam da gente. O que você está fazendo não tem nada de mais, e o único que pode achar que está certo ou errado é você, porque o seu coração dirá. Se o seu coração disser que é isso mesmo, vá fundo, meu amor. Olhe o meu exemplo... Passei tanto tempo em um casamento sem amor só porque eu seria considerada uma puta se me divorciasse... Não caia nos mesmos erros que eu, que os seus pais, que os seus avós. Viva a sua vida.

Fiquei ali, afundado no colo dela, chorando de soluçar. O meu corpo estava paralisado por um medo tão avassalador que achei que não conseguiria nem respirar. Uma coisa era certa, porém: eu gostava muito do Vicente, queria mais, queria por todo tempo que pudesse, porque nunca tinha me sentido tão *vivo* quanto me sentia com ele... Mas e o resto?

— Cícero, olha pra mim... — Emir colocou as mãos no meu rosto e me fez encará-la. — Seja honesto consigo mesmo, *baby*. Se estiver gostando dele de verdade, siga o seu coração. Vá atrás da sua felicidade! E se ele for realmente mais que um amigo pra você, deixe isso claro, tá bom, meu lindo? Sei que você está com medo, que tem um monte de dúvidas rodando na sua cabeça, mas o mundo já é muito cruel com as pessoas que amam demais, sentem demais e sonham demais.

— Tenho tanto medo, Emir, tanto medo... — Fiquei quieto, querendo recolher as palavras que se espalhavam entre mim e ela, engolir todo o receio que aparecera de repente, voltar para aquele momento em que eu e o Vicente nos beijamos lá fora, o sol nascia perfeito e o mundo era nosso.

— Há muitas coisas que nos amedrontam quando a gente se descobre diferente, né, Cícero? Muitas coisas ruins e tristes. Mas não deixe o preconceito e o temor andarem de mãos dadas contigo, tá bom? Por mais que você esteja pensando só no lado ruim agora, com medo do mundo e da sua mãe, também tem coisas boas espalhadas por todos os lados. Tem o amor. Tem tolerância, tem gente que vai te aceitar do jeito que você é e não vai te perguntar nada. Existe muita gente assim. Olha esta velha aqui... — Emir abriu um sorriso imenso, iluminado, como o do Vicente. — Se eu existo, é porque existem muitos outros assim também. Seja um deles, meu bem, seja um deles...

— Vou ser... Já sou... — Suspirei, limpei os olhos e me sentei. — Estou tentando. Aprendendo. Descobrindo. Quero um dia ter a sua serenidade, Emir...

— Serenidade? Eu? Esta velha boca-suja? — Ela fez uma careta para mim e gargalhou. — O que você acha que é serenidade, meu lindo, é força. O mundo pode partir pra cima de mim que eu continuo. Ninguém me derruba. — Passou a mão no meu cabelo. — Tive que ser forte por mim, e agora pelo Vicente. Se ele cair, olha este muque... — Flexionou o bíceps e deu umas batidinhas de leve. — Vou correr e ajudar a levantar, vou carregar nas costas. Ele é o meu neto, o meu amor. Este bracinho fino esconde a força que tenho, Cícero. E consigo carregar dois, viu?

Emir me enlaçou e me puxou para deitar a cabeça no seu ombro.

— Ob... Obrigado — falei, engasgado com o choro.

— É difícil, eu sei, mas aprendi com a vida que não há violência mais cruel e devastadora do que aquela que a gente causa contra nós mesmos quando não nos aceitamos e não queremos enfrentar os nossos problemas, *baby*. O jeito mais fácil de destruir a si próprio é lutar contra quem você é!

Ela, então, ficou em pé, puxou-me pelas mãos para que eu me levantasse e me empurrou de leve na direção ao corredor.

— Agora, vai dormir também, senão você não vai aguentar o festival. O banheiro é a segunda porta à esquerda e, se o Vicente continuar sendo o Vicente, deve estar deitado no quarto da porta vermelha.

Pode ficar aqui na sala se quiser, tem sofá-cama, tá? Vou dar uma saída e comprar umas coisinhas pra um almoço especial.

Emir sorriu de leve, voltou para a cozinha e aumentou o volume do rádio. Eu a observei acender outro cigarro e viajar para sua dimensão particular, conversando com as flores apoiadas na janela da cozinha.

Eu estava meio atordoado, então esperei as forças retornarem às minhas pernas para ir até o banheiro. Assim que entrei, passei o trinco e me olhei no espelho. Abri a torneira, escovei os dentes, joguei água no rosto e voltei a estudar a minha imagem.

Procurei alguma diferença, qualquer mudança nas minhas feições que indicasse que passara a gostar de meninos. Será que dava para perceber? Será que ser diferente, do jeito que a Emir dissera, estaria escrito na minha testa?

Comecei a chorar de novo, devagar, prestando atenção às linhas de cansaço que estavam bem aparentes ao redor dos meus olhos. Não havia nada de mais no Cícero que me encarou de volta.

Se eu gostava do Vicente, era por causa da pessoa dele, não do sexo nem porque ele era um garoto. Se eu gostava era porque o meu coração me dizia que sim; então não tinha nada de diferente, nada de errado, nada de merda nenhuma. Se eu gostava era porque o meu corpo e a minha alma tinham sido feitos para ser desse jeito, para gostar de quem quer que fosse. Se eu gostasse só de garotos para sempre, ou se algum dia eu viesse a gostar de meninas de novo, não devia explicações para ninguém a não ser eu mesmo, porque quem estava se descobrindo novo era eu. Aquela era a minha vida, e só eu podia decidir a respeito disso.

Saí do banheiro e fui para o quarto onde o Vicente entrara. No cômodo, a cortina esvoaçava à mercê da maresia da praia. Deitei na cama vaga, ao lado de onde ele estava, puxei as cobertas coloridas e ajeitei o travesseiro.

Antes de fechar os olhos, observei o rosto dele, que dormia tranquilo, com o edredom cobrindo metade da cara. Suspirei muito fundo e sorri, engolindo um finalzinho de choro que teimou em queimar a minha garganta. Fiquei feliz por vê-lo daquele jeito, em paz. Vicente deu uma roncadinha de leve, e eu ri baixinho.

O rosto dele foi a última coisa que eu vi antes de apagar.

19

Levantei-me no susto, sem saber onde estava ou que dia era e tremendo de frio. As minhas mãos exploraram os objetos ao meu alcance: a textura do edredom, a solidez da cômoda e a dureza do chão quando saí da cama. Alguns segundos foram suficientes para me recordar de que eu havia fugido, de que chorara muito antes de dormir e ainda tinha um festival para ir. Era muita coisa para tão poucas horas.

Depois de me espreguiçar, saí em busca do interruptor e quase caí ao tropeçar nos meus sapatos. Foi então que percebi que Vicente estava de pé, de sunga e camiseta, olhando a praia da sacada do quarto. Com o barulho, ele se virou para mim e sorriu.

— Acordou destruindo tudo, né, Bela Adormecida?

— Vicente? Caralho, não acredito que perdi a hora... — Esfreguei o rosto com as duas mãos, para terminar de acordar. Cocei o couro cabeludo e tentei dar um jeito no meu cabelo, que, como sempre, devia estar um show de horrores. — Ah, só pra constar, Bela Adormecida é a senhora sua mãe.

— *Ai, mas não se irrite* — Vicente imitou o Chaves e gargalhou em seguida. — Perdeu a hora, o almoço, o dia na praia... — Apagou o cigarro no cinzeiro e veio na minha direção.

— Não acredito que dormi tanto... — falei, no meio de um bocejo.

— Normal, eu também estava podre por causa da viagem. A minha vó disse que vocês ficaram conversando um tempão...

— Foi? — Rezei para Emir não ter entrado em detalhes. — E você? Por que está de sunga?

— Estava no mar... Adoro praias no fim de tarde. Sempre que venho aqui, passo o máximo de tempo possível na água. É só eu dar um mergulho e me sinto em paz. É como se recarregasse as minhas baterias. — Vicente estava mesmo com uma cara ótima. As suas bochechas coradas combinavam com a sunga vermelha. — Então, aproveitei que você estava praticamente morto, e...

— Seu besta! Devia ter me chamado. — Joguei um travesseiro nele. — Nunca fui à praia, quero tomar banho de mar, e é agora! Vou pular na água nem que seja a última coisa que eu faça! Já! Vamos! — Ri, segurei nos ombros dele e fui empurrando Vicente na direção da porta. — Bora logo!

— Não, bobo, por aqui. — Ele pegou a minha mão, puxou-me em direção à sacada e pulou direto para areia.

Tentei imitá-lo, mas catei cavaca e quase caí com tudo.

— Hoje você está impossível, hein? — Vicente continuou correndo em direção à água, rindo muito.

— Nhé, nhé, nhé, nhé... — zombei, com uma careta.

Vicente se virou para trás, respondeu mostrando a língua, entortando a cara e ficando vesgo. Então, gargalhando, acenou para que eu fosse logo. Segui o rastro da alegria que ele deixava atrás de si e me senti incrivelmente completo. Eu podia ser um fugitivo e estar todo errado, mas o sorriso do Vicente aqueceu o meu coração e confirmou que eu estava no caminho certo de alguma maneira.

Ele entrou correndo no mar, pulando as ondas, e mergulhou de camisa e tudo. Parei por um segundo, olhando a forma como as ondas quebravam na areia, e o admirei de longe. Observei como subia e descia no ritmo da maré e se misturava ao céu e à água. Ver o prazer que emanava do corpo dele e se espalhava pelo ar me deixou com ciúme, porque o amor do Vicente pelo oceano era concreto.

Uma pressa instantânea surgiu dentro do meu peito e eu me entreguei: tirei a calça e a blusa e entrei de cueca mesmo.

A sensação de ser engolido pela espuma foi inexplicável. A textura da água era diferente, as bolhas de ar se agarravam à minha pele e subiam sem pressa. Voltei à superfície e tomei fôlego. A temperatura estava tão fria que o meu coração disparou e achei que ia ter um ataque. Na minha cabeça, eu era o Jack segurando a mão da Rose, no *Titanic*, prestes a afundar congelado. Mas nessa história, na minha e do Vicente, nós nos seguraríamos juntos na madeira até o fim.

— Vem logo! — Vicente gritou a certa distância, o que me trouxe de volta.

Joguei um pouco de água no rosto e torci para os quatro anos de natação, que a minha mãe tinha pagado para que eu não me afogasse na piscina da casa dos coleguinhas, dessem resultado. Respirei fundo, puxei pela memória e, com o nariz ardendo de tanto sal, consegui chegar até ele, que riu, pulou em cima de mim e me deu um caldo. Eu deixei, porque o peso dele sobre mim era bom. Reapareci, segurei seus dois pulsos e o puxei para perto.

— Sem ataques. Não tenho prática nenhuma no mar — falei, embalado pelo ritmo das ondas.

— Ah, tadinho... — respondeu, sarcástico, e apoiou os braços sobre os meus ombros. — Sempre gosto de...

As suas palavras perderam o sentido e a sua voz desapareceu quando eu o beijei. Foi como se o mar tivesse se afastado, para eu apenas sentir o corpo dele colado no meu. A sua pele era quente e aconchegante. Tudo nele parecia vibrar o meu nome. Voltei da minha viagem astral ao sentir um beijo rápido e salgado, um beijo com gosto de sol.

— Alô, é da casa do Cícero? — Vicente revirou os olhos, com a mão direita ao lado do rosto, como se falasse ao telefone.

— Oi? — respondi, sem entender. — Do que você está falando?

— Nada. A gente se beijou e você ficou aí viajando. Em algum mundo misterioso do além...

Lembrei-me das conversas com Emir e Karol, e me veio até o busto do Aristóteles falando com a voz do professor Santos. Era a hora. Tinha que ser. Se a minha boca servia para alguma coisa, era para falar demais, então deixei que tomasse as decisões por mim.

— Tenho uma coisa engraçada pra te contar...

— Conta logo. — Vicente continuou abraçado comigo, batendo as pernas.

— Estou com um pouco de vergonha, porque é meio bobo. Você vai rir da minha cara e me achar um criança. — Senti as bochechas ficando quentes.

— Desembucha, Cícero! Vai me dizer que ficou apaixonado pela minha vó e que vai me trocar pela coroa? — Ele bagunçou o meu cabelo, dando risada.

— Ai, seu besta! Não é nada disso. Emir é uma mulher maravilhosa, mas não sinto nada por ela, não.

— Seu mané, eu tô te zoando! — Beijou meus olhos, me obrigando a fechá-los por um instante. — Desculpe a brincadeira, mas gosto de te deixar sem graça de vez em quando, porque você fica muito fofo quando está desesperado. Pronto, pronto, calma... — Passou as costas da mão pelo meu rosto e beijou o meu nariz. — Pode falar agora. Não vou mais te interromper.

— Quando estou com você... — O resto da frase entalou na minha garganta. Espremi toda a coragem de mim, cerrei as pálpebras e desentalei tudo de uma vez, esperando que ele não me achasse muito ridículo: — ... é como se eu beijasse o sol, porque você ilumina tudo... Ilumina o mundo... O *meu* mundo.

Foi muito pior do que eu esperava. As palavras saíram e ficaram ecoando na minha cabeça. A minha boca descontrolada me traíra com mestria! Contraí as sobrancelhas, desejando parar no fundo do mar e não subir mais, mas o meu coração batia no ritmo do nome dele: Vi-cen-te, Vi-cen-te. Eu não deixaria mais de falar as coisas por medo — coragem, Cícero!

— É verdade. Você ilumina o *meu* mundo — repeti, cheio de convicção, porque desejava muito que ele ouvisse certo, que entendesse que eu dizia a verdade.

Quando abri os olhos, ele me observava. Inclinou a cabeça para o lado e abriu um sorriso tímido, que se revelou devagar. O seu rosto voltara a brilhar, mas havia algo diferente: os seus olhos estavam avermelhados, como se estivesse prestes a chorar.

— A minha avó deu uma saída pra entregar uns artesanatos que ela faz pra um cliente. Ainda deve demorar um pouco pra chegar. — Ele encostou a testa na minha. — Podemos voltar? Eu queria te mostrar uma coisa.

Nem respondi. O meu coração estava apertado, a minha garganta tinha um nó. Será que eu dissera algo errado? O sol, *você é o sol que ilumina o meu mundo*, que ideia! Onde eu estava com a cabeça? Criança. Eu era um criança querendo ser romântico e sincero. Só podia dar errado mesmo.

— Vicente, falei besteira, né? — perguntei, embora tivesse a mais plena certeza de ter estragado tudo.

Ele continuou mudo. Pela cara dele, eu duvidava que desejasse ir ao festival comigo.

Saímos da praia acompanhados por um silêncio profundo e dolorido. Mentalmente, eu só fazia xingar a mim mesmo. Entramos pela casa, e ele me levou até o quarto. Fui em direção ao interruptor, pronto para começar a arrumar as coisas e voltar para minha cidade, mas o

Vicente ergueu a mão, como se pedisse para eu não fazer nada. Fiquei sem entender, mas obedeci.

Ele fuçou umas gavetas e achou um isqueiro, que usou para acender umas velas coloridas que estavam sobre uma cômoda entre as camas. Eu não estava entendo mais nada, então apenas me enrolei numa toalha para não molhar o colchão, sentei e esperei.

Vicente foi até a porta, fechou-a, e o quarto se pintou de laranja com a luz suave das velas. Na sequência, ele tirou a camiseta molhada, que estava colada ao corpo. O meu coração perdeu o ritmo.

Permanecemos em silêncio. Vicente deixou a camiseta cair no chão e sentou-se à minha frente, na outra cama. Observei a pele dele brilhar na penumbra: a fina linha do rosto, a curva do pescoço, o ângulo dos ombros.

Foi então que eu vi o que ele escondera desde o dia em que nos conhecemos...

20

Marcas.
Muitas marcas.
Marcas roxas, vermelhas, esverdeadas.
Ombros, abdômen, peitoral.
O corpo de Vicente estava todo marcado.
Machucado.

A sensação que eu tinha era de ter acabado de tomar um soco na boca do estômago, e senti que começaria a chorar. Eu nunca vira esse tipo de violência; aquilo era o ódio escrito sobre o corpo de alguém. Alguém que eu gostava... O chão sumiu sob os meus pés e, por alguns segundos, tudo foi ficando preto. Respirei fundo e me apoiei no colchão para me manter sentado e não desmaiar.

— Vicente... Vicente... O que... o que aconteceu com você? — Contive o choro, mas a minha voz custava a sair. — Está tudo bem? Dói muito?

— Cícero... — Vicente olhou para o piso, suspirou e depois me encarou. — Temos que conversar. É uma longa história, mas você tem que saber.

— Não me deixa nervoso, Vicente. Foi algo que eu fiz? É culpa minha? — Eu logo pensei nas restrições que o Vicente passou a ter após os pais descobrirem a ida ao Portal do Inferno.

— Não, Cícero, é culpa do mundo. *Do mundo*. E resolvi ter esta conversa com você porque você tem que entender que nem todos por aí são como a minha avó. Infelizmente, existe muita gente intolerante. Você tem de estar preparado... Há pessoas que agridem e tentam te destruir com as mãos, com objetos, com as palavras... — Vicente mordeu o lábio, como se tentasse manter as palavras dentro dele, porque eram tristes demais para serem ditas. — Mas tem gente que consegue misturar tudo isso e faz dessa tortura um hábito.

As minhas mãos tremiam. Eu não sabia o que fazer. Procurei no fundo da minha alma algo para dizer, qualquer migalha de conforto que pudesse oferecer a ele, mas a minha garganta travou. A minha boca estava aberta, mas não cooperava. Uma onda de derrota cobriu os meus músculos e impediu qualquer movimento. Uma lágrima desceu discreta pela minha bochecha e a minha pressão caiu de novo. Vicente me olhou, sorriu tristonho, e continuou:

— Não precisa falar nada, tá? Eu só quero confessar isso tudo que está aqui dentro, que só eu e a minha avó sabemos. — Ele suspirou e olhou para o teto, como se procurasse forças, incentivo, e soltou o ar pesadamente. — Sempre fui gay, Cícero. Eu sabia, mas quando a gente é criança está tudo bem, a gente meio que vai empurrando com a barriga, porque ainda não é sexualizado, né? O problema é quando chega a adolescência; aí, é foda. Aquele monte de hormônios borbulhando dentro do corpo, e a gente corre pro lado mais fácil, mais... — Fez no ar o sinal de aspas. — ... *normal*. Basicamente, quando comecei a criar consciência de que estava crescendo, também percebi que era diferente dos outros meninos. Aliás, no meu círculo de convivência, eu era o único daquele jeito, do *meu* jeito, do jeito que parecia natural pra *mim* e tão absurdo pro mundo. O primeiro a perceber isso foi o meu pai, quando eu tinha uns dez, onze anos.

Vicente passou a mão pelo cabelo, como que procurando algum lugar para deixar as mãos. Eu queria me aproximar, mas parecia que o meu corpo estava paralisado. Ele voltou a falar com a voz trêmula:

— Eu estava no parquinho, andando de bicicleta. De repente, um moço muito bonito foi na direção de uma menina que brincava na areia. Devia ser a filha dele. O cara se agachou pra pegá-la no colo, e eu fiquei maravilhado com o cabelo dele, que era muito preto e liso e ia até o meio das costas. Eu nunca tinha visto um cara de cabelo comprido, e acho que fiquei tão fascinado com o cabelão que acabei caindo e esfolando o joelho. O meu pai veio até mim... Ele me pegou pela orelha e me bateu, me dando o maior sermão. Disse que eu não podia ficar olhando pra homens *daquele modo*; um modo que eu, sinceramente, não entendi. Eu só via beleza em qualquer pessoa, sem maldade! Mas ao mesmo tempo eu sabia, aqui dentro, que eu era diferente!

— Vicente... — Eu queria diminuir a dor dele, fazê-lo sentir-se menos pior. — Isso não é culpa sua...

— O meu pai me levou pela orelha até em casa. O parquinho ficava a poucos metros do prédio onde morávamos na época. Ele me avisou, fez questão de dizer que filho dele nunca seria veado. Que ele preferia um filho morto. — Sorriu com o canto dos lábios, colocou a mão na testa, depois socou o colchão. — O pior é que eu, na minha inocência, comentei que achei o moço bonito porque ele tinha cabelo comprido igual a Jesus. Cícero, ele tirou o cinto no meio da rua e me bateu. Gritava que eu não podia falar aquele tipo de coisa, enquanto a cinta me marcava por inteiro, sem que eu entendesse o motivo de estar apanhando. Ele apenas me batia e...

Vicente se levantou e foi fuçar na mochila. Pegou um cigarro, que acendeu com o mesmo isqueiro que usara para as velas. Acabei acendendo um para mim também; eu precisava anestesiar a revolta que crescia dentro de mim.

Ele retomou o seu relato:

— Foi assim que tudo começou. Eu era um moleque, Cícero, só estava brincando, feliz em ser como eu era. Até aquele momento, não tinha visto nada de errado. Não tinha me percebido como algo errado, sabe? Mas depois daquele espetáculo, tive que aprender a ser outra pessoa. Só que eu fui ficando mais velho e entrei em desespero! Passei a recusar tudo que eu achava que me faria parecido com um... *veado*.

Vicente soprou a fumaça como se ela ajudasse a tirar a mágoa de dentro do seu peito. Ele suspirou, e as palavras voltaram a tomar forma:

— O foda é que aqui, dentro de mim, já havia uma voz horrível que me dizia que eu seria rejeitado por todo o mundo. Foi desumano. A pessoa que eu mais admirava me forçara a exterminar quaisquer pensamentos sobre mim mesmo que estavam florescendo. Assim, passei a acreditar que nada disso... — ele apontou para si mesmo e depois para mim — ... *existia, podia existir* ou *existiria*. Que os meus sentimentos não eram parte de mim, mas sim algo passageiro. Pior, cheguei ao cúmulo de cogitar que era Deus querendo testar a minha fé! Ver até onde eu era capaz de ir pra não decepcionar ninguém. — Suspirou, balançou a cabeça negativamente e me encarou. — Isso tudo que nos ensinam é uma merda! Eles deturpam a verdade! Deus é amor, Cícero. Tem que ser. É o que sinto. Como os meus pais tiveram coragem de me fazer pensar que Deus me odiaria, que me condenaria ao inferno porque eu queria ser feliz? Ser eu mesmo!

Eu não conseguia dizer nada. A minha mão, que segurava o cigarro, tremia demais, lançando sombras nas paredes do quarto.

— Depois desse incidente, o meu pai se tornou muito mais radical nas pregações. Eu juro que tentava disfarçar tudo a meu respeito: falar o mais grosso possível, gostar de coisas violentas, não cruzar as pernas, mas acho que ele tinha algum ressentimento muito grande, porque continuou me perseguindo, apesar de nunca ter me pegado em nenhuma situação que o fizesse saber que sou gay. Era um inferno, Cícero. O discurso lá em casa era: *filho meu nasceu homem e vai morrer homem* e *homem nasceu pra casar com mulher*. Basicamente, eu cresci sabendo que *jamais, em hipótese alguma,* os meus pais poderiam saber a verdade, porque nunca aceitariam quem eu era. Quem sou. Mas aconteceu...

Vicente pegou o cinzeiro do chão, sentou-se ao meu lado e colocou-o entre nós. Segurei a mão dele, esperando que o calor da minha pele pudesse transmitir força. Olhei para seu rosto, que estava sereno, apesar de parecer muito magoado. Vicente era muito foda. Eu estava ali, chorando ao ouvir as coisas que ele me contava, mas ele, não. Quando começou a história, achei que fosse desmoronar, mas ele era força. Era resistência.

— O que ferrou com tudo foi que me apaixonei por um menino da igreja, que parecia partilhar dos mesmos sentimentos e questionamentos que eu. Encontrá-lo foi como um sopro de ar fresco, porque era alguém com quem eu poderia dividir as minhas dúvidas, os meus sentimentos e medos. A gente conversava sobre tudo e, quando percebemos, estávamos apaixonados. Quero dizer, eu achei que estava apaixonado. Ele, ele... Não sei. Não sei o que se passava pela cabeça dele. — Vicente acendeu outro cigarro. — Quando demos o nosso primeiro beijo, praticamente tive uma confirmação de que o meu coração nascera pra gostar de meninos. O beijo dele foi perfeito, tudo tinha sido per-fei-to. Saí de lá flutuando, feliz. — Tragou fundo, olhou para mim e bateu com o indicador na cabeça. — Mas a gente nunca sabe o jeito como os outros pensam, Cícero. Esse é o problema. Eu o encontrei de novo, e ele vomitou umas coisas horrorosas pra cima de mim. Transformou em culpa toda a felicidade que eu carregava. Pior! Não era nem culpa *dele,* ou *nossa,* mas culpa era *minha.* Era tudo *culpa minha.* Eu era o endemoniado que o tinha manipulado.

Vicente ficou em pé e deu uma volta, nervoso.

— Aí, deu no que deu. O filho da mãe inventou para os pais dele que eu o agarrara. Só que era mentira, Cícero! Ele correspondeu ao beijo! Foi tudo consentido, natural e bonito, até virar um filme de terror. — Ele sorriu, debochado. — Os pais do garoto falaram com os meus, e foi o maior escândalo na igreja. Em resumo, fui chutado pra fora do armário.

— Não acredito, Vicente! Mas que filho da puta! — Soquei o colchão, irado. — Ele não tinha o direito de te jogar na fogueira. Que ódio! Nem conheço esse moleque, mas já odeio.

— Calma, já passou. Ele vai ser um amargurado pelo resto da vida. Só que o meu pai, como pastor, tinha que dar um jeito nas coisas. A partir daí, comecei a viver uma vida medonha, Cícero, porque ele e a minha mãe não suportam a ideia de um filho homossexual... Acham que é algo que controlo porque, *pra eles*, ser gay é uma escolha, um tesão, uma necessidade frívola que leva as pessoas a serem promíscuas, nada mais. Acham que podem domar esse demônio que, *segundo eles*, existe dentro de mim. Mas não! Não há nada de errado comigo! Ser assim faz parte da minha essência.

Vicente se jogou na cama, ao meu lado. A luz das velas iluminava a sua pele sutilmente, pintando-o de laranja, como o sol. Olhei-o e forcei um sorriso. Ele aproximou as mãos do meu rosto e enxugou as minhas lágrimas.

— Está tudo bem — sussurrou para mim. Ele me olhava tranquilo, em paz. Se havia uma coisa da qual eu tinha certeza, era que ele sobreviveria.

Cheguei mais perto dele, olhando fixo para as marcas pintadas na sua pele.

— Posso? — perguntei, com a mão a meio caminho. Eu queria absorver aquela dor para mim, para que a vida dele fosse mais simples.

Vicente pegou a minha mão delicadamente e a colocou sobre o peito. Retirei-a rapidamente, com medo de machucá-lo.

— Não tem problema, Cícero. Dói muito mais dentro do que fora. Pode me tocar sem medo...

Aceitei o convite e deixei as minhas palmas passearem pela pele. Senti a textura de cada um dos seus vergões, hematomas, arranhados e cicatrizes. O corpo dele era um mapa desenhado em tons e profundidades diferentes. Fechei os olhos e suspirei fundo, reconhecendo que cada uma delas também era a representação de um dia a mais da sua sobrevivência.

Da sua coragem.

Da sua resistência.

Da sua dor.

Descansei a cabeça no peito dele, exausto, sem saber como reagir. Vicente começou então a acariciar o meu cabelo, e eu o abracei com força, com a minha alma, da mesma forma que ele abraçava e recebia o mundo.

— Você é especial. É incrível. Você é... simplesmente o cara mais doce que já conheci! Você ilumina tudo... Você tem o sol dentro de si, sabe? Você... — Não consegui segurar as lágrimas. — Não devia estar passando por essa merda toda.

Permaneci em seus braços, imóvel, com a cabeça colada no seu peito. Queria muito falar alguma coisa, mas a minha boca se recusava a funcionar. A minha respiração foi se sincronizando com a dele, e me perdi nos meus pensamentos. Não sabia como acontecia com as outras pessoas, como elas chegavam à conclusão de que estavam apaixonadas ou se percebiam o exato momento em que isso acontecia. Se antes já achava que estava a fim dele, agora, então, eu não tinha mais como negar... Os meus sentimentos passaram a habitar um campo muito mais profundo a que eu jamais imaginei chegar.

— Desculpa... — ele sussurrou, acariciando a minha cabeça, que ainda permanecia no seu peito. — Não queria ter explodido assim, mas...

— Tudo bem, Vicente. Todos nós somos represas. A gente vai aguentando até onde pode, mas, em algum momento, a gente transborda, coloca tudo pra fora e deixa a destruição acontecer. Faz parte da vida.

— Eu te contei isso tudo porque, até onde sei o que está acontecendo entre nós é novo pra você. Agora, você está comigo, curtindo o

seu momento, mas não sabe se isso vai ser pra sempre. Quero dizer...
você não sabe se vai amar meninos... Você ficava com a Karol, né?

Ergui a cabeça, olhando-o, enquanto ele continuava:

— O que quero dizer é que, mais cedo ou mais tarde, você terá que
enxergar dentro de si mesmo e tentar se entender. Vai ter que olhar no
espelho e aceitar as suas preferências, os seus defeitos, as suas necessi-
dades, sejam lá quais forem. O importante é que você seja verdadeiro
consigo mesmo, e é só isso o que você deve considerar. Se eu for só
uma aventura, não tem problema. Entendo. — Ele passou o dedo pelo
meu queixo. — Sou gostoso, eu mesmo gostaria de me pegar.

Não aguentei e comecei a rir. Como o Vicente conseguia passar
de um drama tão doloroso a uma abobrinha dessas? Ele me abraçou e
gargalhou junto comigo.

Nos braços dele eu tive certeza de que, se alguém se desse bem
nessa vida, esse alguém seria o Vicente, pois ele era forte sem deixar
de ter amor dentro de si. Não sei como, mas Vicente conseguia expan-
dir a cada dia mais o que eu sentia por ele.

Paramos de rir, e o quarto voltou a mergulhar no silêncio. Com o
meu ouvido encostado no ombro dele, o barulho da sua respiração se
misturou com o do mar. Tudo estava tão tranquilo que era como se o
universo tivesse parado o seu fluxo infinito para nos observar.

Inclinei a cabeça, fechei os olhos e aproximei os lábios do rosto
dele. O meu corpo todo pulsava quando sussurrei:

— Não ligo pra nada disso, Vicente. O mundo vai acabar em
breve, e a única certeza que eu tenho é de que estou apaixonado por
você... Completamente apaixonado.

A respiração do Vicente ficou irregular, enquanto ele deitava de
lado, de frente para mim. Nossos olhos permaneceram conectados por
uma linha invisível. Coloquei as mãos no seu rosto e, antes que qualquer coisa acontecesse, eu já sabia.

O frio na barriga.

O sorriso que insistia em não sair do meu rosto.

O tesão.

O carinho.

Era isso...

Eu sabia.

Não tinha mais medo.

Havia apenas amor.

A minha mão se encaixou na nuca do Vicente e eu trouxe a boca dele até a minha. Os nossos corpos se encostaram com desejo, força e urgência. Os dedos dele se enrolaram nos meus, e eu o puxei pela cintura para cima de mim. As suas mãos dançaram e desceram pelo meu rosto, pelos lábios, queixo, pescoço, peito, e repousaram na minha barriga. Vicente era o sol — ele tocava tudo, esquentava a minha alma e me fazia pegar fogo.

As nossas bocas se misturaram e as nossas mãos se acharam. Estávamos confusos, perdidos, mas ansiosos, famintos. Deitamos na cama e nos abraçamos. Cada parte de mim sussurrava o nome dele. Comecei a puxar-lhe a sunga, mas senti a mão dele sobre a minha, num pedido para que eu parasse...

— Cícero... eu nunca... — ele sussurrou e deixou a frase morrer.

Eu não sabia direito o que fazer. Por mais que já tivesse transado e soubesse como funcionava, sentia que perderia a minha virgindade de novo com ele, porque estávamos descobrindo um ao outro, juntos, pela primeira vez.

— Vicente, não precisa dizer nada. — Sorri e o abracei. — Eu não tenho tanta experiência... Nem sei se a que tenho vai valer de alguma coisa com um garoto...

— Que vergonha, Cícero. Eu não tinha me programado pra isso, então nem me preparei. Nem sei se as pessoas se preparam! — Ele riu de nervoso, e eu notei as suas bochechas ficando muito vermelhas.

— Olha, chega a ser engraçado, mas alguém pensou nisso por nós... — Levantei-me de um pulo e fui até a minha mochila, de onde tirei o pacote de preservativos que a Karol me dera. — Aqui, ó! — Ri, sem graça. — A minha consultora sentimental nos deu de presente.

— Deus abençoe a Karol! — Achando graça, Vicente tapou o rosto com as mãos.

— Olha, tudo bem se você não estiver preparado... A gente pode só...

Mas ele me interrompeu segurando na minha mão e me puxando para a cama.

Voltamos a nos beijar, agora com muito mais desejo. As nossas mãos encontraram as nossas últimas peças de roupa, que voaram para o chão. As minhas pernas começaram a tremer à medida que a mão dele explorava o meu corpo, e eu, o dele. Vicente me olhava ofegante.

— Eu... — ele gemeu.

No nosso abraço, não existia mais nada no mundo, só nós dois. Os nossos corpos pegavam fogo como se precisássemos um do outro para viver, para seguir em frente. O mundo ia acabar, e eu não adiaria mais os meus desejos. Vicente era a coisa mais incrível que me acontecera, e eu iria até o fim. Até o fim do mundo com ele.

Lentamente, me encaixei dentro dele.

Vicente se contraiu, me recebendo.

Foi como se o meu corpo e o dele já conhecessem o caminho; já estivessem acostumados com a intimidade um do outro.

Com a boca colada na minha, senti que ele movimentara os lábios. Eu me mantinha de olhos fechados, perdido em um lugar que estávamos construindo juntos, mas senti o hálito dele queimando a minha boca e entendi que ele dissera que me amava.

21

— Dona Emir, dona Emir! Quer dizer que, pra você fazer uma refeição caprichada dessas, tenho que trazer visita? — Vicente disse, de boca cheia, enquanto raspava o molho do peixe no prato com um pedaço de pão.

— Ah, larga de ser ciumento, Vicente! Como se você passasse fome quando ficamos só nós dois... — Emir se virou para mim e piscou um olho. — Vai se acostumando, Cícero. Esse aí, ó... — Aproximou o dedo indicador da têmpora e girou-o, como quem fala que alguém é louco. — Adora fazer chantagem emocional...

— Vó, para com isso! Desse jeito, o Cícero vai achar que sou doido de verdade. — Vicente riu, e eles continuaram a discussãozinha deles.

Eu me concentrei em continuar a comer porque a comida estava divina. Estávamos os três na cozinha, embalados por algumas músicas de rock que a Emir pusera para tocar no rádio.

— Cícero, vou perguntar pra você, porque é mais confiável! — Emir se aproximou de mim e colocou a mão no meu ombro. — Vocês precisam mesmo ir embora hoje?

— Vovó, você sabe que amo ficar aqui, mas se não formos hoje, perderemos o último dia do evento! — Vicente respondeu por mim, depois se levantou e olhou pela janela como se procurasse alguma coisa. — Fora que é certeza que os meus pais vão colar aqui daqui a pouco... Quando perceberem que sumi de casa, é o primeiro lugar em que vão me procurar...

— Mas amanhã à noite você volta, né? — Emir o encarou com dureza.

— Vovó! Mal posso esperar! — Vicente sorriu com os olhos. — Logo seremos nós dois.

Depois de habitarmos o corpo um do outro — várias vezes, tenho que admitir —, o Vicente me contou que abrira todo o jogo para a avó mais cedo, enquanto eu dormia. Ela já desconfiava das nossas mentiras, então não ficou surpresa. Mas Emir fez Vicente prometer que, assim que o festival acabasse, ele voltaria para a casa dela e, juntos, eles dariam um jeito para que ele fosse morar com ela. E isso era tão incrível, porque Vicente estava ganhando uma chance de ter uma vida! Uma chance de ser feliz!

— Que nós dois, o quê? Você vem morar comigo, com o Jimi Hendrix...

— É o cachorro, Cícero.

— ... a Janis Joplin e o Jim Morrison...

— São os gatos... — Vicente completou.

— Isso sem contar os passarinhos, o Chimbica, as minhas artes, as plantinhas... — Emir apontou para os vasos no parapeito da janela. — As plantonas... — o dedo indicador se virou na direção das árvores que podíamos ver pela porta aberta — ... e os paqueras aleatórios que de vez em quando trago pra casa, porque ninguém é de ferro.

— Vó! — Vicente praticamente gritou, envergonhado.

— Agora vai virar fiscal de transa das avós? — Emir revirou os olhos. — Também teremos que bolar direitinho o calendário para as visitas desse fofo! — Ela tornou a piscar para mim. — Dia de semana, só nas férias!

157

Senti o meu corpo inteiro se arrepiar por me ver incluído naqueles novos planos de futuro dos dois.

— Opa, pode contar comigo. Virei sempre que puder. Vai ser incrível! — Disfarcei muito bem a minha vontade de chorar. Acho que nunca tivera vontade de chorar de felicidade: era uma coisa meio embolada, perdida entre o meu peito e os meus olhos, que não decidia se queria sair ou continuar se escondendo.

— Anda, vamos parar de lenga-lenga! Vão arrumar as suas tralhas, moleques! Acabei de voltar da cidade e a estrada não está muito boa. Não podem perder o último ônibus, então é melhor sair um pouco mais cedo, sacou? Vai que a gente atola pelo caminho... Ai, caralho, e *eu amo essa música*! — Emir foi em direção ao Vicente e puxou-o pela mão, levantando-o da cadeira.

No rádio, tocava *Born to Be Wild,* do Steppenwolf. Emir rodopiava e fazia uns solos de guitarra imaginária, e Vicente, uma dublagem muito inspirada, com direito a caras e bocas, usando o garfo como microfone. Do jeito que ele se mexia, devia amar cantar e dançar.

Parecia um sonho que as coisas finalmente estivessem se encaixando. Eu iria participar do meu primeiro festival, conheceria o P. C. Bicalho, o criador do *Under Hero*, e o Vicente ainda se mudaria para um lugar que o aceitava.

Ali, na cadeira, quietinho, sem que ninguém percebesse, uma lágrima de felicidade caiu.

— Devem ter se ligado na minha ausência à noite, quando voltaram da corrente de oração — Vicente disse, com o cabelo ao vento, no banco de carona do Chimbica.

Emir estava finalmente nos levando para a rodoviária, enquanto montávamos, mentalmente, os possíveis planos dos pais de Vicente.

— Aliás, provavelmente ficaram acordados esperando que eu voltasse.

— Mas pra casa não ligaram até agora. Não sei se não pensaram que você poderia ter fugido pra cá, se ainda estão te esperando ou se resolveram cair na estrada pra ver com os próprios olhos — Emir ponderou, com uma mão no volante e a outra segurando um cigarro.

— Será mesmo? Eles não te deixam dormir até tarde aos sábados? Às vezes vão se dar conta só depois — perguntei, pensando na possibilidade. Lá em casa, além de me deixar sozinho em casa nos finais de semana, a minha mãe não controlava muito os meus horários.

— Nunca! — Vicente riu, debochado. — Ainda mais depois da minha ida ao Portal do Inferno...

— Como foi a história do Portal do Inferno? — eu quis saber, porque ele não havia me contado ainda.

— Cheguei pouco antes deles. Não sei o que houve, mas os meus pais se adiantaram no que estavam fazendo. Só tive tempo de tacar a roupa no canto do quarto e me jogar na cama. — Vicente apoiou o braço no encosto do banco e se virou para mim. — Não consegui camuflar as provas do crime. A minha roupa fedia a cigarro e não tomei banho. Aí, já era. Tomei a surra do século. O meu pai trancou a porta e ficou me interrogando, gritando tão alto que eu não sabia se era melhor contar a verdade ou mentir. Tentei mentir e apanhei, aí experimentei contar a verdade e apanhei mais... Acho que ele só parou quando ficou cansado.

Ouvir aquilo me fez fechar o punho e tremer... Eu ainda não me conformara com tudo o que o Vicente tinha que passar.

— E pensar que eu deixava o insolente do seu pai dormir até a hora do almoço nos finais de semana. — As pedras dos anéis tilintaram quando a Emir socou o volante. — Onde foi que eu errei?!

— Foco, vovó!

— Já parei, já parei! Só que pra mim é difícil admitir. Mas enfim... Não vou mais falar no Jairo, senão terei um ataque, e não haverá ninguém pra dirigir o Chimbica até a rodoviária pra vocês.

— Certo, me ajudem: vocês acham que eles viram que eu não estava em casa antes do almoço?

— Não, deve ter sido antes disso — opinei. — Provavelmente, não dormiram à noite.

— Você tem razão, Cícero. Eles devem ter ficado na sala, sentados, revoltadíssimos com a humilhação que eu traria pra eles. De manhã, devem ter começado a falar com os membros da igreja.

— Tipo convocar uma corrente de oração pra te materializar na sala? — Emir deu risada.

Tapei a boca com a mão, para o Vicente não me ouvir rindo, porque ele continuou, muito sério:

— Eles devem até ter ido falar com o Daniel. Será?

— Daniel? — indaguei.

— É, o cara que me jogou fora do armário depois que nos beijamos.

— Por que você estaria na casa dele, Vi?

— Porque eu era muito próximo do garoto, antes de tudo aconte-cer... Do nosso beijo, que acabou desgraçando a minha vida.

— Graças a Deus, esse projeto de japa apareceu na sua vida! Além de um pão, ele te ajuda a resolver os problemas em vez de se tornar mais um! — Emir soltou as duas mãos do volante e juntou-as como se agradecesse aos céus. — Nada contra mestiços, viu! — Ela olhou pelo retrovisor e me mandou um beijo estalado. — Tive um caso maravilhoso com um, uma vez. O nome dele era Tatsuki, se não me engano. O problema era que eu nunca conseguia falar o nome do infeliz direito, então ele ficava meio puto. Uma vez, teve a audácia de parar uma transa porque o chamei de Tatinho! Nunca vou me esquecer disso! — Gargalhou, jogando a cabeça para trás. — Só comigo mesmo!

— Foco, dona Emir! — Vicente estalou os dedos perto do rosto dela.

Emir mostrou-lhe a língua.

Eu continuei engolindo o riso, porque o Vicente já estava perdendo a paciência.

— Estou focada, cacete!

— Depois que perceberam que eu não estava com ninguém da igreja, os meus pais devem ter procurado a polícia.

— Ou os hospitais da cidade... — Emir disse.

— Só tem uns dois — falei. — O que diminui em muito a busca e o tempo que temos de vantagem...

— Os meus pais não são burros. Devem ter ido pra rodoviária — Vicente se adiantou.

— Vocês usaram identidade falsa, né? — Emir indagou.

Um silêncio sombrio se fez dentro do carro, até que o Vicente o quebrou:

— Vó, como íamos fazer uma identidade falsa? Não conhecemos ninguém da máfia... Pelo menos *eu* não conheço.

— Muito menos eu! Como vou conhecer alguém com esse tipo de contato?

— Que ingênuos! Identidade falsa é mamão com açúcar de fazer... Máquina de xerox, paciência e *voilà*! Dezesseis anos e nada sacanas.

— Quinze! — Vicente corrigiu.

— Quinze, dezesseis, não importa! — Emir olhou para o neto, meio séria. — A questão é que temos a possibilidade extremamente forte de os seus pais saberem que você veio pra cá. Até porque, não tem outro lugar pra você ir, ou seja, devem estar pra chegar... — Ela bufou e bateu de leve a cabeça no volante. — Puta merda, vou ter que ouvir o sermão daqueles dois! — Ligou a seta e entrou no estacionamento da rodoviária.

— E aí, o que a gente faz?

Me doeu ouvir aquele medo todo na voz do Vicente.

Eu estava tenso. Não sabia se chorava ou se saía correndo. Os problemas de logística da nossa viagem nunca tinham passado pela minha cabeça.

Emir estacionou o Chimbica e sentou-se de lado, com o braço direito sobre o encosto do banco.

— Vou me fazer de besta, é claro! — Ela pressionou as têmporas e fechou os olhos. As pedras enormes dos anéis brilharam novamente sob a luz fluorescente que entrava pelas janelas. — Nunca vou revelar que vocês foram pro festival. Vocês chegaram até aqui. Precisam viver isso... — Empunhou o indicador na direção do Vicente. — Mas amanhã, assim que o festival acabar, o senhor volta direto pra cá!

— Ok.

— Estou falando sério, moleque!

— Eu sei, vó! Não sou criança.

— E você, seu Cícero, será responsável por ele voltar pra cá, ouviu? — Ela apontou o dedo para mim, cheia de autoridade.

— Pode deixar! — afirmei na hora, porque era o que eu faria mesmo; afinal de contas, queria ver o Vicente bem, seguro e feliz.

— Dona Emir, pode ir parando. Eu volto. Fica sossegada. — Vicente se inclinou e beijou-lhe a testa. — Prometo.

— Sossegada só ficarei quando te pegar nesta rodoviária de novo, *baby*. Aí, vamos buscar as suas coisas e anunciar aos seus pais que seremos uma dupla. Tipo Batman e Robin.

— Fechado!

— Eu coloquei um tutu extra na mochila de vocês.

— Tutu, vó? Pra que colocar comida? Vai azedar até ficarmos com fome. Estou arrotando peixe com batata até agora.

— Para de me lembrar que estou velha, bicho! Não é tutu de feijão. Tutu. Tutu, dindim, prata, cascalho, bufunfa, arame... — Examinou o nosso silêncio. — Que inferno! *Money*, dinheiro, grana...

— Vó! Não precisava!

— Quando juntar uns restos de mesada, te pago de volta, juro! — falei, muito sério, porque queria retribuir a bondade dela de alguma forma.

— Cícero, sossega! É um presente. — Emir bagunçou o meu cabelo. — Posso usar a pensão gorda que aquele velho escroto me deixou do jeito que bem entender! Divirtam-se, meus lindos! Não é sempre que a gente tem quinze anos!

— Te amo, vovó! — Vicente a abraçou e beijou-lhe repetidamente as bochechas.

— Obrigado, dona Emir!

— Chega de agradecimentos! Vão! Xô! — Ela moveu as duas mãos para a frente, como se estivesse espantando mosquitos. — E eu já falei, Cícero! — gritou, quando descíamos do carro. — Dona é o seu...

Corremos para dentro da rodoviária. Quando olhei por cima do ombro, ela ainda estava lá, acenando e sorrindo.

— Caramba, estou tão feliz! — Vicente me disse, enquanto comprávamos as passagens. — Acho que, mesmo com o fantasma dos

163

meus pais rondando o nosso caminho, as coisas estão saindo melhores do que eu planejava. Vamos a um dos eventos mais incríveis do mundo e trombaremos com o P. C. Bicalho! — Ele apertou a minha mão. — Claro... e ainda tem você... — sussurrou e baixou os olhos.

Sorri de volta. Vicente estava pegando as passagens, o troco e pedindo informações, mas, na minha mente, ele brilhava como nunca. Apesar de ter tanto para comemorar — estávamos em rota de colisão com o final do *Under Hero* e nada poderia nos deter agora —, o que me fazia ter vontade de sambar em cima do balcão do guichê era o fato de que Vicente encontrara uma saída para ter um futuro. Mesmo que só por alguns meses, até que o Bug do Milênio ferrasse com tudo e as pessoas tivessem que sair pelo mundo fugindo de mísseis, bombas e um milhão de outras coisas. Ainda assim, ele teria dias felizes.

Chegamos à rodoviária às oito da manhã. Eu abri os olhos, ainda meio tonto. Inspecionei o mundo pela janela e cutuquei o Vicente, que, para variar, ainda dormia. Ele se levantou de um pulo, esfregou o rosto, pegou as nossas mochilas do compartimento acima dos bancos e me chamou com a mão para sairmos.

Colocar os pés naquele chão tão comum foi mágico. Era como se eu tivesse sido transportado para uma dimensão paralela, que me esperava com coisas inéditas que eu nunca imaginara na vida. Eu era um menino de apartamento, com poucos amigos. A minha imaginação vivia no plano dos filmes. Naquele universo novo, eu era o protagonista da minha própria história.

— Anda... — Vicente colocou as mãos nos meus ombros e foi me empurrando, no meio de um bocejo. — Acorda! Não podemos perder nenhum minuto!

— Pra onde temos que ir? — Apontei para o quiosque de informações. — De repente, conseguimos descobrir alguma coisa lá.

— Deixa comigo, Cícero. Fica a menos de um quilômetro daqui, em linha reta; mas, se você quiser, podemos confirmar.

— Não, eu acredito em você. Desde que cheguemos lá...

Vicente estufou o peito e saiu andando.

— Mesmo que eu estivesse errado, o que não é o caso, segundo o *flyer*, o P. C. Bicalho vai autografar hoje às três horas. Então, temos tempo de sobra, inclusive para dominar o mundo, se quisermos. Ou a gente pode encontrar um canto para se beijar, o que significa a mesma coisa.

Olhei para o Vicente, apertei de leve a mão dele e sorri. Ficar com alguém do mesmo sexo trazia esse nível de complexidade de como nos comportávamos em público, o que era algo novo para mim. Eu nunca precisei achar um canto se quisesse beijar a Karol... Mas eu não me incomodava. Parecia, de alguma forma, que isso fazia a nossa relação ser mais especial. Não era só atração ou desejo — o cuidado e a preocupação com o outro vinham no pacote.

Caminhamos bem devagar em direção ao evento. Eu nunca estivera em uma cidade tão grande, então tudo chamava a minha atenção. Os prédios eram enormes, as ruas, mesmo sendo domingo, estavam explodindo de gente. Aos poucos, o barulho foi ficando mais alto, e eu presumi que estávamos bem próximos. Até que...

Não tenho palavras para dizer o que senti. Era tudo muito colorido, cheio de risadas e euforia. Segurei nas alças da minha mochila e me imaginei entrando na Fantástica Fábrica de Chocolates, com todas aquelas máquinas incríveis produzindo felicidade. Só que em vez de chocolate, a felicidade ali era cultura: música e arte. Os meus olhos se perdiam por todos os lados, porque tudo brilhava e produzia sons.

Vicente me contara que o Festival de Cultura Alternativa começara oficialmente na madrugada de sexta para sábado e duraria quarenta e oito horas, com sessões de autógrafos, shows e intervenções culturais de todos os tipos. Nos poucos passos que demos depois de atravessarmos o arco de entrada, tropeçamos em gente curtindo rock nacional, rock internacional, pop, pagode e axé. Suspirei e contive o choro, porque aquela mistura de sons caiu em cima de mim exatamente como a Emir descreveu quando me contou sobre a ida dela ao

Rock in Rio. Por mais que eu achasse uma mistureba, era só um monte de gente sendo livre e gostando do que gostava.

De repente, o mundo em uns vinte anos ficaria daquele jeito: as pessoas podendo se expressar como desejassem, independentemente de sexo, religião, gosto musical ou qualquer outra diferença... Eu queria que o mundo não acabasse só para eu ver!

— Olha, vamos lá! — Vicente apontava para uma banda num palco baixo, perto de nós.

Paramos para ouvir. O cantor, muito magro, imitava a voz do Renato Russo direitinho. Vicente pegou de leve na minha mão. Fiquei chocado, preocupado com o que os outros iam pensar, mas tentei me controlar e deixei a mão dele ficar um pouquinho na minha. Na realidade, ninguém parecia se importar. O pessoal estava concentrado na própria diversão, acompanhando a música, cantando, se abraçando e acendendo isqueiros como eu já havia visto nos clipes da MTV. Sorri, observando a bagunça, e percebi que era verdade. A gente tinha mesmo que amar as pessoas como se não houvesse amanhã, então, sorri sozinho e entrelacei os meus dedos nos dele.

Uns poucos passos à frente, percebi que perderia a companhia. Vicente soltou a minha mão e saiu correndo na direção de cinco garotos que dublavam *I Want It That Way*, dos Backstreet Boys. Ele comentara que era uma das suas músicas preferidas, portanto seria inútil tentar desviar a atenção dele. Tive que dar o braço a torcer, porque os caras eram bonitos, e as roupas brancas que vestiam, idênticas às do vídeo oficial.

Vicente ficava na ponta dos pés para observar melhor por sobre os ombros daqueles que também tinham parado para assistir. Cheguei mais perto, para observar a concorrência. Pareciam ser um pouco mais velhos que a gente e, infelizmente, eram lindos — muito mais bonitos que eu. O mais alto, que usava um brinquinho daqueles que parecem de diamante e tinha os braços mais fortes, sorriu, apontou para o Vicente e trouxe a mão em direção ao peito. Foi a gota d'água. O meu rosto ardeu, e eu senti uma onda de ciúme.

— Olha, eu estou saindo daqui! — avisei e fui andando em outra direção.

— Cícero, larga de ser bobo! — Vicente gargalhou tanto tentando me alcançar que ficou sem fôlego e deu uma parada.

— Estou com fome, vamos comer alguma coisa — desconversei. — E para de ficar rindo da minha cara.

— Não se preocupe. Não estava rindo de você, não.

— Sei. — Me aproximei da primeira banquinha de comidas que encontrei. — Dois Nesquiks, por favor — pedi ao atendente, tentando não morrer de vergonha do meu ciúme besta. — Queria também dois mistos-quentes e dois pães na chapa com um pouco de requeijão.

— Para que tanto, Cícero? — Vicente arregalou os olhos.

— Ah, me deixa... Se você não comer, eu como. Posso ser magro deste jeito, mas tenho uma fome do cão de manhã.

Pegamos os sanduíches e as bebidas e fomos para uma área aberta e gramada. As pessoas haviam se instalado por ali como se fosse um camping. Algumas esticaram suas toalhas e faziam piqueniques, outras se deitaram sobre as suas jaquetas, com óculos escuros e cigarros nas mãos.

— Está curtindo, Cícero?

— É bem diferente... — respondi, ainda mastigando o meu sanduíche.

— Diferente bom ou diferente ruim? Você meio que tem birra dos lugares, como do Portal do Inferno...

— Diferente, diferente. Só. Nunca vi nada igual. — Dei outra mordida, tomei um gole de achocolatado e tentei definir, ainda de boca cheia: — Tem uma energia contagiante, né?

— Como se houvesse uma corrente elétrica no ar, conectando todo mundo.

— É! Meio que como a sua vó deve ter se sentido no Rock in Rio. Não sei se ela usou essas palavras, mas disse algo bem parecido.

— Ah, a vó Emir... — Vicente ajeitou a mochila e se deitou. — Pode comer o meu pão na chapa, estou lotado. A sessão de autógrafos com o cara é só às três, então temos tempo pra dar uma volta antes de sabermos o destino do *Under Hero*.

Ele se esparramara na grama como se tivesse nascido para isso, para ser livre e largado no mundo, sem nada com que se preocupar.

Terminei de comer e deitei-me ao seu lado, desejando esticar um pouco as pernas. Fechei os olhos e respirei o cheiro dele misturado ao de terra úmida. Por mim, eu teria abraçado o Vicente e tirado um sono bem ali, agarrado ao corpo dele. Mas o meu coração sabia que as nossas horas estavam contadas, então não havia um minuto a perder.

— Olha... — Retirei do bolso do meu casaco o mapa do evento, que pegara em um estande na entrada. — Sei que a gente tem tempo até a sessão de autógrafos, mas vamos nos localizar. As opções são muitas, e temos poucas horas. — Cutuquei-o com o cotovelo. — Prometi que você voltaria hoje mesmo pra casa da sua vó. Sou um homem de palavra.

— Ah, Cícero Gutemberg! — Vicente se sentou, esticou o mapa no chão e passou o dedo pelas vielas entre as barraquinhas, e depois pela legenda. — Não sei nem por onde começar. Tem alguma ideia?

— Bem, acho que, primeiramente, temos que ver se encontramos algum material do *Under Hero*. Vai que tem alguém vendendo a última edição! — Coloquei o dedo indicador sobre o papel. — Olha, acho que esta é a maior tenda que vende quadrinhos. Se não tiverem aqui, perguntamos se sabem onde tem.

— Vamos passar lá, mas olha... — Vicente apontou para um círculo à direita. — Aqui é um parque de diversões. Podíamos ir lá também. Temos exatamente... — consultou o relógio — ... cinco horas e pouco pra matar. Acho que dá pra fazer tudo e mais um pouco.

— Vamos explorar o lugar, Vicente Rossi! — Puxei-o pela mão para que se levantasse, juntei o nosso lixo em uma sacolinha e joguei numa lata ali perto.

— O que acha de começarmos por aquela rua? — Ele indicava a direção de uma tenda azul brilhante. — Está bem movimentada, deve ter algo bem legal pra gente descobrir.

— E por que não? — Fui andando na frente. — Vicente, você acha que o...? Vicente?

Olhei para trás e vi que ele esquecera da vida na frente de uma máquina de caraoquê. Uma *drag queen* muito alta, de vestido de paetês prateados, uma longa fenda até a coxa e sapatos vermelhos cantava *Like A Virgin*, da Madonna. Ela agradeceu ao público, jogando o seu longo cabelo platinado para trás e arrumando a coroa que usava no topo da cabeça.

— Quem será o próximo corajoso? — Ela fitou a plateia, que permaneceu em silêncio.

— Eu, eu! — Levantei o braço do Vicente, como se fosse ele.

— Ah, o gatinho de olhos grandes e boca vermelha? — A *drag* estendeu o braço na direção dele e movimentou a mão, chamando-o. — Vem, *baby*! Você tem cara de quem ar-ra-sa!

— Você tá doido, Cícero?! — Vicente sussurrou para mim, com cara de puto. — Não vou lá cantar!

— Você não disse que é uma estrela? Que é um artista nato e um dia vai aparecer no tapete do Oscar? — Empurrei-o para o palco. — Esta é a sua chance.

— Não seja tímido, chuchu. — A *drag* aproveitou o embalo e puxou o Vicente pela mão.

— Você me paga! — E aí o Vicente me olhou profundamente nos olhos, antes de pronunciar devagar: — Vou cantar uma música pra você.

Ele subiu as escadas, me olhou e sorriu de forma provocante. A *drag queen* entregou-lhe o microfone, e ele ficou muito na ponta dos pés para dizer algo a ela. A *drag* fez que sim com a cabeça e foi até a máquina.

— Com vocês, Vicente cantando *One Way or Another*.

Vicente estava de camisa branca, calça jeans azul e uma jaqueta de couro preta. Com um simples jogar de cabeça, pareceu ter encarnado o

James Dean ou o Danny Zuko, em *Grease — Nos Tempos da Brilhantina*. Ele estava maravilhoso, só faltava o topete para ser um galã dos anos 50. Eu não conseguia acreditar na sua transformação: a hesitação dele sumiu da sua voz no segundo em que ele cantou os primeiros versos.

Eu não tinha palavras, porque era muito incrível. Era como se o Vicente fosse uma nova pessoa, alguém que nascera para cantar e não economizava no show: ele deslizou pelo palco, jogou-se no meio do público e começou a interagir com as pessoas.

Uma senhora de uns sessenta anos o puxou pela cintura, e ele sorriu, olhou-a profundamente e acariciou-lhe o rosto, sem parar de cantar. Passeou mais um pouco pela plateia e, então, uma moça ruiva, que dançava de olhos fechados, percebeu a sua presença e começou a rodar em torno dele, fazendo passos de chacrete. Vicente sorriu e roubou os óculos de armação de coração vermelho que ela usava.

Ele conquistara todos com o seu charme. Ao seu redor, as pessoas se desmanchavam em palmas, dançavam, uivavam e se entregavam à força da sua personalidade. No entanto, apesar de ser o centro das atenções, era para mim que o Vicente olhava! Foi para mim que ele estendeu a mão quando a música chegou ao último refrão, foi no meu corpo que ele encostou, todo suado e eletrizado pela adrenalina do momento, e foi para mim que cantou: *de um jeito ou de outro, vou te pegar*.

E eu queria mesmo que ele me pegasse.

24

Quando a música acabou, Vicente deixou o microfone no palco e veio na minha direção, sob os aplausos da plateia.

— Vem! — Ele pegou a minha mão, e saímos correndo. — Eu não estava pronto pra aquilo. Vamos comprar uma Coca bem gelada, porque fiquei um pouco cansado. Fazia tempo que não cantava.

— Fazia tempo? — Paramos em frente a um camelô e pedimos duas latinhas e copos com gelo. — Quanto tempo? Você é cantor profissional?

— Ali, vamos sentar! — Apontou para a grande sombra de uma árvore, um pouco afastada de onde estávamos. — Profissional, profissional, não, mas cantei um tempo no coral da igreja.

— Uau! — Arregalei os olhos. — Por isso, então, você parecia tão confortável cantando. — Sorri e segurei a mão dele. — Foi até meio surreal. Você não brinca em serviço!

— Hmm... — Ele tomou um golão de refrigerante. — Agora que você me jogou pra fora do armário da cantoria, pule pra fora do seu armário de alguma coisa. — Beliscou minha mão de leve. — Abre o jogo, conta um segredinho. Sei lá, qualquer coisa.

Olhei para ele, bem dentro dos olhos, porque eu queria guardar aquela sensação dentro de mim: a de confiar tanto em uma pessoa a ponto de me sentir protegido e tocado por todos os lados, porque era isso o que o Vicente fazia comigo. Eu podia ser eu mesmo, sem medo, receios, sem querer impressionar.

— Isto é o que mais gosto de fazer no mundo — falei de uma vez, tirei o meu caderno de desenhos da mochila e entreguei a ele. — Aprendi sozinho, porque gosto mesmo. Tenho pouca técnica, mas você poderá ver que vai melhorando com o tempo, se comparar a primeira página com o último esboço que fiz...

— Shh... — Vicente virou a capa e começou a passar folha por folha. — Cícero, que legal! Não sabia que você tinha uma veia artística!

— Só não quero comentários!

— Quê? Como assim? São tão bonitos!

— Não quero elogios só pra massagear o meu ego... Sei que tenho muito que melhorar.

— Se não quer elogios, também não deveria ter comentado que eu cantei bem. Quando disse... — ele cutucou meu braço com o dedo — ... estava mentindo? Falou só pra me agradar?

— Claro que não, bobo. — Encostei-me no tronco da árvore, ao lado dele, e beijei-lhe o ombro bem de leve. — Disse que gostei porque gostei mesmo.

— Pois bem. Estou sendo sincero. Se um dia decidir seguir carreira nessa área, você terá que aprender a receber críticas e elogios. — Vicente passava a mão suavemente sobre uma das páginas. — Às vezes, vai ter que ouvir coisas de que não gosta, mas procure utilizar tudo pra melhorar. Nem sempre todos que dizem que algo está ruim querem te magoar. Aprendi muito no coral da igreja assim, porque tinha um professor muito rígido, que sempre fazia as correções necessárias. Se não fosse ele, eu não saberia o que sei.

— Vou tentar. — Revirei os olhos e bufei, contrariado. — Mas é difícil. A Karol e a minha mãe já viram, mas elas meio que não contam, né? Porque não sei se diriam que está feio.

— Nossa, você fez até o *Under Hero!* Que foda! — ele gritou, acompanhando com o indicador as linhas da capa do uniforme dele. — E que céu mais lindo. Essa mistura de cores...

— Nem vou falar nada sobre isso. — Ri e bati a palma da mão na testa. — É uma longa história, mas, na última vez em que transei com a Karol, eu estava pensando exatamente nessa cor. Foi pouco antes de nos conhecermos.

— E este?

— Ah... esse, nem eu entendo direito. — Estava sendo sincero, porque era abstrato e diferente dos temas e estilo dos outros desenhos. — É um mistério... Surgiu durante uma aula de filosofia...

— Cara, é o meu preferido. — Vicente deslizou a mão pela página e circulou a parte em que eu colocara um brilho a mais. — Se você olhar de relance, meio que parece comigo, não?

— Pensando bem... — Vi a lâmpada se acendendo sobre a minha cabeça, como nos desenhos animados. Se não fosse parecer tão ridículo, provavelmente eu gritaria eureca, porque era verdade: os traços do rosto que eu esboçara remetiam ao Vicente, e o brilho nos olhos era claramente uma representação do sol. — É... acho que me inspirei em você... Sei lá... Talvez esse sol que botei aí tenha sido porque já pensava em você assim... brilhando.

— Hmm... — Vicente permaneceu quieto.

Esperei, porque a minha boca já tinha me traído inúmeras vezes e não precisava de mais uma na conta. Ele abraçou o caderno com força, olhou para mim e disse:

— Lembrei uma coisa que aprendi esses dias. Foi na aula de física, sobre óptica. — Rindo, me devolveu o caderno, que guardei na mochila. — O professor começou a dar uns exemplos de fenômenos atmosféricos e falou do parélio.

— Não estou estudando isso ainda. — Cutuquei-o com o cotovelo e voltei a encostar do lado dele. — Conte, ó grande estudioso de física *óptica*.

— Ai, mas é assim mesmo que o meu professor fala, com o p mudo mesmo, ué! — Ele ficou vermelho, e eu moderei na risada, porque a zoação sempre vinha mais do outro lado, e eu estava interessado na explicação. — Para de encher! — Suspirou e continuou: — Nessa aula, o professor falou sobre um fenômeno meteorológico no qual podemos ver uns reflexos do sol, sabe? A olho nu mesmo. Os cristais de gelo nas altas camadas da atmosfera fazem com que a gente ache que existe um outro sol, porque criam meio que um reflexo, uma imagem repetida. Tem gente que chama de falsos sóis, mas eu gosto de pensar que o parélio é o fenômeno dos dois sóis.

— Ok, nerd. — Dei de ombros. — O que isso tem a ver com o desenho?

— Ah... — Ele encaixou os dedos nos meus. — É que gostei dessa ideia dos dois sóis... porque eu sinto que o nosso amor é assim, Cícero.

— O nosso amor? — A minha barriga ficou gelada, e eu engoli em seco. O meu coração batia tão rápido que parecia querer fugir do meu peito e voar pelo universo.

— Vou ser sincero. Não sei se é amor, mas o que a gente tem... Nunca amei ninguém, você é a primeira pessoa por quem me apaixono de verdade... Enfim... — Encostou a cabeça no meu ombro. — De repente, é amor... Só o tempo vai poder dizer, mas o que importa é que, agora, neste exato momento, no meio deste universo enorme, você também é um sol pra mim.

Tentei dizer algo, mas não consegui, porque estava comovido demais para ser capaz de juntar qualquer frase inteligível. Ele continuou:

— Você me ensinou muitas coisas, Cícero... E tem um coração que não cabe dentro de você... Provavelmente você não percebia, mas várias vezes eu ficava calado te ouvindo, enquanto você falava e falava, e eu só sentia algo diferente. Muito diferente do que senti por aquele menino da igreja, lembra?

— Ai, que coisa! Podemos pular essa parte?

— Que parte?

— Essa de você ter gostado de outros meninos...

— Tudo bem, besta... — Ele deu risada e me encarou, muito sério. — Não tem motivo para sentir ciúme do meu passado. O que eu quero dizer é que... quando a gente se beija, meio que parece que Deus olhou pra nós dois e pensou: *Por que não fazer duas bocas que se completam? Que se encaixam?* — Sorriu. — Sei que você não acredita nessas coisas de religião e tal, mas no momento em que a sua boca encosta na minha, é como se os meus lábios tivessem sido *criados* só pra isso, pra *sentir* os seus. — Vi as lágrimas brotando dos seus olhos. — Além disso, depois dos problemas com o menino lá da igreja, eu sentia como se tudo na minha vida houvesse escurecido; logo, te conhecer foi praticamente ver o sol nascer de novo. Por isso fiquei tão tocado quando você disse que via o sol em mim... Porque você sempre foi o meu ponto de luz no meio desse mundo de merda caótico.

Coloquei a mão sobre os lábios dele, para que não falasse mais nada, porque não havia mais o que dizer. Beijei-o com muito carinho e encostei a testa na dele, para aproveitar aquela presença tão boa perto de mim.

Eu era o sol para ele.

Vicente também via brilho e luz em mim...

E sentir isso era bom para caralho.

25

Beijar o Vicente era como andar em uma montanha-russa, cheia de subidas e descidas que causavam frio na barriga, como se eu estivesse embarcando em algo desconhecido, deixando, no fim, um gosto de quero mais. Eu pude fazer a comparação porque estávamos no fim da nossa primeira volta no brinquedo, com as bocas escancaradas, aos berros.

Assim que a montanha-russa parou, olhei para o lado, meio enjoado. Vicente, embora todo descabelado, gargalhava sem parar.

— Está tudo bem por aí? — ele perguntou, divertido.

— Tudo ótimo — menti, tentando fazer as minhas pernas, ainda bambas, se mexerem.

Saímos dos nossos bancos e corremos para a fila da roda-gigante, que ficava ali próxima. Vicente passou o braço pelo meu ombro assim que paramos no fim da fila gigantesca.

— E aí, corajoso? Está tudo no lugar.

— Acho que sim, viu!

— Os seus olhinhos puxados quase ficaram grandes, como os meus! — Vicente riu, enquanto eu fazia uma careta. — Aliás, quem é descendente de orientais na sua família? A sua mãe ou o seu pai?

— O meu pai.

— É que você sempre fala tão pouco da sua família...

— É que é bem complicado. Quero dizer... — Suspirei. — Era complicado. Foi complicado. Hoje em dia, é simples. Eu e a minha mãe, só. Somos muito amigos.

— E como é isso? Quero dizer, como é ser amigo da própria mãe? Não posso nem ter amigos da minha idade, quanto mais poder confiar nos meus pais e ter conversas honestas...

— Não sei te explicar direito. — Sorri e passei a mão de leve pela sua bochecha, para que ele se sentisse um pouco menos mal pela diferença de tratamento dos nossos pais. Sei que não adiantaria nada, mas era um pequeno carinho. — É descomplicado, na maioria das vezes. Temos nossas brigas, mas não é nada de mais.

— E o seu pai? Onde ele está?

— Não sei. E não faço questão, também. O meu pai foi um desgraçado... Você tem um cigarro?

Vicente me entregou o maço e eu acendi um. Falar disso sempre me deixava extremamente tenso.

— Quando a minha mãe tinha vinte e um anos, ela se apaixonou perdidamente por um cara chamado Hiroshi. Aconteceu assim... O meu avô tinha morrido fazia pouco tempo, e a minha avó queria recomeçar a vida longe, pra sair da depressão que a perseguia; então, pegou a minha mãe e se mudou com ela pra uma cidade bem distante de onde moramos hoje em dia. Lá, ela começou a trabalhar em uma empresa e conheceu o meu pai. Sei que eles começaram a ter um relacionamento, e ela engravidou em questão de meses. — Soprei a fumaça para longe, como se ela pudesse carregar a mágoa que eu sentia do meu pai. — Sabe aquela história bem clichê? Pois é. Na hora em que a Alessandra perguntou o que eles fariam, porque o bebê precisaria de um pai, o maldito contou que já era casado.

— Oi?! — A testa de Vicente franziu. — Casado? Como assim? Como ele conseguiu esconder isso dela?

— Exatamente. Casadão, com filhos até. Eu nem sei quem são os meus irmãos, mas eles estão por aí. Mas esse bosta dizia pra minha mãe que precisava viajar a trabalho e ia passar uns dias com a esposa, que morava em uma cidade próxima. A minha mãe era nova e ingênua. O meu pai foi o primeiro grande amor da vida dela... Daí, já viu.

— Caramba! Que barra.

— Pior, ele surtou, sabe? Quis que ela abortasse, fez chantagem, e todo esse tipo de merda. Alessandra ficou desesperada, e a minha avó acabou decidindo que elas iriam embora. No fim das contas, ela mandou o Hiroshi se foder, mudou-se pro apartamento onde moramos hoje e cuidou de mim sozinha. A minha avó faleceu pouco depois da nossa mudança, mas deixou o apartamento quitado pra minha mãe.

— Ele nunca te assumiu?

— Não.

— Você acha que ele gostava da sua mãe?

— Não sei... Nunca tivemos contato, a minha mãe o apagou da vida dela. Sobrou só uma foto, que ela me mostrou quando tivemos essa conversa. — Mordi o lábio para tentar engolir o nervoso que eu sentia ao falar do assunto. — Pra ser sincero, nem quero conhecer esse homem. O pouco que sei já basta. A minha mãe resumiu bem os fatos, mas basicamente disse que o Hiroshi era muito ambicioso, e a esposa era rica. Por isso eles nunca se separaram. Mas não sei... Tenho cá as minhas dúvidas. A vida é feita de escolhas. Se ele quisesse, podia ter ficado com a minha mãe. Mas ele escolheu que eu deveria ser abortado...

— Olha por outra perspectiva. A sua mãe também escolheu, e a decisão dela vale muito mais, porque ela era o corpo que estava te carregando.

— É... eu não tinha pensado nisso...

— Você nasceu porque ela quis. E somente ela tinha o poder de fazer ou não fazer algo a respeito disso.

Eu nunca considerara a história por aquele ângulo. Sempre tivera ódio do meu pai por causa do lance do aborto, mas não havia ponderado que a minha mãe escolhera também; apesar de todas as dificuldades, ela resolveu que eu existiria, num lar com amor, cumplicidade e amizade.

— Os seres humanos são muito complexos, muito complicados... — Vicente soltou no ar.

A fila andou e foi se aproximando da nossa vez. Eu e Vicente seguimos em frente, mas ainda presos na nossa conversa.

— É, acho que concordo, mas vou além... — Eu me sentia estranho. Não gostava de falar do meu pai, mas ao mesmo tempo estava me sentindo incrivelmente leve. — Todos somos complicados e, muitas vezes, difíceis de entender. Porém, há pessoas que valem a pena, que valem o risco, mesmo quando a gente tem medo e não se sente preparado... Só que outras, não. Essas só entram nas nossas vidas pra bagunçar tudo de uma maneira ruim.

Vicente piscou para mim.

— Espero que eu seja uma das que valem a pena.

Sorri e o empurrei de leve com o ombro.

— Claro que você é!

Jogamos os cigarros num lixo perto da catraca de passagem e entramos na pequena gaiola vermelha que nos conduziria às alturas em segundos. Ali tinha espaço para umas quatro pessoas, mas felizmente ninguém mais entrou; então, éramos só eu e o Vicente, sentados de cara um para o outro.

Ele retomou o assunto:

— Por isso você e a sua mãe são tão próximos... Sempre foram só vocês dois..

— É. Faz parte da amizade que a gente construiu. Mas eu preciso merecer toda a confiança que ela deposita em mim, ou seja, não sei o que vai acontecer na minha vida depois da nossa aventura. Espero muito conseguir chegar em casa antes de ela notar que fugi. Se der o azar de ela chegar antes, vai me chamar de irresponsável e sei lá. Não quero pensar nisso.

A aparelhagem deu um tranco e começou a se movimentar. Em poucos segundos, enquanto eu falava, já estávamos no alto.

— Que merda, Cícero! — Vicente bufou e me olhou meio triste. — Desculpa. Mil desculpas. Sou uma merda de ser humano. Só pensei em mim o tempo todo. Em momento algum considerei o seu lado, o que aconteceria com você depois que viéssemos pra cá... Sou um egoísta.

— Bem... Não sei o que dizer. — Suspirei. — Fiquei muito preocupado a respeito do que a minha mãe faria comigo, mas não havia pensado por esse lado... Jamais achei que você não se importava comigo...

— Ah, Cícero... — Ele olhou para mim com os olhos apagados, úmidos. — Peço desculpa, do fundo do coração. O meu desespero por encontrar um lugar para poder existir não me deixou considerar você, que é uma pessoa tão importante para mim. Te arrastei no meu furacão de vontades e acabei afetando o relacionamento que você tem com a sua mãe...

O brinquedo completou uma volta, se preparando para subir de novo.

— Vicente... — Pousei a mão na dele. — Eu poderia ter dito a você que não viria. Na verdade, acho que encontrarmos com o P. C. Bicalho foi apenas uma justificativa besta pra uma coisa que nem eu nem você havíamos percebido até agora.

— Do que você está falando, Cícero?

— Pensa, Vi, pensa... — Eu o puxei para o meu banco e fiz com que se aconchegasse ao meu lado. — Posso ter quinze anos, mas aprendi muita coisa nesses últimos dias. A mais importante é: gosto de você e estou nesta vida pra correr atrás da minha felicidade, mesmo que isso signifique me foder.

— Oi?!

— É. Olha, naquela semana em que não pudemos nos ver, me perguntei o que aconteceria se a minha mãe descobrisse. Foram dias longos... Tive muito tempo pra pensar e, por isso, cheguei a algumas conclusões.

Enquanto eu falava, Vicente começou a acariciar o meu cabelo, deslizando os dedos pela minha cabeça.

— E qual é a conclusão?

— Vicente... — Ergui a mão direita e comecei a contar nos dedos os argumentos que apresentava. Estiquei o indicador. — Já reparou que você nunca mais insistiu em falar sobre o final do *Under Hero*? — Estiquei o dedo médio. — Que a gente passou a falar pouquíssimo sobre o fim do mundo? — Estiquei o dedo anelar. — Que ainda não tivemos coragem de ir à tenda de quadrinhos pra procurar se eles têm o número 35? — Estiquei o mindinho. — Que a gente nem conversou sobre o que aconteceria se os nossos pais nos pegassem no meio do caminho? — Estiquei o dedão. — E que jamais consideramos que era muito mais provável tudo dar errado do que dar certo?

— Não estou entendendo. O que você quer dizer com tudo isso?

— É que eu acho que nós dois precisávamos de todas essas justificativas pra aceitar que estávamos apaixonados e que queríamos ficar juntos. Sei lá... De repente a gente construiu um mundo de fantasia pra poder ficar um com o outro...

Assim que as minhas palavras voaram no espaço entre nós, senti algo dentro de mim bem diferente. Era uma paz interior tremenda. Eu estava admitindo tudo o que sentia, em voz alta, declarando ao mundo. Isso estava transformando todas as minhas tempestades internas, a respeito de quem eu era e o que estava sentindo, em um mar calmo.

— Cícero... — Vicente segurou a minha mão e apertou forte. — Eu nunca tinha visto por essa perspectiva, mas acho que você deve ter alguma razão, porque, de uma hora pra outra, você passou a ser tão importante pra mim... Claro, eu queria fugir de casa, mas também queria passar um tempo com você, nem que fosse a última vez que te veria...

— Sinto o mesmo. — Os meus olhos se encheram de lágrimas.

— Acho que comecei a gostar de você de verdade, e o meu medo de tudo que poderia acontecer me forçou a unir esse monte de coisas que, separadas, eram secundárias e... No fim, era tudo pra estar com você.

— Basicamente... — Sorrindo, Vicente passou o dedo na pontinha do meu nariz. — Nós encarnamos o *Under Hero* e viemos salvar o nosso próprio mundo.

— É isso! — Dei um beijinho rápido nele e o abracei de lado. — Acho que tudo isso aconteceu pra que eu pudesse ter coragem de fazer isso... Beijar você, aceitar que gosto de estar ao seu lado... E me conhecer, também.

— Ah, Cícero... — Ele levou as mãos aos olhos e os coçou. — Para com isso, senão vou começar a chorar.

A roda-gigante fez mais uma volta, e nos preparávamos para a última.

— Beleza, vamos apenas aproveitar a vista, tá bom? Porque senão seremos dois chorões.

Eu ri, e o Vicente deitou a cabeça no meu ombro. E a gente ficou assim, em silêncio, olhando o mundo lá de cima.

Era tudo tão diminuto... As pessoas, as casas, os prédios. Até os nossos problemas pareciam pequenos. Mas, de alguma forma, acho que tinha mais a ver com a liberdade e a verdade com a qual eu e o Vicente estávamos tratando os nossos sentimentos.

Talvez amar fosse isso... Você e a outra pessoa entrarem numa roda-gigante, cheia de altos e baixos, mas tentando enfrentar as merdas do mundo juntos, de mãos dadas.

Entrelaçamos as nossas mãos, e tudo em que eu conseguia pensar era que eu estava pronto para dar mais uma volta com ele, mais uma volta nas adversidades e nos nossos problemas, porque com o Vicente tudo era possível.

Eu era possível.

26

Tínhamos acabado de entrar no carrinho bate-bate e estávamos numa brincadeira boba, um tentando se chocar contra o outro, quando me dei conta de algo...

— Vicente! — gritei desesperado, freando o meu carrinho. — O autógrafo do P. C. Bicalho. Que horas são?

— Puta merda! — Vicente arregalou os olhos, ao mesmo tempo que veio com tudo na minha direção e bateu no meu carrinho. — Já são três horas. É agora ou nunca.

Nós nos levantamos dos carrinhos e fomos correndo no meio da pista em direção à saída. O cara responsável pelo brinquedo começou a nos xingar. Fomos quase atropelados umas três vezes, até conseguirmos escapar daquele lugar.

— Por ali! — falei, segurando o mapa em uma mão e a dele na outra. — Tomara que não tenha muita fila. Vai que ele não atende as pessoas depois do horário...

— Calma, me deixa comprar alguma coisa pra comer. — Vicente puxou a minha mão para que eu parasse junto com ele, porque eu estava, basicamente, arrastando o coitado. — Se eu for sofrer, que seja de barriga cheia!

Esperei o Vicente comprar sei lá o que andando de um lado para o outro, ansioso. Assim que ele voltou, retomamos a caminhada.

— Como você acha que ele é, Vicente? Não tenho a menor noção! Não consigo imaginar. Sério mesmo.

— Ah... — Ele me ofereceu um guarda-chuva de chocolate enquanto comia outro. Tinha comprado uns dez. — O P. C. Bicalho deve ser um velho barbudo, enrugado e de cabelo branco...

— Se eu tiver que chutar... — Desembrulhei um deles e enfiei na boca, como se fosse um pirulito. — Deve ser manco.

— Manco? — Vicente fez uma careta. — Como, manco?

— É. Manco, manco. — Ri. — E com uma corcunda enorme também.

— Será que ele fede?

— Fede, tipo, com cheiro de quê? — perguntei, porque a imagem que estávamos formando era engraçada. — Mofo?

— Não, pensei em algo tipo queijo.

— Queijo, Vicente? — Gargalhei. — Tá de brincadeira!

— É! Queijo velho. Tipo chulé! — Revirou os olhos.

— Será que ele é casado? — Mordi o chocolate. — Cheiro ruim não é uma característica lá muito atraen...

— Será que é o filho do P. C. Bicalho? Olha lá... — Vicente me cortou e me virou para um canto, onde uma mulher de cabelo vermelho puxava um cara muito jovem pelo braço e dizia coisas ao pé do ouvido dele, como se rosnasse. — E se for ela? — Arregalou os olhos e me cutucou. — Tipo, Priscila Cristina Bicalho...

— Mas que combinação péssima, hein?! — Fiz uma careta. — Acho que são filhos do P. C. Bicalho.

— Talvez assessores?

— É, tipo isso. O cara deve ter feito algumas exigências pra participar, e eles não conseguiram cumprir.

— Será, Cícero? Poder fazer exigências deve ser o má-xi-mo! Imagina! Trezentas rosas vermelhas, duzentas toalhas de rosto verdes, treze pés esquerdos de tênis Nike...

— Não viaja, Vicente. Ele também não é tão famoso assim, né? — Sorri. — Se pudesse pedir qualquer coisa, o que você escolheria?

— Hmm... Guarda-chuvas de chocolate... Muito Kinder Ovo. Balas Lilith... E... Batom? Acho que sim. Muitos Batons.

— "Compre Batom! Compre Batom! Seu filho merece Batom!" — cantarolei.

— Cícero! Desenterrou, hein? Ei, eles estão discutindo alto! — Vicente cobriu minha boca com a mão e se apoiou no meu ombro. — O que será que tá acontecendo?

— Paula, me deixa! — disse o moço alto, de pele parda, cabelo preto e barba bem feita. — Só quero ir embora.

— Vai esperar mais um pouco... — ameaçou a ruiva, que era alta, corpulenta e usava óculos escuros enormes, que a faziam parecer uma mosca varejeira. — Não quero nem saber, você vai ficar mais e não tem o que discu...

— Boa tarde! — cumprimentou uma moça bonita que trazia um neném no colo. — Posso interromper?

— Oi! — A ruiva respondeu com um sorriso educado, enquanto o cara se afastava. — O meu nome é Paula, como posso ajudá-la?

— Meu nome é Júlia. Eu e meu marido — apontou com a mão livre para o homem ao seu lado —, o Artur, somos fãs do P. C. Bicalho. A gente se atrasou um pouco pra sessão de autógrafos...

— Mas... a sessão não é às três? — perguntei.

— Não, chuchu! — Paula balançou o indicador em sinal negativo. — Foi às *treze*. Acabou tem um tempinho!

— Quê?! Que merda! Que saco, que saco! — Chutei uma pedra e fui saindo. — Só me faltava essa...

— Será que não tem como fazer nada pela gente? — o Artur choramingou. — Trouxemos a nossa filha pra que ele pudesse abençoá-la!

— Para de dar show! — Vicente resmungou e me arrastou de volta para perto do grupo. — O casal está pedindo um favor. Vai que podemos pedir um também...

Paula deu uma tossida antes de falar:

— Abençoar? Acho que o P. C. nunca atendeu a esse tipo de pedido até hoje. Ele está passando por um momento difícil, mas acho que poderá atendê-los. É um caso especial, não é mesmo? — E gritou. — P. C.! Volta aqui!

E o rapaz alto de antes voltou, com cara de poucos amigos e as mãos afundadas nos bolsos da calça.

— É ele! — tentei sussurrar, mas saiu mais alto do que eu planejava. Apertei a mão do Vicente. — Não acredito! É tão diferente do que eu imaginava!

— Por que o espanto? — O P. C. passou a mão pelo cabelo e o bagunçou um pouco, como se estivesse sem paciência. — Algum problema? Quer se juntar à fera ali — apontou para Paula com o dedão — e participar do linchamento?

— Ai, gente, desculpa! Ele está um pouco estressado... — Paula sorriu, sem graça.

— Qual é a dessa princesinha? — O P. C. se aproximou do casal, falando com voz bem infantil, olhando para o bebê: — É menina, né?

— Sim, é, sim. Ah... seu P. C... — Artur se aproximou e abriu um sorriso imenso. Os seus olhos brilhavam de emoção. — Nós amamos o seu trabalho! Somos fãs de carteirinha. Mesmo, mesmo. — Pegou a criança do colo da mãe, retirou o cobertor rosa que lhe cobria a cabecinha praticamente pelada e mostrou-a ao autor. — É exatamente por isso que gostaríamos que você a batizasse.

— Quê?! — O P. C. engasgou, começou a tossir e arqueou o corpo para a frente. Respirou fundo e levou a mão ao peito, tentando recuperar o fôlego. — Batizar? Como assim? Tá louco? Não sou padre.

— Ah, batizar, batizar, não, só dar uma bênçãozinha... Coisa rápida... — Júlia se aproximou do marido com um enorme sorriso no rosto. — Sabe, eu sonhei que a Valentina seguiria os seus passos, P. C., e se tornaria ilustradora, quadrinista, uma artista! — Esticou o braço, todo arrepiado. — Olha só! Chego até a me emocionar... Por isso decidimos vir aqui!

— Ah... — Artur puxou a primeira edição do *Under Hero* da bolsa cor-de-rosa, cheia de bichinhos, que a mulher carregava a tiracolo. — Um autógrafo também viria a calhar, viu? — Sorrindo, aproximou a revista da mão do autor. — Mas só porque já estamos aqui e... se não for abuso, óbvio.

— Claro que é possível! — Paula se meteu e empurrou P. C. Bicalho para perto do casal. — Ele adora atender aos fãs!

— Err... — P. C. levou o dedo ao colarinho e puxou-o, como se a situação o sufocasse. — Nunca fiz isso... Não sei nem o que *devo* fazer, pra dizer a verdade. — Virou-se para Paula, que o fuzilou com os olhos. — Mas... vamos lá! Qual é mesmo o nome dela?

— Valentina! — respondeu Artur, colocando-a nos braços do autor.

P. C. encarou a menininha por um instante, antes de começar:

— Pelos poderes a mim investidos pelos deuses dos quadrinhos... — Retirou uma caneta hidrográfica do bolso e apontou-a para o céu. — Que a Valentina seja abençoada por Alan Moore, Frank Miller, Neil Gaiman e... Hum... Stan Lee! Isso, Stan Lee! Que todos eles... err... abençoem a Valentina!

— Você conhece todos esses caras? — Vicente sussurrou para mim. Estávamos mais para o canto, para não atrapalhar. — Sabe do que ele está falando?

— Fácil. — Sorri e fiz a lista o mais discretamente que consegui: — Alan Moore criou o Watchmen e V de Vingança. Frank Miller, o Batman, Cavaleiro das Trevas. Neil Gaiman, o Sandman. E o Stan Lee, os X-Men, o Homem-Aranha, o Quarteto Fantástico...

— Uau! — Ele cutucou o meu braço com o cotovelo. — Só queria confirmar se eu estava saindo com o cara certo.

Artur e Júlia abraçaram o autor, agradeceram e pegaram a HQ autografada das suas mãos. Sorriram para Paula, acenaram e saíram conversando entre si.

— E vocês, meninos? Autógrafos? — O P. C. esticou a mão, provavelmente esperando que entregássemos alguma das suas obras.

— Na verdade... — Vicente começou a falar, mas se conteve. Olhou para mim, como se pedisse socorro. — Bem...

— Seu P. C., olha... nós fugimos de casa especialmente pra vir aqui e comprar a última edição de *Under Hero*... — soltei. — Sobrou alguma pra vender? É só disso que precisamos.

— Então... — P. C. procurou os olhos da assessora. Suspirou, sentou-se e levou a mão ao cabelo. — Fugiram, é? Só por causa do número 35? Meu Deus... Paula... — Ele se virou para ela. — São dois meninos! Meninos! E fugiram de casa só por causa disso... Por minha causa?! — Fechou os olhos, respirou muito fundo, depois voltou a nos encarar. — Gente... infelizmente... eu não escrevi a última edição de *Under Hero*. Ela não existe.

A minha pressão baixou. A minha vida passou pelos meus olhos... Claro que eu nunca havia morrido antes, mas creio que, quando acontecesse, a sensação seria a mesma.

O mundo ia acabar...

Acabar...

A-ca-bar!

Esta era a única coisa na qual eu conseguia pensar: o mundo ia acabar, e eu morreria sem saber o final da história do meu herói favorito.

A viagem fora em vão.

Todos os riscos em que nos colocamos não valeriam de nada.

Olhei para o Vicente, e a única frase que se formava na minha mente era: estamos FODIDOS em maiúsculo mesmo.

Então, tudo escureceu.

27

Vozes chegavam até mim, mas estavam distantes, como se eu estivesse sonhando. Minhas mãos suavam, mas eu sentia muito frio. Minha boca ficou seca, minha visão, turva. Devia ser um colapso nervoso. Minha cabeça rodava e doía.

Abri os olhos e vi a cara da Paula. Senti que eu estava com um pano molhado na testa.

— Está tudo bem? Você meio que desmaiou.

— Cícero! — Vicente apertava e dava tapas de leve sobre a minha mão. — Fala comigo!

— Você já comeu? — P. C. Bicalho perguntou, olhando para mim como se eu fosse de outro mundo. — Está me ouvindo? — Passou o dedo indicador esticado na frente dos meus olhos, como os médicos sempre faziam nos filmes. — Você se largou no chão, com a boca aberta e os olhos desfocados, e não falava nada, mesmo com o seu amigo gritando e te chacoalhando!

— Vicente. O nome dele é Vicente — respondi com rispidez. Eu estava muito, mas muito puto. — Estou com dor de cabeça, nada mais. Uma porcaria de aspirina deve resolver.

Paula e P. C. se entreolharam, em silêncio. Paula se levantou, foi até a sua bolsa, voltou e colocou um comprimido na minha mão. Vicente me entregou uma garrafinha de água. Joguei a pílula no fundo da garganta e virei toda a água de uma vez.

— Pronto. — Encarei o Vicente, depois a Paula e o P. C. Bicalho. — Vamos, Vicente. Não temos mais nada pra fazer aqui. Aliás, quero um cigarro.

Vicente continuava parado, me olhando assustado, então aproveitei a deixa para dizer o que eu pensava para o desgraçado do P. C. Bicalho:

— Você sabe por quanto tempo essa bosta de história foi a única coisa com que eu me preocupava na vida? Trinta e quatro exemplares. Trinta e quatro! E agora isso... É uma falta de respeito, viu? A gente só queria saber o final! Você devia ter mais consideração pelos seus fãs!

P. C. me encarou com uma expressão de choque e se afastou, sem falar nada.

— Vocês só vieram por causa disso? — Paula me olhava com cara de piedade. — Fugiram de casa mesmo?

— Basicamente... — respondeu Vicente, que segurava as nossas mochilas. — Precisávamos saber o final. A loja de HQs da nossa cidade fechou, e aí... — Deu de ombros. — Sabe como é.

— Que merda... — Paula suspirou e sentou-se em uma cadeira, perto da entrada da tenda. — Não tem ninguém mais aqui mesmo... Que se foda! — Ela acendeu um cigarro. — Ei, Cícero. Toma. Você disse que precisava de um. — Estendeu o braço, oferecendo o maço e o isqueiro. — P. C. está passando por uns problemas.

— Problemas? — Balancei a cabeça. — Por problemas estou passando eu. Aliás, eu e ele, que fugimos de casa só pra vir aqui. — Aceitei o cigarro, acendi e tossi. — Provavelmente seremos mortos quando voltarmos!

— Venham, meninos. — Paula ficou de pé. — Sobrou um monte de coisa pra gente comer, aqui. Se vão morrer, pelo menos que seja sem fome. — Ela deu de ombros e foi na direção de uma mesa no fundo da tenda.

— Anda, Cícero, larga de ser teimoso. — Vicente foi me empurrando na direção em que ela havia ido. — Olha quanta comida tem lá. De repente... sei lá... ela nos conta o que o P.C. estava planejando.

— Que ódio, Vicente! Não acredito. Estou com tanto ódio que nem sinto fome, sinceramente.

— Sirvam-se. — Paula apontou para os sanduíches de metro, os canapés e as bebidas. Tinha até vinho. Ela então olhou para o outro lado e chamou: — P. C., senta com a gente...

Eu fiquei lá parado, vendo aquele desgraçado, impostor, se arrastando até nós.

— Pois bem, senhor grande escritor. — Sentei perto da borda da mesa e cruzei as pernas, olhando para o P.C.; bati a cinza no chão, peguei uma cerveja de um balde cheio de gelo e arranquei a tampa. — Ilumine a gente. O que tá rolando? Todo mês você tem lançado uma edição nos preparando pro grande conflito final... — Traguei o meu cigarro, muito calmo, e joguei a fumaça para cima, como se fumasse havia anos. — E agora você decide que simplesmente vamos ficar sem respostas?

— Estou... perplexo. — Ele sacudiu a cabeça e os ombros, e voltou a nos encarar. — Nunca conheci fãs tão...

— ... determinados — Paula concluiu. — Dê graças a Deus que alguns ainda se importam. A sua mancada com o último número fez a sua tarde de autógrafos ser um desastre.

— Vixe... — Vicente suspirou, olhou para os dois e pegou um copo de vinho. — Viemos de tão longe... Vocês não têm ideia...

Pigarreei, chamando a atenção de todos:

— Vicente, olha, ele não está nem aí pra nossa história, nem pra história de ninguém, porque não se deu ao trabalho de escrever o final do *Under Hero*.

— Cícero... É Cícero e Vicente, né? — P. C. perguntou, e eu o metra-lhei com o olhar e virei um tanto da minha cerveja. — Amo o *Under Hero*. Amo. Ele é meu filho, porra! Eu o criei, mas... Não tenho mais quinze anos! — Ele baixou a cabeça. — Tenho problemas de adulto!

— Bela bosta! — rebati.

— Estou farto desse menino! — P. C. se dirigia à Paula. — Que folgado!

— Folgado é você, que tem preguiça de escrever.

— Meus Deus! Parem, vocês dois! — A assessora bateu com a mão na mesa, e nós arregalamos os olhos, assustados; até Vicente, que estava mordendo um sanduíche, ficou de boca aberta. — Você, P. C., vai contar pra ele as suas ideias pro fim da história, e você, menino, se acalma. — Colocou vinho em um copo e virou de uma vez. — O casamento dele está... Enfim, o senhor Bicalho está se separando.

— Todo o mundo se separa todos os dias. — Cruzei os braços e bufei. — A minha mãe foi largada, e nem por isso deixou de trabalhar, amigo. Prioridades!

— Ainda amo a pessoa com quem sou casado... — P. C. se virou para mim e me encarou, com as sobrancelhas franzidas. — Você por acaso já amou alguém?

— Ai, amigo... como se o amor fosse a coisa mais importante do mundo — rebati.

Vicente me olhou com cara de ponto de interrogação.

— A minha mãe batalhou feito louca, mesmo tendo tomado um pé na bunda. Não decepcione as pessoas desse jeito. É falta de respeito. Deve ser por isso que ela te deixou.

— Ele. — A assessora cobriu a boca com a mão tão rapidamente quanto deixou a palavra sair, como se tivesse falado demais. — Desculpa, P. C.!

— Droga, Paula! Quer que eu perca as únicas pessoas que ainda se importam com a minha obra?

— Como é que é?! — Arregalei os olhos. O criador da parada que eu mais gostava no mundo era casado com outro cara! Eu nem sabia que pessoas do mesmo sexo podiam casar! — Você é casado com outro homem?

— Algum problema com isso?

— Nenhum! Eu só não sabia que homem podia casar com homem.

— Casar no papel, não... Mas moramos juntos, fizemos uma festa, então pra mim isso é o que vale. E de qualquer forma, fomos casados. Não somos mais. Ficamos juntos por seis anos. Ele é um cara legal, mas pisou na bola comigo, e decidi me separar.

— Por quê? — perguntei. — Você disse que ainda gosta dele...

— Ele errou comigo, e isso acabou me deixando um pouco depressivo... Esse é, na verdade, o principal motivo pra eu não conseguir mais desenhar e...

— Sem essa, cara! — Levantei-me, joguei o cigarro no chão e apaguei-o com o tênis. — Um monte de gente ainda deve se importar com a sua obra. O cara gosta de você, e você gosta dele, certo? As pessoas não são perfeitas! Elas erram de vez em quando... É nor-mal! — Coloquei as duas mãos na cintura e fiz um sinal para o Vicente para que fôssemos embora. — Nós dois, por exemplo, vamos nos ferrar quando descobrirem que fugimos, mas fomos atrás do que gostamos. E eu gosto dele, ó. — Segurei o rosto do Vicente e beijei-lhe os lábios de leve. — Assim, não quero saber em uma conversa o que você está planejando pra história que mudou a minha vida. Senta a bunda na cadeira e escreve, porque eu quero ler. Ler, entende? E vê se dá mais uma chance logo pro cara. O amor é raro, e todo o mundo está em constante evolução. Vamos, Vicente!

Enquanto eu colocava a mochila nas costas, percebi que Vicente tinha se virado na direção do P. C. e feito o símbolo do *Under Hero*. E que o P. C., com os olhos marejados, respondeu apenas com um sorriso tímido.

Se P. C. Bicalho iria voltar a escrever de novo, eu não sabia. Mas, ao menos, alguma coisa parecia ter mudado dentro dele, pela forma como ficou nos encarando, num misto de perplexidade e admiração. A arte do cara me salvara várias vezes, e eu esperava o estar colocando de volta nos trilhos. Era isso o que heróis faziam, no fim das contas, né?

— Caralho, Cícero! — Vicente me deu uma trombada, rindo. — Não acredito que você me beijou lá, na frente deles.

— Ah, Vi, não quero falar sobre isso. — Bufei. — Estou é muito revoltado, e só vou falar de *Under Hero* de novo quando o número 35 sair. Vamos mudar de assunto.

— Cícero, escuta... — Ele mudou de conversa, e com uma voz muito séria: — Já pensou se a gente saiu no jornal da cidade?

— Por que sairíamos no jornal?

— Ué! Moramos em uma cidade do tamanho de um ovo, o que quer dizer que podemos muito bem ter virado notícia... As pessoas podem estar pensando que fomos pegos pela Trupe dos Palhaços.

— Aquele grupo que anda de Kombi e rouba os órgãos das crianças?

— É! Já imaginou?

— Que bizarro, Vicente. Isso aí é lenda urbana...

— Ah, vai saber... — Ele se deitou no gramado, embaixo de uma árvore muito grande. — Será que você consegue imaginar um título pra nossa matéria?

196

— "Meninos São Vítimas da Trupe dos Palhaços." — Encostei-me no tronco da árvore, e ele colocou a cabeça sobre as minhas pernas. — Bem simples.

— Que título mais sem graça.

— Ah, é? E o que você imaginou?

— Algo mais dramático, à altura da nossa aventura, tipo... "Cícero e Vicente Contra o Mundo."

— Contra o mundo? — Ri baixinho.

— É... Basicamente foi o que fizemos quando fugimos, não?

— Um pouco... De certa maneira... — Dei de ombros. — Mas parece título de quadrinho vagabundo. Imaginei algo meio... "Cícero e Vicente no Fim do Mundo." O que acha?

— Realmente, o seu título é bem mais dramático.

— E um pouco romântico, não?

— Romântico? Olha, acho que não... Romântico seria algo tipo: "Cícero e Vicente Fizeram Amor no Fim do Mundo".

— Olha... — Dei risada baixinho, pensando no que ele dissera. — Esse título aí está mais para os livrinhos do salão onde a minha mãe faz o cabelo. Uns bem antigos, que eram vendidos nas bancas. Tipo histórias eróticas pra senhoras respeitáveis.

— Não fala assim do meu título! — Vicente mordeu de leve a minha coxa, brincando. — A nossa história não é pra senhoras respeitáveis. Mas vai em frente, me fala então dos títulos, senhor Cícero, o grande conhecedor de revistinha pornô... São tão ruins como o meu?

Fiz uma voz grave, bem dramática:

— "Bianca e o Carteiro da Madrugada."

— Hmm... — Ele coçou o queixo e sorriu. — Esse tem um *leve* tom de mistério.

— Que tal... — Mudei a entonação novamente: — "Marlene"... tchan, tchan, tchan, tchan!..."e o Duelo de Corações"?

— Parece título de novela mexicana do SBT, Cícero! — Vicente deu de ombros. — Que brega!

— Pode até ser, mas não supera "Cícero e Vicente Fizeram Amor no Fim do mundo".

— Você está inventando tudo isso, né?

— E se estiver? — Rindo, acariciei o cabelo dele. — Vicente, imagina só. E se o mundo não acabar e, sei lá, daqui a alguns anos, livros desse tipo começassem a bombar? — Olhei para ele e continuei: — Por exemplo... O sol está se pondo. O que você imaginaria de um livro que se chama... Sei lá... "Anoitecer"? Hmm... "Crepúsculo", talvez... Mas pensa no assunto mais absurdo, que não tem nada a ver com o nome.

— Me deixa pensar... Nada a ver mesmo? — Ele pigarreou. — Que tal isto: um vampiro se apaixona por uma adolescente. E... E... Sei lá, ela é doida pra virar vampira, e ele fica regulando, meio que não quer... Ele é tipo um vampiro legal.

— Bom, muito bom! — Procurei outro elemento aleatório até que vi uma mulher gótica, toda de preto com exceção de um lenço cinza que ornava a sua cabeça. — Vê aqueles detalhes? E um livro com um nome inspirado nisso, sei lá... "Tons de Cinza"...

— Porra, Cícero! "Tons de Cinza" é difícil, hein?

— Ué, você foi tão bem no desafio anterior que irá bem nesse. "Tons de Cinza." — Imitei uma campainha. — Inventa a história agora! Valendo!

— Que pressão! — Vicente cobriu os olhos com as mãos, depois voltou a me encarar. — Não sei... Um homem bonitão, taradão, que só usa ternos cinza e gosta de sexo com algemas, chicote, essas coisas. Aí, acontece o impossível. — Ele gargalhou. — O cara se apaixona por uma virgem!

— A sua imaginação foi longe, hein, Vicente!

— Ah, se não é pra imaginar de verdade, nem brinco...

— E se tivermos um herói órfão, tipo, o Luke Skywalker...

— Luke Skywalker?

— De *Guerra nas Estrelas*.

— Você sabe que não conheço muitos filmes...

— Tá. É uma história que se passa no espaço. Mas imagine o nosso herói, num... — Mordi a ponta do meu dedo indicador, pensando no cenário mais absurdo. — Num castelo de bruxas! Não, numa cidade toda de bruxas. Sim. Todo o mundo é bruxo. Tem até escola de bruxos, jogos de bruxos, tudo, tudo de bruxos. Ele se descobre um bruxão iluminado e tem que salvar o mundo. Matar uns vilões...

— Que também são bruxos?

— Basicamente.

— Agora quem foi longe demais foi você, Cícero!

— Mas pensa... Seria muito legal! Melhor do que a história do vampiro ou do taradão.

— Olha, tenho que bater palmas! — Vicente se sentou e se ajeitou ao meu lado. — Você tem uma criatividade e tanto, viu? Deveria investir em uma carreira nessa área. Já sabe desenhar e tal...

— Para com isso, Vicente. — Joguei a tática da desconversação. — Como será que o mundo estará daqui a vinte anos se ele não acabar? Já imaginou? Será que teremos carros voadores?

— Não sei, viu... — Suspirando, Vicente encostou a cabeça no meu ombro e pegou a minha mão. — Será que as pessoas serão mais tolerantes com os meninos e as meninas como nós? Com a vida dos outros, independentemente do que gostem ou queiram? Será que teremos liberdade e respeito para sermos quem somos? — Tornou a suspirar. — Seria um sonho. Imagina poder ir ao cinema e ver história de amor entre dois meninos, sem julgamentos, sem censura! Imagina poder ler um livro com meninos como nós... sei lá, como protagonistas! Não devemos ser os únicos apaixonados no mundo. Sem dúvida existem mais Cíceros e Vicentes, e Bernardos e Lucas, e outros...

— Vicente, só te digo uma coisa. Se houver 2019, o que eu acho muito difícil, tudo o que espero é estar vivo pra continuar existindo ao seu lado. — Apertei a mão dele muito forte, para que ele soubesse que eu sempre estaria ali, apoiando. — E se for difícil, vamos resistir, né? É o que fazemos. A gente resiste. Nós buscamos um jeito de fazer as coisas darem certo, mesmo que seja saindo doidos atrás de uma HQ que nem existe.

— Imagina que piração... Se as coisas não mudarem tanto assim... Se tudo ficar mais ou menos igual... Ou pior!

— Não pensa nisso. — Encaixei os meus dedos nos dele. — Vai melhorar. Mesmo que seja aos poucos. O mundo só tem melhorado.

— Você tá certo. Não vou pensar nisso. — Vicente pousou a mão no meu peito. — Mesmo porque este está sendo um dos melhores dias *da minha vida*. E pode ser que no futuro venha a ser muito melhor! Já imaginou se, de repente, histórias como a nossa começam a ficar mais comuns na literatura... no cinema?! Nas séries e novelas! Imagina só se a gente puder casar. Tipo, oficial mesmo, como homens e mulheres, sabe? Se todo o mundo tiver os mesmos direitos de serem felizes!

— Será? — Sorri. — Nem sei ao certo o que vai acontecer no meu futuro. Se o mundo não acabar, concordo que as pessoas deveriam ter direitos. Direitos iguais, acho. Casar, ter filhos, essas coisas. Não é tão absurdo assim. Mas... vem aqui. — Puxei-o para o meu lado novamente. — Vamos parar com essas coisas, porque o Bug do Milênio está aí pra acabar com tudo.

— Nem começa. É Jesus quem vai destruir tudo! — Vicente gargalhou. — Mas vamos mudar de assunto mesmo, porque não quero discutir, e tudo isso — apontou para o festival e para nós dois — foi e está sendo incrível! Nunca imaginei que viveria coisas assim. — Pegou novamente a minha mão e apertou, depois olhou para mim e sorriu. — Se não estivéssemos aqui, *juntos*, provavelmente, neste horário eu estaria em um culto ou... apanhando, talvez.

Passei o braço ao redor dos ombros dele e deixei os meus dedos se perderem no seu cabelo. Por mais que tivesse visto na pele do Vicente a confirmação do que ele acabara de me dizer, eu ainda me esquecia da vida dele e dos motivos de querer fugir para morar com a avó. Lembrei-me das horas, reparei no sol se pondo e me toquei de que teríamos que nos separar.

— Vicente... me promete uma coisa?

— Depende do que você quer, garotão! — Ele riu.

— É só que... Só promete que estaremos juntos no dia 31 de dezembro, quando o mundo estiver acabando.

— O que te faz pensar que eu gostaria de estar com outra pessoa?

— Estou falando sério! — Bufei. — Nunca te pedi nada. Pelo menos, nada assim desse tipo.

— Prometo. — Vicente segurou o meu rosto com as duas mãos e me forçou a encará-lo. — Prometo, Cícero Gutemberg.

Perdido nos olhos do Vicente, sentindo o cheiro da sua boca vermelha e o calor do seu corpo, eu só conseguia sentir o meu amor por ele. Inclinei-me e dei um beijo rápido na ponta do seu nariz. Sorrindo, ele falou:

— Sou muito sortudo. Vou passar o fim do mundo com o cara mais bonito da cidade.

Gargalhei e agradeci à Taverna por ter fechado e feito com que um garoto tão maravilhoso cruzasse o meu caminho. Se tudo desse certo, quando os mísseis do Bug do Milênio atacassem a nossa cidade, ou Jesus voltasse à Terra para nos levar embora, eu estaria beijando o Vicente, e isso bastava.

29

As horas passaram, e nós falamos pouco sobre a iminente separação. Eu me concentrei para gravar na mente que, em breve, estaríamos juntos de novo. Era por um bem maior — a segurança do Vicente.

— Cícero, antes de a gente se separar, tenho um presente pra você. — Vicente tirou o CD *player* e as coletâneas da mochila e colocou nas minhas mãos. — Toma! É tudo seu.

— Por que tá me dando isso? Você tem tão poucas coisas! Não posso aceitar!

— Claro que pode! É um presente. — Ele balançou um papel no ar e o entregou para mim. — E vem com instruções. — Sorriu e olhou para o chão. — A Taverna morreu, então não deu pra pedir pro Stephen King gravar um álbum completo pra você, então escrevi este guia. — Pegou duas caixinhas de CD e pousou o dedo indicador sobre o nome das faixas. — No álbum de maio, por exemplo, escute as faixas 05 e 08; no de junho, a número 2, e assim por diante, respeitando a ordem da lista, claro. Não esqueça. Tem que ouvir na ordem, porque tem uma mensagem escondida.

— Ai, Vicente... Estou até com vergonha. Não preparei nada pra você. — Sorri, sem graça.

— Deixa de ser besta. — Ele deu de ombros, tímido. — *Você* é o meu presente.

— *Shh!* — Coloquei a mão sobre sua boca, suavemente. — Pera aí! Tem algo que eu quero que fique com você, então...

A ideia me veio na hora, e eu não pensei em outra coisa que o Vicente pudesse ter com ele que tivesse um pedacinho do meu coração.

— O QUÊ?! O seu caderno de desenhos? — Vicente empurrou o caderno de volta para mim. — Não posso aceitar... Eu...

— Vicente, guarda na sua mochila, é seu! Eu quero que esteja contigo! Esses desenhos representam os meus sonhos, e, por mais que o mundo vá acabar e a gente não vá realizar nada, quero que eles estejam com você.

— Mas eu não posso...

— Quero que esteja com você quando o mundo acabar — argumentei, segurando o caderno. — Sério.

Vicente me olhou por um segundo significativo, como se avaliando um pensamento, e deu um passo à frente.

— Tudo bem. Ele vai estar... — Vicente falou, abrindo o caderno e o folheando. — Mas parte dele... Quero que você desenhe no restante dos nossos dias. Quanto a mim? — Ele fez um gesto rápido, arrancando a folha em que estava a ilustração do *Under Hero,* iniciada no dia em que nos conhecemos. — Este fica comigo.

— É justo — concordei, guardando o caderno na mochila.

Vicente me encarou com os olhos brilhando, parecendo verdadeiramente feliz com o presente. Foi quando eu escutei pela primeira vez.

— Ei! Juro que ouvi o meu nome. — Fiquei em pé e peguei a mochila. — Tá ouvindo? Agora o seu também. — Imitei a voz que saía dos alto-falantes: — "Cícero Gutemberg e Vicente Rossi, por favor, dirijam-se ao estande de informações, localizado no centro da feira."

— Puta merda! — Vicente se ergueu de um pulo, colocou as mãos nos meus ombros e me encarou. — Será que tem alguma coisa a ver com o P. C. Bicalho?

— Cara! — Fiquei um pouco tonto, confuso. Voltei a sentar, peguei uma garrafa de água e tomei um longo gole. — Não viaja, Vicente. — Suspirei, como se o meu mundo estivesse desmoronando. De alguma forma, eu sabia que estava fodido. — Você disse o seu nome pra ele ou pra Paula? Quero dizer, o sobrenome?

Vicente sentou ao meu lado, pensativo. Abriu o zíper da mochila dele, fuçou lá dentro e apanhou um cigarro. Eu peguei um também, dizendo:

— Porque tenho certeza de que *eu* não falei nada.

— Cícero, agora você está me assustando. — Vicente colocou a mão trêmula sobre a minha. — Do que você está falando? O que pode ser?

— Vicente... — Dei um trago muito longo, olhando para a frente, tentando raciocinar. — Escuta. As únicas pessoas que sabem os nossos nomes completos e que poderiam saber que estamos aqui são os seus pais, a sua avó e a minha mãe.

— Você acha? — Vicente tentou acender o cigarro, mas as suas mãos tremiam tanto que não conseguiam segurar o isqueiro; eu o ajudei, então, e ele me olhou com os olhos muito, muito apagados. — Mas a minha avó não sabe o seu sobrenome... Nem os meus pais.

— Sinceramente... — Joguei meu cigarro longe, pela metade. Estava tão enjoado que não aguentava o gosto na minha boca. Achei que ia vomitar. — Olha, se disseram o meu nome inteiro, quer dizer que a minha mãe está aqui. Se disseram o seu, os seus pais estão aqui, ou a sua avó é que está.

— Merda! — Vicente se jogou para trás, deitando. Abraçou o próprio corpo, espalhando um vazio assustador ao seu redor. Seu peito movia-se muito rápido.

Ajoelhei-me e engatinhei até ele. Retirei o cigarro de entre os seus dedos, porque já estava quase no filtro.

— Não fica assim, Vi.

— Não sei o que fazer.

— Só tem um jeito. — Segurei a cabeça dele com delicadeza e a coloquei no meu colo. — Temos que ir até lá pra ver o que está acontecendo. — Suspirei para engolir as lágrimas e acariciei o rosto dele. — De uma forma ou de outra, descobrimos que o *Under Hero* ainda não tem um final, então um dos nossos problemas já está resolvido. — Brinquei com a ponta do seu nariz, esperando fazê-lo sorrir. — Imagina só como a decepção teria sido maior se tivéssemos passado dias discutindo o que aconteceria.

— Cícero, você não tem noção de como os meus pais são...

Engoli em seco e continuei a tentar animá-lo:

— Esse tem sido o melhor dia da minha vida, apesar de tudo. Quero que você saiba que, mesmo que dê merda, mesmo que, sei lá, o mundo acabe agora, *agorinha*, você me fez muito feliz.

Vicente não aguentou e começou a chorar em silêncio. As lágrimas nasciam e transbordavam pelo seu rosto. Deitei-me no chão e virei-o para o meu lado, para que me encarasse.

— Você me *faz* feliz. Só por conseguir fazer alguém sentir tanta felicidade, você já é uma pessoa maravilhosa, porque eu gosto de você independentemente de você gostar de mim. E eu gosto de você porque você é você! Porque você é o Vicente Rossi, ex-cantor de coro de igreja, fã de *Under Hero*, o menino que ri das minhas piadas e me zoa o tempo inteiro. Você é maravilhoso. Hum... Você tem um sorriso incrível! E... dá pra ver a bondade nos seus olhos! Cara, a sua gargalhada é estranha, mas ela faz a minha alma se arrepiar de tão verdadeira! Você brilha, Vicente... Você é o sol...

Os meus olhos se encheram de lágrimas, porque eu estava triste, com medo, desolado, mas não queria chorar. Vicente precisava de mim!

Ele permaneceu em silêncio, respirando rápido, com os olhos fixos, sem reação. Levantei-me e puxei-o, porque teríamos que encarar o problema.

— Reaja, Vicente, por favor! O que tiver que acontecer vai acontecer, por mais que eu não queira, por mais que eu quisesse continuar neste mundo que a gente construiu.

— É. — Ele suspirou, pegou a sua mochila do chão e secou o rosto com as mãos. — Acho que não tem remédio. Já estou acostumado, sei como será a recepção dos meus pais, porque tenho certeza de que não é a minha avó que está me esperando.

— Mas como você sabe? — tentei animá-lo. — A sua vó, sabe, é louca, meio bruxa! Às vezes ela...

— Cícero, eu fui burro — Vicente me cortou, pegou na minha mão e apertou-a muito fortemente, quase me machucando. — Percebi que havia esquecido algumas coisas lá em casa quando estávamos no ônibus, mas não achei que os meus pais fossem ligar a coisa ao fato. Parece que me enganei.

— Do que você está falando? — Segurei-lhe o rosto, para que olhasse para mim. — Como eles podem ter descoberto que estamos aqui? E como trouxeram a minha mãe?

— Ah... Que merda! — Ele jogou os braços ao redor do meu pescoço e voltou a chorar, desesperado. — Desculpa, fui muito burro. O Stephen King tinha me dado dois *flyers* do festival. Um deles está aqui... — Mal conseguia continuar, por causa dos soluços. — O outro ficou dentro de uma Bíblia que eu usava como esconderijo pra alguns papéis que tinham valor sentimental. O que inclui... — afastou-se, limpou as lágrimas e voltou a me encarar — ... a porra do cartão da sua mãe, Cícero. Esqueci lá.

— Puta! Que! Pariu! — Caí sentado. — Então tá explicado. — Apontei com o indicador para cima. — Ouviu? Estão nos chamando novamente.

O meu corpo amoleceu e me deitei na grama, com o olhar perdido no céu, porque não sabia o que fazer. As lágrimas escorriam pelo meu rosto. A decepção e o medo eram tão grandes que eu não conseguia mais falar. Havia considerado os piores cenários, mas não pensara que a minha mãe poderia vir aqui para me buscar. A taquicardia era tanta que achei estar à beira da morte.

Foram as mãos quentes de Vicente que tocaram o meu rosto e limparam as minhas lágrimas. Sinceramente, eu não sabia como ele conseguira se recuperar tão rápido para se tornar o adulto da situação. Ele empurrou os meus ombros e fez com que eu me sentasse, me deu um abraço forte e beijou de leve os meus lábios.

— Vamos. — Vicente pegou a minha mão e me puxou, como se pedisse que o acompanhasse. — O mundo vai acabar, e o que quer que aconteça se resolverá em cinco meses. Se vivi quinze anos desse jeito, uns dias a mais não farão diferença.

Assenti, tocado pela coragem dele, e dei um beijão na sua face. Eu queria que o Vicente se sentisse cercado de carinho por todos os lados.

Caminhamos calados até o quiosque de informações. Aqueles meros cinco minutos pareceram cinco horas no corredor da morte. De longe, já vi a minha mãe, que andava de um lado para o outro, com o Sérgio tentando acalmá-la. Reconheci as feições dos pais do Vicente, que se mantinham calados, num canto, com cara de muito ódio.

Todos saíram correndo assim que nos viram chegando. Eu não tinha noção do que aconteceria, mas tentava me controlar, porque, independentemente do castigo da minha mãe, tinha certeza de que o do Vicente seria muito pior. *Muito.*

— Seu degenerado! — seu Jairo gritou e arrancou o filho do meu lado com muita brutalidade, e o Vicente foi como se fosse pena. — Como tem coragem de andar por aí de mão dada com outro veado?! *Veado?!*

A palavra entrou em mim como navalha, me rasgando por dentro, me corroendo e destruindo. O jeito dele de falar... o ódio que dançava no seu tom de voz era uma das piores coisas que eu já havia escutado na minha vida.

— Olha como você fala com o meu filho, seu babaca! — Alessandra respondeu, vindo correndo na nossa direção. — Não toca no meu filho!

Foi rápido. Jairo pousou os seus olhos monstruosos em mim por menos de um segundo, e se virou para o Vicente como uma serpente.

— Seu desgraçado! Sempre me envergonhando! Sempre! — Seu Jairo deu um soco na cara do Vicente com tanta força que ele caiu no chão e uma nuvem de poeira se ergueu.

Tentei correr na sua direção, mas os braços do Sérgio me impediram. Jairo empurrou o filho com a sola do sapato.

— Levanta, seu maricas! Você vai ver só quando chegarmos em casa! — Ele então se virou para mim. Os seus olhos eram muito vermelhos, e as suas narinas cresciam conforme ele falava: — E você, sua aberração... nem tente continuar a seduzir o meu filho e tirá-lo do caminho de Deus. Vou dar um jeito de separar vocês dois pra sempre, porque filho meu... Olha... Prefiro ter um filho morto a um filho veado! — Cuspiu na minha direção. — Nunca mais vocês vão se ver. Nunca mais, está ouvindo?!

— Quem você acha que é pra falar assim com a minha família?!

Arregalei os olhos e me virei na direção da Alessandra, mas era o Sérgio quem falava. Ele prosseguiu:

— O Cícero é um amor de menino, sai daqui com o seu ódio!

— Jairo, vamos embora. — A mãe do Vicente se abaixou e ajudou o filho a levantar. — Já o encontramos. Não temos mais nada a fazer aqui. Agora, é tentar recuperar. Só.

Vicente tremia, com os olhos que eram pura dor e tristeza. Do seu nariz escorria uma linha grossa de sangue.

— Cala a boca, Roberta! — Jairo rosnou e bateu na cara do Vicente com as costas da mão. — Esse aí já está perdido. Não sei se tem muita coisa para fazer.

— SEU DESGRAÇADO!!!

O meu pulso se fechou, e o Sérgio teve que me levar para trás, porque eu fui com tudo para cima do filho da puta do Jairo. Quem ele pensava que era para fazer aquilo com o Vicente?! Ele não podia! Simplesmente não podia!

— Não encosta nele, seu doente! — eu gritava, descontrolado. Tudo o que eu queria era que a porra do mundo acabasse logo. O meu coração explodia de ódio.

Jairo me olhou com arrogância e depois encarou a minha mãe.

— Você, sua vadia, me faça um favor: cuida do delinquente do seu filho. Até porque tem pouco tempo sobrando, e quando o Senhor voltar, vocês — apontou para nós três. Para a minha família — irão todos pro inferno, pra queimar eternamente. Bando de degenerados!

Minha mãe deu dois passos à frente, com uma frieza assustadora, e disse, muito séria:

— Vá embora daqui antes que eu dê um chute tão forte em você que a minha própria perna vai entrar no seu ânus e sair pela sua boca! Ou talvez o Sérgio possa se oferecer pro serviço. Ou será que você só banca o machão com os menores de idade?

Jairo deu uma risadinha debochada e olhou para a esposa.

— Vamos.

— Covarde de merda! — E a minha mãe cuspiu no chão, no pé do Jairo.

Jairo olhou para o céu, como que pedindo paciência a Deus, e se virou de costas, pronto para se afastar. Mas antes ele puxou Vicente pelo cabelo, pelo couro cabeludo, e o empurrou para que andasse na frente.

— Você vai ver só, Vicente! Hoje foi a última vez que você aprontou uma dessas. A última.

Vicente soltou um grito de dor, e eu não aguentei mais. Eu queria matar aquele filho da puta de merda, mas o Sérgio não me soltava.

— SEU COVARDE! — eu gritava.

As pessoas ao redor me olhavam, mas eu não estava nem aí.

— NÃO BATE NELE, SEU LIXO! NÃO MACHUCA O VICENTE!

Em câmera lenta, eles sumiram da minha vista. Por um breve segundo, Vicente se voltou para trás, numa mistura de medo, dor e sangue. Ele abriu a boca e parecia que ia falar algo, mas logo o pai o empurrou de novo, e eu perdi a conexão com os seus olhos até tudo desaparecer.

O meu rosto estava quente, as minhas mãos estavam fechadas em punhos, e os meus dentes, travados de tanto que eu apertava a minha mandíbula. Dentro de mim, uma mistura de medo e ódio.

A minha mãe falava, me balançava, eu ouvia a voz do Sérgio também, mas nada fazia sentido na minha cabeça. O mundo perdeu o foco, porque nada mais importava.

31

Acordei assustado, com gosto de sangue na boca. Estava tão tenso e desesperado que provavelmente mordi minhas bochechas enquanto dormia. Aos poucos, identifiquei que estava no carro do Sérgio, que seguia por uma estrada.

— Mãe? Onde estamos?

— Cícero, olha, fica quieto. Não quero ouvir você. — Ela bateu no console. — Ainda não sei o que vou fazer com toda essa história. Você passou dos limites. Fugindo de casa? Tá doido, moleque? — Virou-se para trás e me encarou. — Quem você pensa que é? O dono do mundo? Ainda me fez passar a maior vergonha com aquele pessoal lá.

— Mãe, eu posso explicar...

— Eu tinha voltado com o Sérgio pra pegar uns remédios em casa, pra ajudar no tratamento dele. Aí, mal coloquei os pés no apartamento e o interfone tocou — Alessandra continuou, com a voz trêmula; eu sabia que ela começaria a chorar, o que partiu o meu coração. — Aí foi aquele show de horrores que você viu.

— Calma, Alessandra. — Sem tirar os olhos da estrada, Sérgio colocou a mão no joelho da minha mãe. — A gente vai resolver isso tudo. O importante é que achamos o Cícero e ele está bem. Adolescentes... Precisam se afirmar sobre o mundo. Parece que você nunca teve essa idade...

— Ah, não interessa! As minhas escolhas foram as minhas escolhas e ponto. — Ela se voltou para a frente outra vez e tentou sintonizar alguma coisa no rádio. — Dorme, Cícero, porque não quero conversar agora, e você, Sérgio, dirija.

Do lado de fora, tudo estava escuro... Como eu sentia estar o meu interior. Tudo se apagara.

✱ ✱ ✱

Quando chegamos em casa, fui para o quarto, deitei na cama e apaguei. Eu estava exausto de tanto chorar.

Acordei só à tarde, com uma dor de cabeça avassaladora. Tudo no meu corpo incomodava ou doía. Os meus dentes pareciam ter amolecido, e a luz era uma tortura. Arrastei-me até a sala e olhei para o relógio: duas horas. Comecei a tremer. Perder aula era quase proibido lá em casa, então as coisas deviam estar muito piores do que eu imaginava.

Na cozinha, encontrei a minha mãe preparando um macarrão instantâneo, prestando mais atenção à panela do que o necessário, mexendo a colher de pau incessantemente.

— Mãe...

— Não, Cícero. Agora não. — Ela continuou virada para o fogão, sem me olhar. — Estou preparando algo porque a gente precisa comer. Você está bem? — Bateu a colher na borda da panela. Ela fazia isso quando estava nervosa. — Não vá pensando que estamos de bem. Não estamos. Mas ouvi você chorando enquanto dormia. Pergunto porque sou responsável pelo seu bem-estar, só isso.

— Estou morrendo de enxaqueca. Os meus dentes estão estranhos. Tudo no meu corpo dói. Acho que estou morrendo.

— Ah, cala essa boca... — Alessandra foi até o armário e pegou dois pratos. — Tem remédio lá no banheiro. Morrer? Ora, faça-me o favor. Quem achou que ia morrer fui eu, que tive um ataque quando percebi que você tinha fugido.

Fui até o banheiro, evitando fazer qualquer barulho. A minha mãe estava muito brava comigo. Uma onda de sentimentos ruins subiu dentro de mim. Não sabia se naquele momento ela me odiava pelas mentiras, por ter me visto com o Vicente, por ter concluído que não devia ter confiado tanto em mim... Devia ser uma mistura disso tudo.

Analisando friamente a questão, acho que ela estava certa, porque eu realmente dera uma mancada das mais enormes. Mas não era para as coisas terem acontecido daquele jeito... Tudo simplesmente saiu do controle.

Joguei duas aspirinas na boca, sem me preocupar com overdose, porque qualquer coisa era melhor que o silêncio da minha mãe e a ausência do Vicente. Voltei para cozinha.

— Quando vamos poder conversar? — Me sentei à mesa.

Ela colocou um prato diante de mim. Com o dela na mão, sumiu para dentro do escritório, o que aumentou a minha aflição. Tudo girava, e parecia que os meus órgãos estavam sendo digeridos lentamente.

Foi instintivo: fechei o punho e dei um soco na mesa de granito da cozinha. Eu queria gritar, destruir algo. Levantei-me da cadeira e joguei a comida com prato e tudo no lixo.

Fui para o meu quarto e olhei pela janela. Chuviscava. Então, peguei um casaco e um guarda-chuva. Parei em frente à parede favorita do meu quarto, e os pôsteres pareciam me encarar. Tinham sido cúmplices de segredos que agora eram o principal motivo da minha dor. Assim, arranquei um por um, piquei, joguei no chão e pisei em cima, gritando. Estava com muito ódio, e não sabia direito o que fazer. Parecia que algo dentro de mim queria explodir.

Procurei as minhas chaves, mas não encontrei.

— Mãe! — Fui em direção ao escritório. — Alessandra! As minhas chaves... onde estão?

— Pra que você as quer? — Ela me olhou com os óculos na ponta do nariz e colocou o prato na escrivaninha. — Vai correr atrás do seu *namoradinho*?

— Mãe... Eu *preciso* ver o Vicente! — As minhas pernas perderam a força, mas resisti em me manter de pé. — Você não conhece a família dele, ele pode estar morto a uma hora dessas! Alguém tem que fazer alguma coisa.

— Cícero... — Ela tirou os óculos e colocou-os no cabelo, como se fossem uma tiara, e me encarou com dureza. — Até agora você não entendeu, né? Não entendeu a gravidade de tudo, *absolutamente tudo*, que você fez!

— Mas, mãe... — Suspirei e levei as mãos ao rosto. — Você não sabe o que aconteceu. Não foi nada de mais.

— Não tem justificativa, Cícero! — Ela bateu a mão na escrivaninha e ficou de pé. — Não sei nem se quero saber o que aconteceu, porque não consigo falar com você. Não consigo nem olhar pra sua cara. Não vou te bater como aqueles lá. — Respirou fundo e saiu do escritório. — Mas nada que você possa falar vai me fazer retomar a confiança em você!

— Mãe... — Comecei a chorar. Foi inevitável. — Eu não quis mentir...

— Imagina se quisesse! — Ela começou a andar para lá e para cá pelo corredor. — Não fique diminuindo as consequências dos seus atos. Você já está bem grande pra isso!

— Mas, mãe... — Funguei e enxuguei as lágrimas com a manga do casaco. — Era a única solução!

— A única solução para quê? — Enfiou a cara pela porta do escritório e passou as mãos pelo cabelo, como se estivesse a ponto de sofrer um colapso nervoso. — Pra fugir com um menino?!

As palavras dela me socaram. Eu não queria chorar, mas o choro vinha de todas as partes de dentro de mim.

Alessandra respirava ruidosamente, batendo de leve a cabeça no batente algumas vezes.

— Cícero, eu nem te reconheço mais! Não sei quem você é.

— Mãe... Tudo bem... — Tentei recuperar o fôlego. Eu queria abraçá-la e pedir desculpas, mas havia uma barreira gigante entre nós. — Eu só preciso das minhas chaves... Eu...

— Cícero! — A minha mãe voltou para o corredor, me encarou e apontou na direção do meu quarto. — Você está de castigo, moleque. Acha que a vida é fácil, que é só mentir e chorar um pouquinho e tudo volta ao normal? Vá pro quarto, e é agora!

— Você vai me manter em cárcere privado?! — E passei por ela sem cruzar com os seus olhos. — É isso, então?! Vou ficar preso pra sempre?!

— Dê o nome que quiser, Cícero! — ela gritou de volta e retornou ao escritório. — Está de castigo e pronto. Não tem o que discutir, e você não tem mais voz ativa nesta casa.

— E a escola? — gritei do meu quarto.

— Me deixa trabalhar!

Ela então bateu a porta do escritório. O barulho ecoou pela sala e pela minha cabeça. Eu estava fodido, não sabia o que fazer. Bati a minha porta também, porque queria que ela soubesse que eu ainda estava ali, que tinha voz e merecia respeito. Parei em frente à janela e fumei dois cigarros, sem ligar se a minha mãe sentisse o cheiro.

Depois, deitei na cama e olhei para o teto. Não sei quantas horas se passaram, mas eu não conseguia me mexer. Fiquei lá, petrificado, percebendo com o canto dos olhos a mudança na luz ao amanhecer.

Às seis da manhã, encarei o meu reflexo no espelho e pude avaliar a extensão das olheiras que se instalaram sob os meus olhos. Entrei no box e tomei banho, forçando o meu corpo e a minha coordenação motora a cooperarem. Ir para escola seria uma chance de poder passar na casa do Vicente. Enrolei a toalha na cintura e fui para o quarto. Vesti o meu uniforme, que estava meio amarrotado e fui para sala.

Encontrei a minha mãe jogada no sofá, de pijama. Ela assistia ao jornal matinal, mas, pela cara, sem prestar muita atenção, porque mal piscava.

— As minhas chaves... — Coloquei-me entre ela e a tevê e estendi a mão. — Vou precisar delas pra ir à escola.

— Você... Não... Vai... Pra... Escola... — Ela aumentou um pouco o volume e inclinou-se para o lado, para poder voltar a ver a tela. — Que parte da expressão *de castigo* você não entende?

— Mãe... — Desliguei a televisão e voltei a olhar para ela. — Eu não queria que fosse assim...

— Cícero! — Ela olhou para o teto e piscou repetidas vezes, como se para espantar o choro. — Você ficava com a porra da Karol! Como que decide, de repente, fugir com um menino? Não faz sentido! Quem é você?

— Alessandra, olha... — Sentei na mesinha de centro, de frente para ela, para que me encarasse. — Pedirei desculpas até o dia em que morrer por ter mentido e por ter fugido. — Engoli o choro. — Mas não vou me desculpar por ter me apaixonado, porque a gente não deve pedir perdão por ser feliz.

Coloquei as mãos no colo e deixei os meus olhos repousarem no chão, porque não conseguia continuar olhando para ela.

— Ap... apaixonado? — Alessandra gaguejou.

— Eu gostei da Karol, sim! E foi legal, mas acabou. Aí, conheci o Vicente. Ficamos amigos, e tudo foi tão genuíno e incrível... Não saí de casa no dia em que o encontrei pensando em fugir com um cara, mas se tivesse que pensar agora, neste momento, escolheria fazer tudo de novo. — Funguei. — Ele me faz sentir vivo como a Karol nunca fez. Se você quiser rotular o meu relacionamento com ele, tudo bem, mãe, mas ainda estou aprendendo e descobrindo o que sinto com relação a ele e ao mundo. O que importa é que gosto dele. — Suspirei e tentei pegar na mão dela, mas ela não deixou. — Alessandra, ele tem um brilho que não vejo em nenhum outro lugar, e ele vê esse brilho em mim também.

— Isso só pode ter acontecido porque você não foi criado com um pai... — Ela começou a chorar e afundou a cabeça na almofada verde ao seu lado. — A culpa é minha! Tenho certeza de que...

216

— Mãe, para! — Ajoelhei-me mais perto do sofá e tentei fazer com que me encarasse, mas ela permaneceu agarrada à almofada. — Por favor! Você sempre foi e continua a ser incrível! Você é a minha melhor amiga, e sempre vamos ser o apoio um do outro!

Acariciei o seu cabelo, mas ela se inclinou para o lado, como se não quisesse ser tocada. Respeitei, mas continuei a falar:

— Alessandra... Você é a mãe mais presente e amorosa que conheço. Nunca duvidei do seu amor ou da sua capacidade como mãe, porque nunca tive motivos pra isso... — Coloquei as mãos sobre os joelhos dela. — Sempre nos orgulhamos um do outro, não é? Isso não pode mudar! Mas eu preciso que você entenda que gosto do Vicente...

— Chega! — A minha mãe se levantou, perdida, meio sem rumo. — Não quero mais ouvir nada. Já estou a ponto de terminar com o Sérgio, porque deve ter sido por isso. Comecei a sair de casa nos finais de semana e você caiu no mundo, fazendo escolhas erradas. — Suspirou e atirou longe a almofada. — Bastou que eu começasse a gostar de alguém pra você se perder, fugir com um menino...

— Alessandra, larga de ser hipócrita, pô! — Fiquei de pé também e me coloquei de novo na frente dela.

Alessandra travou, paralisada.

— Lembra de quando você dizia que o Cazuza e o Renato Russo eram deuses da música? Você deve saber que eles eram gays, né?

— Cícero... — Ela foi até o armário e tirou o meu molho de chaves de um potinho. — ... o Cazuza e o Renato Russo não são meus filhos. Não tem nada a ver com o que está acontecendo aqui. Você é meu filho... E eu me importo com *você*. Foda-se quem quer que seja.

Ela deixou as minhas chaves em cima da mesinha de centro e foi em direção ao quarto, com as mãos sobre o rosto, aos prantos.

— Mãe! — Virei-me para observá-la e só tive tempo de ver a porta se fechando. Fui até lá e encostei o ouvido na madeira, para ver se conseguia ouvir alguma coisa. Gritei: — Alessandra! Por mais que eu entenda o seu susto e a sua decepção, olha, estou morrendo de medo.

217

Não sei o que vai acontecer entre nós... Comigo... No mundo... Com o Vicente... Não sei nada.

Respirei fundo, bati na porta com os punhos e continuei:

— Você é adulta, é minha mãe, deveria continuar sendo quem conversa comigo e me explica as coisas. Não seja como a família do Vicente! Não me renegue e me coloque pra fora de casa. — Escorri até o chão, como se fosse feito de gelatina derretendo. Encostei a testa na porta, sentindo um desespero crescente me devorando: — Olha, peço desculpas pelas mentiras e por não ter medido as consequências de ter desaparecido sem deixar ao menos um bilhete, mas não espere que eu vá me desculpar por ser quem eu sou ou por ter dado ouvidos ao meu coração. Nunca se esqueça de que você me criou sozinha, independentemente do que a sociedade achava. Eu só queria a mesma compreensão... Só isso. Será que é pedir tanto assim?

Levantei-me, fui para o banheiro e fiquei lavando o rosto por um tempo. Em seguida, na sala, peguei as minhas chaves. Abri a porta, desci as escadas e saí, tudo no automático.

O céu estava azul-claro, e o vento gelado castigava as minhas bochechas. Obviamente, em vez de ir para escola, resolvi procurar o Vicente. Precisava saber o que estava acontecendo. Respirei fundo, ajeitei a mochila nas costas e corri até o prédio dele. No meu peito, a falta de ar e o coração disparando, porque havia um buraco dentro de mim. Talvez quando a gente ama alguém seja assim: quando os dois não estão juntos, um deixa metade de si com o outro e fica incompleto até reencontrá-lo.

Corri como se a minha vida dependesse disso. Pulei canteiros, quase tropecei em mães andando de mãos dadas com os seus filhos até a escola, atravessei sinais fechados. Queria que ele estivesse bem, mas a ansiedade se esgueirava sobre mim como um polvo e, a cada passo, apertava mais seus tentáculos ao redor da minha esperança.

Antes de atravessar para a calçada do lado em que ele morava, parei na esquina e reparei na placa de "vende-se", pendurada na frente da janela dele. Comecei a tremer, sem entender nada. Toquei o interfone da casa do zelador.

— Quem é? — disse a voz distorcida que saiu pelo alto-falante.

— Oi! O apartamento do oitavo está pra vender? O 800...

— Sim, a família se mudou ontem. Se estiver interessado, o número da imobiliária está numa placa grudada no portão também. Na vermelha.

— Sabe por que se mudaram?

— Por que isso te interessa?

— É que, na verdade, sou amigo da família...

— Se é tão amigo assim, como não sabe o que aconteceu e vem perguntar pro zelador? Não deve ser tão próximo... Desculpa, mas estou ocupado, tenho que resolver um cano entupido. Até logo.

— Não, escuta. — Eu estava quase chorando. — Sabe se está tudo bem com eles? Ouvi falar que houve uma briga, mas não achei que fosse tão sério.

— Ah, coisa de criança. O menino fugiu, e, quando o trouxeram de volta, enfiaram tudo numas caixas e pegaram a estrada. Só isso que sei. Não sou de ficar fazendo fofoca e não vou ficar passando informação pra gente que não conheço. Mas todo o mundo ouviu a pouca-vergonha que foi aquele barraco. Passar bem.

As palavras ficaram ecoando na minha cabeça. Se ele não falara nada sobre uma tragédia, isso queria dizer que o Vicente ainda estava vivo. Não que isso fosse um consolo, porque ele poderia estar bem machucado... Sinceramente, olha o nível de pensamento que me ocorria: eu torcendo para o Vicente estar *apenas* machucado?! Que mundo doentio era aquele?

— Inferno! — rosnei para o nada, sentindo a minha pressão desabar.

Sentei na calçada do lado oposto à fachada do prédio e deixei o meu olhar cair sobre a janela dele.

— Vicente, Vicente, Vicente... — Fiquei sussurrando o nome dele, na esperança de que aparecesse na vidraça e me olhasse com aqueles olhos que brilhavam mais que o sol.

As lágrimas vieram, secaram e renasceram depois de um tempo. E eu apenas esperei.

Não sei quanto tempo se passou.

Só me dei conta de que estava na hora de ir quando o sol mudou de ângulo e bateu direto na persiana de alumínio, me impedindo de enxergar direito. Voltei para casa me arrastando.

Era terrível. Eu via o Vicente a distância o tempo todo. Alucinei umas duas vezes que o Vicente trombava comigo na esquina, como no dia do mercado. Imaginei-o chegando correndo, jogando os braços ao redor do meu pescoço e me beijando com os seus lábios cor de cereja. Mas era uma miragem.

Eu estava sozinho.

Vicente fora embora, e eu nunca conseguiria alcançá-lo, por não saber onde ele estava.

O céu se mostrava azul, feliz, mas a minha alma estava cinza. Dentro de mim, tudo chovia e gritava o nome dele, porque o sol, o meu sol, havia desaparecido.

32

— Tem certeza de que não quer? — Karol me perguntou, com a boca cheia de batata frita. — Cícero, você precisa comer. Sempre foi um esfomeado.

— Não, obrigado. — Suspirei e fiquei observando o prato e a forma com que ela espetava o palito.

— E essas olheiras cada vez piores? — Ela tentou encostar no meu rosto, mas eu me afastei mais rápido.

— Está tudo bem — menti.

Karol deixou o palito no prato e cruzou os braços, me encarando.

— Cícero, é sério! Já tem um mês que as pessoas falam contigo, mas você não presta atenção! Deixou de desenhar, nunca mais alugou filmes... Você sabe disso e nem adianta mentir. Depois que o Vicente sumiu, você não come direito, não dorme o suficiente! Cara, parece que você se desconectou do mundo!

Tomei um gole de Coca, que desceu sem sabor ou temperatura, e fechei os olhos, porque eu sabia que tudo o que a Karol dizia era verdade; eu só não queria aceitar.

— Você está sempre aéreo, não fala coisa com coisa. — Ela já ouvira cada detalhe da minha história pelo menos umas dez vezes. A partir da terceira, começou a exigir comida em troca; típico. — Quer continuar falando? — Colocou a mão sobre a minha. — Contar tudo de novo sempre ajuda e te traz um pouquinho de volta.

— Ah, Karol... Já estamos em outubro. Não sei se a minha cabeça vai melhorar, se vou receber notícias do Vi... Nem o número da avó dele eu tenho... Não sei o sobrenome dela, muito menos onde mora, porque não era exatamente na cidade em que descemos do ônibus.

Suspirei, me sentindo emocionalmente exausto e sem perspectiva de sair do lugar.

— Olha, vou ser bem sincera com você. — Ela enfiou umas batatas na boca e apoiou o cotovelo na mesa. — Você não pode fazer nada, cara. Nada. Por mais que tenha gostado do Vicente, tem que superar. Você tem só quinze anos, Cícero. Sei lá... Tá, você ficou apaixonado pelo menino, mas a sua vida é muito mais que isso. Foram uns dias mágicos, você conheceu alguém incrível, mas a vida não é só amor.

Karol tomou um gole de refrigerante e me olhou, muito séria. Ela então segurou a minha mão.

— Você está assim porque ficou num mundo do talvez, Cicinho, porque nada deu pra ser de verdade, *verdade mesmo*, com o Vicente. Foi um sonho, uma amostra grátis de felicidade. Agora... infelizmente ele se foi. Mas tem toda essa gente aí fora, esse monte de vida.

— Ah, Karol, não força, tá? — Revirei os olhos. — Nada muda o fato de que não tenho mais o Vicente... Eu nem sei se ele está bem... — Mordi o lábio, como se isso fosse capaz de manter toda a minha dor lá dentro. — Podemos mudar de assunto?

Karol me encarou por alguns segundos. Eu podia sentir a onda de piedade que ela sentia de mim quase me afogando.

— E a sua mãe? Como estão as coisas na sua casa?

— Ela está bem. — Peguei um palito e fiquei cutucando os restos de batata no prato. A única coisa que tirava um pouco o pesar do meu coração era que o mundo ia acabar. Se os mísseis fossem voar mesmo, seriam poucos os dias de desespero pela frente. — Essa fase já passou, ainda bem! Quero dizer, não sei se passou, *passou*, mas pelo menos agora ela já não fica pensando que gostar de A ou B vai mudar a minha personalidade e quem eu sou. — Exalei um suspiro de alívio. — A Alessandra já notou que continuo sendo o Cícero, o filho dela, o mesmo de sempre, mas isso não quer dizer que falamos abertamente sobre o tema.

— Esse é um passo importante... Quando ela se sentir à vontade começará a perguntar sobre a sua vida e intimidade, você vai ver.

— Até parece. Nem tenho intimidade pra ela perguntar... — Tudo o que eu falava e sentia girava em torno do Vicente. No fim das contas, sempre me restavam três opções: lembrava-me de tudo e chorava, ficava calado e depressivo ou mudava de assunto. Escolhi a desconversação: — E você e a Gabi?

— Ela me deu a maior lição de moral, Cícero... — Colocou *ketchup* na batata e encolheu os ombros. — Me chamou de chantagista e manipuladora. Na verdade, falando assim parece pior do que foi. Quero dizer, foi horrível porque, pra mim, era algo que todo o mundo fazia, mas ela me explicou que os relacionamentos saudáveis têm que ser baseados em trocas, e não em joguinhos.

— Sério que ela falou isso na sua cara? — Apoiei o queixo na mão e dei uma risadinha. Alguém precisava dar um sacode na Karol. — E aí?

— É complicado, né? É difícil pra uma leonina perceber que está errada. O problema é que *te juro* que achava que era assim. O povo vive dizendo que a gente tem que dar uma de difícil, que tem que jogar a culpa nos outros, etc., etc., etc. Mas admito que ela me fez repensar algumas atitudes minhas, e estou tentando ser mais sincera. O que inclui... — Ela revirou os olhos. — Por mais que me doa o coração... vou parar de aceitar conselhos de revistas de adolescentes.

— FINALMENTE!!! — Joguei as mãos para o alto, num gesto teatral.

Karol encolheu os ombros.

— Eu e a Gabi nos tornamos amigas... Está sendo legal, sabia?

— Tipo feito a gente? — Fiz um beicinho. — Vou ficar com ciúme por não ser mais o único.

Eu estava apenas brincando. Karol era uma garota maravilhosa e merecia estar sempre rodeada de bons amigos.

— Ai, Cícero, Cícero! — Ela fez uma careta e mostrou a língua. — Não tenho culpa de ser incrível e todo o mundo querer um pedacinho de mim! — Ainda rindo, ela encarou o relógio na parede da Padoca do Seu Zé e se levantou. —Tenho que ir. Vou encontrar um gato que conheci no Portal do Inferno.

— Gato?

— É, o Marcelo. É um garoto fofo, barbudo, que está sempre usando uma camiseta do Botafogo. Curte *heavy metal* e é meio *nerd*. A gente está se dando muito bem; acho que, pelo jeito, vamos até namorar. Com ele, as coisas são simples, sem grandes dramas. A vida já é muito complicada pra ter que ficar criando confusão, não é mesmo?

— Ai, que romântico! — respondi, sarcástico, porque tudo o que envolvia relações amorosas me deixava enjoado.

— Resolve esse humor, Cícero! — Ela deu um tapa na minha cabeça. — Larga de ser amargo. Já disse que tem uns dois garotos lá do Portal do Inferno que querem te conhecer, basta você me dizer que tá a fim. — Veio por trás da minha cadeira, me abraçou e sussurrou, enterrando uma faca no meu peito: — Cedo ou tarde, você vai ter que seguir em frente.

Eu pensei ser impossível, mas o meu coração se partiu um pouco mais.

33

O céu estava escuro, ameaçador, e começaria a chover a qualquer momento. Era o último dia de aula, e eu passara com notas medianas em tudo. Me concentrar e estudar tinham se tornado uma tarefa árdua demais. Ao menos não fui reprovado em nada.

Joguei uma bala na boca e acendi um cigarro assim que saí da escola. Não começara a fumar de verdade, era mais uma justificativa boba para sentir o gosto do Vicente. Peguei minha tristeza pela mão e saímos juntos, andando para o único destino possível: a frente do prédio dele.

Era sempre a mesma coisa: eu arrastava os pés até lá, encarava a janela por minutos, ou horas, e depois voltava para casa, carregando a minha decepção, saudade e dor. Mas desta vez, não. Sentei nos degraus da portaria e esperei. Esperei um, dois, três, todos os minutos necessários até alguém sair de lá.

A minha mãe achava que continuar alimentando a memória sobre o Vicente era nocivo à minha saúde mental. Mas o que eu poderia fazer? Karol também mantinha sempre um discurso inspirador sobre seguir em frente. Seguir em frente quando eu amava o Vicente? Seguir em frente sem saber como ele estava? O que isso significava? Ter que admitir que o Vicente não era mais uma pessoa e se tornara um fantasma? Eu não queria... Não queria largá-lo. Nem esquecê-lo. No entanto, as únicas coisas que o Vicente me deixara eram a sua ausência e a falta de preparação para lidar com os restos: o resto dos dias que teria que viver até o fim do mundo; o resto de todas as músicas já gravadas e que não tinha ouvido com ele; o resto de todos os filmes já feitos e que não assistiria com ele; e, pior, o resto de mim, em cacos, em frangalhos.

Ao ouvir a maçaneta se mexer, me ergui com uma naturalidade incrível e segurei a porta para um senhor careca de meia-idade, muito bem-vestido, passar.

— Bom dia — o senhor me cumprimentou, sem me olhar diretamente.

— Bom dia. — Entrei e mantive os olhos no chão, para não perder a coragem.

Não dei mais chances ao acaso. Corri até o oitavo andar, sentindo as minhas pernas tremerem cada vez que eu me aproximava mais. Respirei fundo e encarei a porta da casa do Vicente.

Acariciei a madeira e toquei a maçaneta na esperança de entrar, mas a porta estava trancada. Olhei ao redor: a forma como a luz se refletia no piso ficara diferente; era como se a iluminação houvesse mudado porque o Vicente levara a cor do mundo com ele. A única coisa que me restava era tentar o terraço.

Andei devagar, como se quisesse fazer aquele momento durar para sempre. Ouvi os ecos da risada dele reverberando na escada. Pousei a cabeça no batente e vi o fantasma dele encostado no parapeito, com aquela camisa vermelha que combinava com as suas bochechas rosadas. Eu podia até sentir o cheiro do hálito dele boiando na minha memória e me afogando no mar de saudade em que eu apenas existia à deriva.

Entrei, me deitei no concreto e olhei para o céu. Uma dor muito aguda se esparramou pelos pedaços do meu coração e se alastrou em ondas crescentes pelo resto do meu corpo. Senti a chegada das lágrimas e não as contive, porque eu precisava deixar tudo sair. Pelo menos ali o fantasma do Vicente poderia segurar a minha mão, acariciar o meu cabelo e sussurrar, numa voz imaginada, que tudo daria certo, que as coisas ficariam bem.

Coloquei a mochila embaixo da cabeça e deitei-me de lado, me lembrando de nós sobre o edredom e a explosão de vinho. Deixei os olhos examinarem cada canto em que ele havi...

Engoli as minhas palavras e saí tropeçando nos próprios pés. A mochila! A mochila dele estava lá, pendurada no mesmo lugar! As minhas mãos tremiam, o que dificultava soltá-la dos canos abaixo da caixa d'água, então no desespero apenas abri o zíper. Fui tirando tudo o que estava dentro, como se fosse uma questão de vida ou morte: o tecido e o edredom que usamos para forrar o chão, as almofadas, o restinho do vinho... Recoloquei a minha jaqueta, fucei nos bolsos e peguei um cigarro. Tirei a tampa do vinho e bebi como se tentasse roubar um beijo dos lábios dele, que já tinham tocado aquele gargalo tantas vezes. Deixei que o restinho de vinho enchesse a minha boca, fechei os olhos e engoli devagar. Quando então notei que tinha mais uma coisa na mochila...

Uma carta!

Caí sentado, sem saber o que fazer. Por algum tempo, fiquei apenas observando o papel, sem ter noção real de quantos minutos haviam passado. O meu coração estava explodindo.

Com dificuldade, eu a abri e li, devorando cada palavra.

Terminei de ler a carta banhado em lágrimas.

Era para mim!

As palavras dele eram para mim.

Na esperança de que eu a encontrasse, ele me deixou metade do seu coração... E um adeus...

O sol já se punha, então não havia o que fazer senão ir para casa. Juntei todas aquelas lembranças de volta na mochila, junto com o fantasma do Vicente, e a carreguei comigo. Depois, ainda com as lágrimas teimando em transbordar, corri como louco para casa. Eu precisava sentir os meus músculos doendo, queimando, porque a dor física era um sinal de que eu ainda existia.

Sentado na mureta em frente de casa, respirando ofegante, com o suor e as lágrimas se misturando, entendi que o Vicente estava certo: eu tinha que continuar existindo, não podia me esquecer de mim mesmo. Eu precisava encontrar um jeito de seguir em frente...

Respirei fundo e engoli o resto do choro, porque sabia que aquela fora a última vez que eu pararia na frente do prédio dele e que o cheiro das suas mãos, que haviam tocado todas as relíquias que agora ficariam no meu quarto, também evaporaria. Por mais que tivessem sido os melhores dias da minha vida, não dava para voltar atrás. Foram bonitos, foram intensos, mas haviam acabado.

Subi para o meu apartamento como se estivesse tentando retirar o meu luto — como se a dor fosse uma roupa, um cobertor, uma segunda camada de pele.

Abri a porta, larguei a chave na cômoda e senti o cheiro da massa que a minha mãe preparava. Parei na cozinha antes que pudesse desaparecer para o meu quarto. Alessandra estava na frente do fogão e ouvia *Last Kiss*, do Pearl Jam.

— Cícero... — Ela largou a colher de pau e me olhou, com pesar. — Vem aqui, meu amor. Que olhos inchados são esses? E essa mochila?

— Ah, mãe... — Mordi o lábio inferior, tentando conter o choro. — Era do Vicente. Encontrei hoje.

— Hmm... Essas coisas são difíceis, né? — Ela trouxe as mãos para o meu rosto e limpou as minhas lágrimas com o pano de prato que estava no seu ombro.

— É. Um pouco. — E aí eu senti o choro vindo, como se as comportas de uma represa tivessem sido abertas. — Ah, mãe... — Tremi. — Ele deixou uma carta, e aqui nesta mochila estão todas as coisinhas dele, as que ele tinha que esconder dos pais e... Meu Deus...

— Cícero, Cícero, meu amor. Vem cá. — Ela colocou os braços ao meu redor e acariciou o meu cabelo. — Antes de tudo, quero te pedir desculpa... Confesso que não está sendo fácil entender tudo isso, então preciso de um tempo pra digerir melhor, ok? Mas saiba que eu sempre vou estar aqui. Sempre.

Alessandra beijou a minha cabeça várias vezes, colocou as mãos nos meus ombros e me afastou, para que eu a encarasse.

— Só quero que você seja feliz, e sempre vou querer. Fomos, somos e *sempre* seremos parceiros, então quero continuar a saber sobre os seus sonhos, os seus medos e as suas dúvidas. Quero conhecer as músicas que você ouve e os desenhos que faz. Juro que vamos começar a assistir a mais filmes juntos, como você sempre quis. Continuo querendo saber se você ainda acha que a minha pochete é brega e se o seu *ketchup* favorito ainda é da mesma marca. Nada mudou, meu amor. — Ela tornou a secar as minhas lágrimas e sorriu, com os olhos marejados e o rosto muito vermelho. — Sou eu quem tem que aprender a te conhecer novamente. O amor que eu sinto por você permanece, e nem tem por que mudar. Acho que eu é que sou meio caretona e não estava preparada. O problema sou eu, e não você.

Ela então me deu um beijo demorado e molhado na testa, enquanto voltava para o seu papel de mulher durona, secando as lágrimas como se eu não estivesse vendo. Ela colocou a massa nos dois pratos e começamos a jantar.

Engraçado como a vida é um grande conjunto de encontros, desencontros e reencontros mesmo, né? No meio do caos, eu e a minha mãe nos reencontramos ali, na mesa da cozinha, com um prato de macarrão entre nós...

Antes de dormir, a minha mãe me levou até o banheiro, lavou o meu rosto, ainda vermelho por causa do choro, e sorriu ao passar a toalha pela minha pele.

— Acho que eu não estava preparada pra ver que você cresceu, filho... Pra ver você sofrendo por amor e tendo que enfrentar o mundo...

Mas faz parte da vida, né?! — Ela suspirou. — Tome um banho gelado, se recomponha e tenha uma noite tranquila de sono, viu?

Quando a minha mãe saiu do banheiro, fiquei nu e me encarei no espelho. Os meus olhos puxados pareciam um vulcão, de tão vermelhos e inchados...

Acho que eu concordava com ela. Tinha passado por muita coisa naquelas semanas, me sentia frágil, inseguro. O que eu mais queria era proteção. Não estava preparado para crescer.

O cheiro de peru se espalhou pela casa ao mesmo tempo que os Backstreet Boys dançavam todos de branco. A MTV passava uma retrospectiva dos melhores clipes da década porque, afinal de contas, era 31 de dezembro de 1999: para todo o mundo, a entrada do novo milênio, e, para mim, o começo do fim. Agora, sem o Vicente, não havia ninguém para falar sobre isso, mas eu me preparara, claro. Sentado na sala, eu comia um dos dez Kinder Ovo que eu comprara e bebia muita Coca-Cola; mesmo porque não sabia como as pessoas se virariam com alimentos após o lançamento dos mísseis — isso se alguém sobrevivesse.

Nas últimas semanas, eu dera um jeito de me despedir muito discretamente das pessoas, mesmo que elas não soubessem. Meu ato mais altruísta foi ter dado o meu álbum de figurinhas do Pokémon — maravilhosamente completo — para Karol, para que ela presenteasse o Marcelo, o cara que ela estava namorando. Também dei uns rolês nostálgicos pelos pontos estratégicos da cidade, incluindo a Padoca do Seu Zé, a locadora e até a Taverna do Dragão.

— Será que estou esquecendo algo? — a minha mãe me perguntou, com o rosto sujo de farinha de rosca.

— De ir tomar banho, dona Alessandra. — Passei o pano de prato pelo rosto dela e a empurrei pelos ombros em direção ao banheiro. — O Sérgio chega daqui a pouco, né?

— Sim! — Ela suspirou. — Fica de olho no peru? Quero que a nossa família entre com o pé direito nessa nova época, então não deixa queimar, hein?

— Ai, mãe... — Revirei os olhos. — Você sabe que nasci pra ficar de olho em um peru.

Trocamos um olhar cheio de malícia e começamos a rir alto. Era bom sentir que realmente havíamos recomeçado a nossa relação.

— Já volto, seu besta! — Ela tirou o avental e bateu em mim com ele.

Aos poucos, a minha mãe e eu recobramos o nosso antigo nível de intimidade e confiança. Nas primeiras semanas, eu ficara tão deprimido que, em vez de a Alessandra ir para casa do Sérgio e me deixar sozinho, foi ele quem passou praticamente a morar conosco. Uma coisa levou à outra e, quando percebi, eles já estavam trocando os móveis, e eu acabei ganhando a tevê velha que ficava na sala. O dinheiro para as fitas de vídeo começou a reaparecer embaixo do videocassete, os armários passaram a ficar cheios de comida para o final de semana e tudo voltou ao normal, com um padrasto de brinde, por mais que ele pedisse que eu não o chamasse assim, por achar a palavra feia.

Eu e a Alessandra, entretanto... Ah, já estávamos num nível em que eu fazia piadas sobre o Sérgio, e ela me cutucava para mostrar os meninos bonitos na rua ou para avisar que achava que tinha alguém me paquerando. A cruzada da minha mãe para me desencalhar continuava, mas eu era teimoso, e estagnara na minha solidão: de que adiantaria conhecer outras pessoas se o mundo acabaria?

Dei uma olhada no forno, mas, como aquele pininho vermelho ainda não tinha pulado, fui para o quarto. Sentei na cama, fiquei olhando para a coletânea que o Vicente me entregara em CDs separados e coloquei-a no aparelho de som. O bônus que a minha mãe havia ganhado de décimo terceiro acabou virando um computador zero quilômetro para facilitar o trabalho dela e, como não sou bobo e estava órfão de Taverna do Dragão, aproveitei para juntar as músicas que estavam espalhadas nos álbuns que ele me dera.

Assim que a primeira faixa começou, a minha cabeça se perdeu nos acordes e o meu coração afundou, perdido no velho hábito de tentar entender o que eu sentia por ele. Eu havia pegado um papel e escrito os títulos das músicas, para deixar como capa do disco. Passei os dedos pelos nomes das faixas e de repente tive um estalo.

Vicente fora bem enfático ao dizer para eu sempre ouvir as músicas na ordem que ele definira e, obviamente, havia um motivo claro para isso. E só então a minha ficha caiu.

Olhando os títulos das músicas lado a lado, fui ligando umas nas outras, e as lágrimas começaram a rolar sem controle. Vicente era tão genial, ou simplesmente se preparara para o pior por levar uma vida tão de merda, que deixou mais uma mensagem secreta para mim... Ele deixara rastros de despedida, talvez prevendo a nossa separação... Ele deixara mensagens para me consolar, para acariciar o meu coração...

01 — Blondie — **One Way Or Another**
02 — The Police — **Every Breath You Take**
03 — Aerosmith — **I Don't Want To Miss A Thing**
04 — U2 — **I Still Haven't Found What I'm Looking For**
05 — Guns N' Roses — **Knockin' On Heaven's Door**
06 — Garth Brooks — **If Tomorrow Never Comes**
07 — David Bowie — **Rebel Rebel**
08 — Beatles — **I Will**
09 — Bob Dylan — **Make You Feel My love**
10 — Sixpence None The Richer — **Kiss Me**

> One Way Or Another — Every Breath You Take — I Don't Want To Miss A Thing — I Still Haven't Found What I'm Looking For — Knockin' On Heaven's Door — Kiss Me — Rebel Rebel — I Will — Make You Feel My love

Mesmo chorando, com a visão embaçada, consegui montar a frase, que, traduzida, dizia: *De uma forma ou de outra, a cada respiração sua, não quero perder nada! Ainda não encontrei o que procuro batendo na porta do Paraíso e, se o amanhã nunca chegar, me beija, rebelde, rebelde, porque farei você sentir o meu amor.*

Engoli o choro e continuei a existir; afinal, à meia-noite, tudo mudaria.

* * *

Quando a comida começou a ser servida, apareci na cozinha com uma cara de felicidade; afinal, eu não tinha o direito de estragar a última noite de ninguém.

Comemos, conversamos, combinamos de viajar por uma semana ou duas para o litoral e, ao me levantar da mesa, senti um calor no coração. Afinal de contas, a minha mãe estaria com alguém que amava quando tudo acabasse.

— Vai passar a virada conosco, Cícero? — o Sérgio perguntou. — Ou irá se juntar à garotada lá na Praça do Presidente?

— É, vou pra lá mesmo.

A praça principal da cidade era o ponto de encontro dos adolescentes, por causa da queima de fogos e porque podiam beber longe dos pais. Em resumo, era o álibi perfeito.

— A galera do colégio estará lá. Vou também, pra não ficar segurando vela pra vocês.

— Cícero, larga de ser bobo. Se quiser ficar, não atrapalhará nada. — A minha mãe veio até mim e me abraçou. — Não seria nada mau passar a virada pro ano 2000 com os dois homens da minha vida. Mas não quero ficar me intrometendo nos seus planos, porque é bom ver você querendo sair de casa, se divertir um pouco. — Ela beijou a minha testa, correu para a pochete, pegou umas notas e enfiou na minha mão. — Vai com a Karol? Ou... — fez cócegas na minha barriga, que ela sabia que eu odiava — ... será que tem outra pessoa pintando no pedaço?

— Sérgio, por favor... — Olhei para o teto, bufei, enfiei o dinheiro no bolso e peguei a minha mochila. — Explica pra sua namorada que não estou saindo com ninguém. Ah, aproveita também pra dizer que ela não precisa ficar tentando me desencalhar o tempo todo.

— A minha namorada, por coincidência, é a sua mãe, e você a conhece melhor que eu. — Ele deu risada, levantou-se, foi até a Alessandra e a abraçou por trás. Falou, enquanto dava-lhe beijos leves na bochecha: — Quando ela mete uma coisa na cabeça, é difícil de tirar... tipo... como alguém que eu conheço... — E piscou para mim.

— Ih, Cícero... vai logo, porque o Sérgio também resolveu te encher. Dá um abraço de feliz ano-novo antes de sair, vai... — Alessandra abriu os braços. — Pra deixar a sua velha mãe contente.

— Para de fazer drama, Alessandra. — Ri, e abracei e beijei os dois por uns segundos a mais, com medo do que aconteceria à meia-noite. — Logo mais eu volto — menti.

Abri e fechei a porta o mais rápido que pude, antes que percebessem que eu estava com lágrimas nos olhos e que aquele era um adeus.

* * *

Saí pelas ruas meio sem rumo e, como fazia tempo que não acontecia, fui parar na frente do prédio do Vicente. A portaria estava um entra e sai maluco, porque, ao que me parecia, estavam dando uma festa em algum dos andares. Aproveitei o movimento e me esgueirei pela porta. Subi de elevador, que finalmente fora consertado, tentando não me encostar nos moradores meio bêbados, que iam e voltavam dos seus apartamentos.

Infelizmente, ao chegar ao terraço, vi que não estaria sozinho. Tinha uma mesa com comida e diversas cadeiras de praia, sem contar no monte de gente dançando e curtindo. Eu não estava preparado para ter que socializar, então passei por todos com a cabeça baixa, para que não notassem a minha presença. Instalei-me ao lado da caixa d'água, o que me dava certa privacidade, porque era mais afastada.

Olhei o relógio.

Faltavam exatamente vinte minutos para o fim do mundo.

De onde eu estava, conseguia captar pequenos fragmentos de conversa e música que eram trazidos das ruas paralelas. Encostei-me no parapeito, acendi um cigarro e observei as pessoas circulando, pulando, festejando, pensando que ainda tinham tanta vida pela frente. No meu coração, não havia motivos para comemorar: os sistemas operacionais se descontrolariam, as bombas explodiriam, os mísseis seriam disparados, tudo pararia de funcionar, seria o fim da civilização. Talvez alguns sobrevivessem para se virar como pudessem, mas eu estava pronto para o pior.

O pior.

Estiquei no chão o edredom do Vicente, que havia sido cúmplice de momentos tão especiais, sentei, pus os fones de ouvido e coloquei a coletânea dele para tocar. Apesar de já saber de cor todas as músicas, não havia trilha sonora mais perfeita. Tínhamos combinado de passar a virada e o fim do mundo juntos e, apesar de o corpo dele não estar ali, o espírito e as coisas que ele gostava estavam: na voz de cada um daqueles vocalistas, misturados aos acordes que já se achavam gravados na minha memória.

Fechei os olhos e tentei me lembrar da voz e do rosto do Vicente. Senti as lágrimas descendo pelas minhas bochechas quando me dei conta de que, a cada dia, uma linha das suas feições e uma nuance da sua risada se apagavam da minha memória. Tentei imaginar onde ele estaria e com quem. Torci para que estivesse de olhos fechados também, pensando em mim, esperando que tudo acabasse para que nos encontrássemos. Apesar de continuar não acreditando em Deus ou em vida após a morte, caso o mundo acabasse por causa da volta de Jesus, eu esperava que quem mandasse na porra toda fosse o Deus dele, porque Ele era feito de amor, e amor era só o que existia dentro de mim.

Aproveitei para fazer uma retrospectiva dos meus melhores momentos. Por mais que ainda fosse muito novo, eu tivera uma vida satisfatória em vários aspectos: a minha mãe era incrível, eu podia contar com a Karol para o que desse e viesse, e o Sérgio também era um ótimo pré-padrasto. Além disso, vivi uma aventura inesquecível, amei e fui amado. Vi o meu reflexo nos olhos do Vicente, e ele se enxergou nos meus; e quando os nossos corações pulsavam, eles se transformavam em sol e nos iluminavam. Quantas pessoas não passariam pela vida sem ao menos ter sentido algo parecido com isso?

Abri o zíper da mochila e admirei as coisas que trouxera dentro dela: a caixinha com a coletânea e a carta dele, uma garrafa de vinho igual à que tomamos juntos, um maço de cigarros da marca que ele fumava, o meu caderno de desenhos, o Kinder Ovo que me lembrava a Karol, uns cartões de visita com o nome da minha mãe... enfim, todas as coisas que eu mais amava nesta vida. Queria partir do mundo agarrado a elas.

Rodeei-me de todas as minhas lembranças, abri o vinho e tomei um gole. Acendi o cigarro e traguei profundamente. Ainda de fones de ouvido, eu me sentia pronto para o que iria acontecer.

Por mais que o apocalipse pudesse demorar a chegar à minha cidade, provavelmente aconteceria em algum lugar do mundo antes, sei lá, em uma capital? Levei a garrafa à boca e deixei a bebida descer sem pressa. Pousei a mão na carta dele. Até que começou a contagem regressiva.

10... 9... 8... 7...

No terraço, as pessoas começaram a gritar e a pular.

6... 5... 4... 3...

Vicente, eu te amo, mentalizei, com força, para que o meu pensamento chegasse até ele.

2... 1...

Fechei os olhos e esperei o pior.

Os fogos começaram a explodir.

O meu corpo começou a tremer. A cada estouro de rojão, eu me encolhia mais, com medo, chorando mais forte, desesperado na minha solidão infinita. Era uma questão de poucos minutos até que as nuvens radioativas cobrissem a Terra e acabassem com qualquer chance de sobrevivência.

Respirei fundo, pronto para a detonação mais forte, para os tremores de terra, para os gritos de gente correndo desesperada pelas ruas e...

Uma mão pousou nas minhas costas.

— Feliz ano-novo! Feliz ano-novo, docinho! — Uma senhora me olhava com os olhos muito brilhantes e um sorriso enorme no rosto. Ela continuou: — Que essa nova época te traga muita paz e...

— Não! — Eu a encarei sem saber como reagir, e corri até o parapeito. Lá embaixo, a vida continuava em festa. — Não é possível!

Voltei para o meu canto, enfiei tudo do jeito que pude na mochila e saí correndo.

Eu queria mor-rer!

Eu queria morrer porque *nada* estava acontecendo.

Nada!

O mundo não estava acabando.

Pior, o mundo continuava girando, existindo e seguindo em frente. Ninguém sabia que o Vicente fora embora, muito menos que o meu coração se partira e doía todas as manhãs. A ideia de me sentir uma ínfima partícula sem importância no universo tomou conta da minha alma e fez com que eu me sentisse um bosta, um merda.

Por mais que soubesse que o Bug do Milênio podia não acontecer, era muito mais fácil acreditar que tudo acabaria, que não existiria mais mundo para eu ter que encarar a vida; afinal de contas, encarar a vida significava aceitar a perda. Aceitar que o Vicente havia partido para sempre.

O céu brilhava...

Continuava brilhando...

Fui correndo até perto de casa, porque eu precisava descarregar a minha energia. Parei numa praça próxima e procurei um canto mais escondido, que me oferecia o mínimo de privacidade. Ali, nas sombras das árvores, descarreguei toda a tristeza que acumulara por ter acreditado que o mundo acabaria. Deixei toda a frustração se amontoar na minha boca e gritei, gritei como um louco, porque era necessário que eu aceitasse que estava sozinho, que o Vicente se fora e que eu precisava seguir em frente. Por isso, abri a carta mais uma vez, a última.

Cícero,

Tudo o que eu mais queria nesta vida era ser normal. Normal mesmo, sabe? Daquelas pessoas que não fazem nada fora do comum, que se contentam com pouco e não pensam muito na vida. Desejava a invisibilidade: não ser notado na multidão, passar pelo mundo como aquele menino cujo nome ninguém se lembraria. Em outras palavras, aquele lance escola-casa-academia, tudo muito bem acompanhado por uma família normal, amigos normais, rotina normal e, principalmente, um amor normal.

Eu olhava pra dentro de mim mesmo e questionava os meus defeitos, procurando um poço fundo, muito fundo, no qual a minha normalidade se escondia. Era patológico, até: eu observava os meus movimentos no espelho, tentava adivinhar como as pessoas me enxergariam, gravava na memória os gestos que não condiziam com o que todo o mundo esperava de mim e me policiava ao máximo pra deixar de fazê-los. Chegava ao cúmulo de controlar a minha voz e o ritmo da minha fala. Sabe por que eu fazia isso? Porque tinha medo de ofender os outros. Ofender os outros, Cícero! Consegue imaginar isso?

Na verdade, nessa minha busca pela minha normalidade, eu não tinha percebido quem era o verdadeiro ofendido. Cícero, eu era tão cego! Te juro que não conseguia entender que essa minha recusa em ser quem sou fazia mal pra mim mesmo. Pior, muito pior: era uma violência contra a minha essência, contra tudo que havia nascido comigo e dentro de mim.

Você sabe o que acontece aqui em casa... Viu as provas na minha pele. A minha mãe, o meu pai, a igreja e sei lá qual porcentagem do mundo, todos querendo que eu sucumbisse às regras que eles inventaram, aos padrões que eles impuseram. E quem inventa essas coisas? Em um nível muito básico de comparações, quem consegue ficar sem respirar, comer ou dormir? Pois é. Era esse tipo de violência que eu vinha impondo a mim mesmo.

Escondido, eu existia. Pegava todas as coisas especiais que me tornavam o que sou e guardava em locais espalhados por aí, como você viu. Na minha avó, eu encontrava um porto seguro. No terraço do prédio, uma passagem pra um mundo onde eu era possível. De migalha em migalha, nos poucos minutos em que conseguia respirar longe dos meus pais, tentei construir um horizonte viável, à procura de um fio de esperança do lado de fora da minha cabeça e da minha alma.

Foi quando te conheci.

Sabe, eu meio que já tinha decidido que teria que viver sozinho. Sei que sou muito novo, não precisa revirar os olhos, mas, Cícero, você consegue entender o tipo de pressão que eu sofria todos os dias? A minha família e quase todos que eu conhecia dizendo que os gays eram a praga do mundo, que todos morreriam de doenças inimagináveis? Em outras palavras, eu tinha que ouvir diariamente que eu

240

era uma abominação. Uma abominação! Que palavra mais grande e absurda para ser usada como sinônimo de amor.

Ainda não consigo entender direito como acontecemos, como nos achamos. Mais difícil ainda é tentar racionalizar o que ocorreu entre nós e como as nossas almas se encontraram, mas o que posso dizer é: você foi uma resposta, um raio de esperança que me mostrou que eu realmente não estava errado. Não tenho palavras pra demonstrar a minha gratidão. Cícero, eu te amo e te agradeço por me mostrar que o amor não é errado.

Foi tão rápido... Mal troquei algumas palavras com você e já sabia, podia sentir uma força muito quente que me empurrava na sua direção. Mesmo você sendo todo desajeitado, sem nem perguntar o meu nome, havia esse fator inexplicável que me jogava na sua órbita e fazia com que eu quisesse mais: saber mais, conversar mais e estar mais perto. Foi natural, como se eu tivesse nascido pra cruzar o seu caminho.

Acredito muito em Deus, e é por isso mesmo que creio, com todas as minhas forças, que você foi colocado na minha vida pra me mostrar que tenho que continuar, que tenho que resistir. Porque se sou um sol pra você, você também é exatamente isso pra mim: um sol, uma estrela, um guia que ilumina as minhas noites mais tristes e sombrias e me mostra um caminho a seguir.

No momento, não há o que fazer. Vou embora pra outra cidade, que eu não sei nem qual é, e você vai ficar. Mas tudo no universo é ligado por energias. E mesmo com vontade de morrer, com o coração aos pedaços, tento ser grato a tudo o que aconteceu. Agora, enquanto escrevo esta carta, posso sentir o calor das suas mãos nas minhas, o gosto dos seus lábios nos meus, o que é o bastante pra me deixar vivo e é muito mais do que achei que um dia teria. Por isso, te agradeço.

Cícero, você é o meu grande amor, o meu primeiro amor, e quero que saiba que graças a você eu vou continuar existindo... Você não tem ideia dos milhares de formas com que você me libertou, cada *pouquinho de realidade e de futuro que me deu, dos milhares de finais felizes perdidos nos segundos em que estávamos juntos.*

Estar com você foi a melhor coisa que me aconteceu. As nossas brincadeiras, a nossa cumplicidade, os nossos gostos e diferenças, as nossas noites, os nossos corpos. Sentir você em cada parte de mim... Tudo. Absolutamente cada pequeno pedaço de amor que compartilhamos vai ficar gravado na minha alma pra sempre.

Por isso e por todo o resto, eu te peço: não se deixe amargurar. Continue vivendo, Cícero. Continue sendo essa pessoa maravilhosa, continue sorrindo e continue amando. Deixe que a sua luz se espalhe pelo mundo todo, brilhe sempre, pra que eu possa te enxergar no céu, pra que possa ter certeza de que você ainda está bem em algum lugar.

Sei que o mundo vai acabar. Sei que faltam poucos meses pra que tudo se desfaça. Quer o mundo acabe do meu jeito, quer do seu, a única coisa que posso dizer é que tudo valeu a pena, tudo foi maravilhoso, ainda que rápido demais. Os poucos dias que tive junto de você valeram a minha vida toda, e vão me manter aquecido até os últimos momentos. Esteja certo de que é nos seus braços que espero acordar no Paraíso, num lugar cheio de possibilidades, num lugar onde eu e você... onde o nosso amor será natural, onde não haverá nenhuma ameaça, e poderemos brilhar juntos.

E caso o mundo não acabe, preciso que você siga em frente. Preciso que você continue, meu amor. Você é o meu herói, e o mundo precisa de gente como você. Com o seu olhar ingênuo e doce que é completamente transformador.

Espero muito que você encontre esta carta, que entenda os meus motivos. Eu te desejo toda a felicidade do mundo, porque você faz do universo um lugar melhor só por existir.

Vou morrer um pouco a cada segundo que estiver longe, mas irei embora de cabeça erguida, porque você me salvou, porque você foi e sempre será quem me mostrou que a minha existência é possível. Se você gosta de mim, Cícero, nunca se esqueça disso. Continue sendo feliz. Continue acendendo o mundo com o seu sorriso e, se for pra ser, eu vou conseguir te achar de novo.

Te agradeço por tudo, te amo de todas as maneiras. Nunca te esquecerei.

Resista, exista, que eu farei o mesmo por nós.

Chegou a hora. Obrigado por ter brilhado pra mim. Quando o sol esquentar a sua pele, lembre-se de mim, porque sempre pensarei em você.

Adeus, meu amor.

Do seu, sempre seu,
Vicente.

O meu corpo todo tremia, e as lágrimas embaçavam a minha visão. Mas eu consegui. Olhei para o céu, como se pudesse encarar o universo, e proclamei o significado que tudo aquilo teria dali em diante na minha vida.

— Obrigado por tudo, Vicente. Até um dia.

35

Dias atuais.

— AI, MEU DEUS!!! CÍCERO!!!

Senti o peso de alguém em cima de mim, me abraçando. Quando dei por mim, a Karol já tinha me agarrado com gosto. Ela segurou o meu rosto e beijou minha bochecha repetidas vezes.

— Puta merda! — Afastei-me, tentando me recuperar do susto.

— Parece que você andou vendo fantasmas, garoto!

Eu ri. Mal sabia ela como aquelas palavras faziam sentido...

— Karol! Você me assustou, caralho!

— Olha a boca! — Karol empostou a voz. — Palavrões são muito feios. Não são, crianças?

Só então notei os três pequenos próximos da gente.

— Meu Deus! São os seus filhos! Desculpa pelos palavrões.

— Digam oi pro tio! — Karol passou a mão pelo cabelo dos três e continuou: — É tão difícil educar esses bichinhos; preferia três filhotes de leão! — Empurrou-os de leve, como se os autorizasse a sair correndo para brincar. — O que você vai fazer agora?

244

— O aniversário de um dos seus trinta e cinco filhos é só à noite, né? — zombei enquanto ela revirava os olhos. — Então, estou por sua conta!

— Nesse caso, vamos lá no meu antiquário! — Ela enlaçou o braço no meu e beliscou a minha barriga. Estava diferente, cheia de tatuagens e com o cabelo tingindo de vermelho. — Quem sabe você não se anima e gasta um pouco dos seus milhões na minha loja.

— Vamos! Tem tanta coisa que eu preciso saber...

— E contar também, né, bonitão? — Karol bateu com o quadril no meu.

Eu vira a Karol pela última vez muitos anos atrás, quando fui embora para estudar. Depois disso, foi curso atrás de curso e, como a minha mãe e o Sérgio também se mudaram, acabei não voltando mais.

— Sim... Mas primeiro você, garota! Me fala do antiquário. Dos seus filhos! Uau! Três crianças... Eu nunca imaginei.

O clima estava ótimo; uma brisa fria passeava por nós, enquanto o sol esquentava a nossa pele. O sentimento de nostalgia, de estar de volta à cidade, foi tomando conta do meu peito pouco a pouco.

— Vendo de tudo, lá. É brechó, antiquário e também tem um bar bem ajeitadinho com umas bebidas importadas, para os *hipsters* da cidade. — Olhou para mim e sorriu. — Acredita que a nossa cidade evoluiu tanto que temos até *hipsters*? Aqueles das cervejas artesanais? Normalmente, não abro o bar às terças, mas você é uma visita ilustre. Posso preparar uns aperitivos, escolher um bom vinho vagabundo e a gente relembra o passado e coloca o resto do papo em dia, o que acha? — Antes que eu pudesse responder, Karol gritou: — Raphael, Laura e Joaquim! Sem corre-corre. Aqui, junto da mamãe!

— Por mim, sinceramente, está maravilhoso. — Suspirei. — Agora me conta dessas três crianças! Estou muito curioso.

Rindo, Karol deu de ombros.

— Então... Vou tentar fazer um resumão! Depois dou os detalhes. O Raphael é o mais velho, o menino negro... Cara, o pai dele é um angolano que... puta merda, acabava comigo na cama! Foi ele quem começou a fazer estas tatuagens todas nos meus braços. Muito talentoso, um amor de pessoa, mas um safado... — Fez uma careta. — Eu não tinha paciência para as pisadas de bola dele, então mandei passear. Depois veio o Mark, um americano, que é o pai da Laura, que tem os olhos verdes dele; aliás, é a cara dele. O Mark era perfeito, um fofo, até morarmos juntos... O cara se mostrou um filhinho de papai de merda, que achava que o mundo girava em torno dele. Não lavava uma louça, e começou com umas paranoias de que o Brasil estava afundando e que deveríamos ir morar no Kentucky. — Karol fez que não com a cabeça. — Esse papinho bosta entrava por um ouvido e saía pelo outro, porque eu gostava dele; o problema foi o dia em que quis levantar a mão para mim. — Ela riu. — Uma das bolas dele deve estar esmagada até hoje por causa disso. — Parou pra pegar as mãos das crianças antes de atravessar a rua. — Finalmente, veio o Denis, o pai do Joaquim, e a Beth...

— Como assim Denis e Beth? Quem é Beth?

— Hmm... É a minha namorada.

— Oi?! — Arregalei os olhos, enquanto atravessávamos a rua. — Mas e o Denis?

— É o meu namorado. — Karol gargalhou. — Cícero, você sabe que sempre fui uma pessoa muito livre em termos de amor, né? Sempre deixei o meu coração mandar na minha vida, e me orgulho muito disso. Pois bem. Moramos todos juntos: eu, a Beth, o Denis e os nossos filhos.

— Karol, sua doida! — Eu a abracei. — É a tua cara mesmo um relacionamento assim. Mas o que importa é você ser feliz.

— É... e eu estou muito feliz! Nunca tinha imaginado isso... Pelo menos não naquela época. Ser mãe de três, namorar a três... Acho que três é o número perfeito. — Ela suspirou alto. — Cabalístico.

— Coisas que só acontecem na sua vida louca!

— E que bom que é louca... A verdade é que esses três homens foram e são os meus grandes amores. Foram e ainda são pessoas fundamentais na minha vida, que acabaram me marcando de uma forma completamente profunda, sabe? Cada um dos meus filhos foi feito com amor, foram planejados, e são uma forma de celebrar e manter vivo esse sentimento de ser parte do universo, entende? — Ela bagunçou o meu cabelo. — Se um dia você tiver filhos, quem sabe compreenda. É um bagulho louquíssimo. Sou alucinada por esses pirralhos.

As crianças passaram correndo por nós, brincando de pique-pega.

— E você? Sei de algumas fofocas, porque te acompanho pelas redes sociais, mas nada como ouvir da boca da pessoa, né?

— O que quer saber?

— Ah... — Deu um soquinho no meu ombro. — Pode ir abrindo o jogo. E aquele loiro que vivia aparecendo com você nas fotos?

— O Anthony?

— *Anthony*? — Ela debochou num sotaque medíocre. — Me fale do *Anthony...*

— Ele é espanhol; os pais eram britânicos, daí o nome. — Exalei um suspiro, meio desanimado por me lembrar da fossa que vivi por causa dele. — Nós nos conhecemos quando viajei pra visitar uma exposição em Milão.

— E aí?

— Então... — Cobri o rosto com as mãos, meio envergonhado. — Foi uma coisa meio maluca. Quando o conheci, ele estava numa situação muito foda. Não tinha lugar pra morar, e uma coisa leva à outra, acabei chamando o Anthony pra ficar lá em casa. Sei lá... Ele era totalmente diferente dos caras com quem eu estava acostumado, e resolvi arriscar. Eu já era adulto, e quis tentar uma relação mais estável. — Enfiei as mãos nos bolsos, olhei para ela e suspirei de novo. — Eu nunca dera uma chance de verdade pra ninguém depois do Vicente. Eram apenas uns casos esparsos aqui e ali, sabe? Mas o Anthony tinha alguma coisa... algo diferente que me atraiu e me fez pular de cabeça. Fomos felizes por uns anos, até que começou a não dar mais certo.

— E por quê?

— Não sei direito. — Dei de ombros. — A gente acabou se tornando mais amigo do que qualquer outra coisa. Aí, não éramos mais um casal. Acho que perdi o interesse. É estranho e totalmente bizarro, mas parece que até hoje não consegui superar a perda do Vicente. Toda vez que alguma coisa ficava difícil em um relacionamento, eu acabava comparando com o que tive com ele e desistia. Eu meio que buscava aquela euforia, aquele frio na barriga, aquela sensação que ele me causava, entende? — Olhei para o chão. — Sei que fui injusto com todo mundo, porque o Vicente é um fantasma...

— Puta merda... — Karol revirou os olhos e bufou. — Não consigo nem imaginar o que seja isso. O amor é raro, Cícero. A gente tem que dar chance a ele e também deixar ir quando não deu certo. Vicente te assombra há vinte anos... — Ela pegou na minha mão e apertou de leve. — Nem sei o que eu faria. Mas você está certo em deixar as pessoas irem. Se não tem fogo em uma relação, não tem paixão; pra mim, não vale nem a pena...

— Pois é! — Eu não queria falar do Vicente. Aquela história já devia estar enterrada e, por muito tempo, eu pensei que estivesse. No entanto, ter voltado para a cidade fez algo dentro de mim se revirar; aí, usei a velha tática de desconversar: — Mas eu sou muito feliz profissionalmente. Inclusive, devo ficar até o fim de semana aqui na cidade!

— Não brinca comigo!

— É sério! Estou meio que coordenando uma grande exposição que visitou vários países e agora vem pro Brasil. Está sendo ótimo, mas tirando o meu sono. Então, me dei esse descanso merecido!

— Porra! Tá podendo, hein, Cícero?! Virou alguém importante mesmo! — Karol pousou a cabeça no meu ombro. — Quem diria que aquele garoto magrelo pra quem eu dava direto se tornaria um homem tão incrível! Devíamos ter feito um filho juntos, sabia?

— Não seja boba! — Ri de leve e a empurrei. — Continuo o mesmo bobão de sempre, só a profissão que mudou, mais nada.

— E essa exposição, é sobre o quê? Estou curiosa...

— Você vai achar graça, mas é uma grande mostra sobre a história dos quadrinhos no mundo.

— Que legal! — Karol debochou. — Isso só mostra que talvez você ainda tenha gostos infantis, mas que legal! Fico feliz por você.

Fiquei rindo ao observar a Karol correr atrás dos filhos, que se afastavam, alguns passos a nossa frente; logo ela voltou de mãos dadas com eles e continuou:

— Deve ser muito interessante, mas não te isenta da zoação que vai rolar mais tarde por causa disso. Vai dizer que ainda lê... como era o nome mesmo? — Ela fez uma careta, puxando pela memória. — Ah! Vai dizer que ainda lê *Under Hero*?

— Olha, vou desconversar. Você tem três filhos lindos.

Gargalhamos alto, como nos velhos tempos. Era bom ter uma amizade assim. Eu sempre tive a impressão de que amizades verdadeiras não envelhecem.

— Vou deixar de te zoar porque estou com saudade! — Karol suspirou e se iluminou, como eu nunca tinha visto antes. — Mas, sim! Os meus filhos são a minha vida. Por um tempo foi uma barra segurar as pontas sozinha. Inclusive, sempre me lembrava da sua mãe e pensava em todas as mulheres foda que criam os filhos sozinhas. Porque não é mole, não. Aliás, como está a dona Alessandra?

— Putz! — Sorri. — Continua ótima. Inteirona. Está com o Sérgio até hoje. Os dois estão prestes a se aposentar e a mudar pro litoral pra curtirem o resto da vida à beira-mar, tomando caipirinha e comendo isca de peixe. Pelo menos é isso o que dizem, né?

— Inveja! Tem tanto tempo que não vejo a cor do mar, que nem sei... — Karol então parou de andar e os seus filhos se amontoaram perto da gente. — Chegamos!

Paramos diante da porta de madeira do antiquário dela, mas algo me chamou a atenção. Reparei em uma porta redonda e vermelha do outro lado da rua.

— O que é aquilo ali?

— Cícero, Cícero! — Karol chacoalhou a cabeça. — Você não leva jeito mesmo. Mal chegou à cidade, e a única coisa que te chama a atenção é a loja de quadrinhos.

— Está aí faz tempo?

— Acredita que inaugurou esta semana?! Nunca fui, porque senão os meus filhos vão ficar curiosos e estou contendo despesas. — Apontou a porta. — Essas crianças capitalistas me fazem perceber que fazer o meu salário durar é um milagre diário.

Dei uma risadinha antes de falar:

— Vou dar uma olhada e já volto.

Karol segurou os meus ombros e me encarou, muito séria.

— Te dou dez minutos pra dar uma boa verificada em tudo e voltar pra cá, senão vai dormir na rua. Nerd!

— Chata! Vai abrindo o bar aí pra gente, que já volto. — Fui me afastando. — Dez minutos são tudo o que eu preciso!

Então eu vi!

Em letras garrafais, estava escrito: TAVERNA DO DRAGÃO. O meu coração deu uma acelerada forte, e os meus olhos se encheram de lágrimas, com a melancolia das lembranças e o saudosismo dos meus quinze anos.

Atravessei a rua, ainda emocionado. Foi na antiga Taverna do Dragão que a minha paixão por *Under Hero* começara. E foi lá que eu conheci o amor pela primeira vez...

Ao passar pela porta fiquei impressionado. Claro, a loja ainda tinha cheiro de nova, e tudo estava categorizado por editora e título, ou seja, muito diferente de sua versão anos 90. Porém, não consegui evitar que as imagens do passado se sobrepusessem ao novo *layout*: eu até chegava a ouvir a galera gritando nas batalhas de videogame e a voz do Stephen King conduzindo os jogos de RPG... Suspirei e balancei a cabeça, para voltar para 2019. Eu já tivera a minha cota suficiente de 1999 pelo dia.

O estabelecimento estava vazio, então era difícil mandar os fantasmas embora. Sorri e engoli as lágrimas. Fui passando o indicador

250

pelos balcões, como se quisesse garantir que não fora parar em uma realidade alternativa, tipo, sei lá, *De Volta para o Futuro*, sem ter muita certeza do que eu procurava.

Como estava meio distraído, perdido na minha teia de saudosismo, acabei tropeçando numa mesinha com o que sabia ser alguns títulos considerados mais raros. Tremi ao notar os sacos transparentes que protegiam todos os 35 títulos de *Under Hero*.

Eu não podia acreditar. O meu coração se apertou, porque não estava preparado para topar com aquelas HQs que foram tão importantes na minha adolescência. Abri cuidadosamente o durex que fechava o primeiro número e comecei a folhear, e tive que engolir em seco a emoção.

Em julho de 2000, um ano depois da publicação do número 34, o P. C. Bicalho finalmente pariu o último volume para o mundo. A edição 35 era tudo o que eu desejava que a HQ tivesse — muita ação, porradas e um final feliz. O problema foi que a vida tinha me atropelado e, quando terminei de ler, a história já não fazia mais tanto sentido para mim. Não fazia sentido viver a história sem o Vicente. E tudo o que envolvia o *Under Hero* se tornara um conjunto de símbolos que me lembrava de uma época que fora embora para nunca mais voltar; então, acabei mais triste que feliz.

— Desculpa! Essas não estão à venda, são muito significativas pra mim. Mas... — Rindo de leve a pessoa completou: — ... pode ler à vontade, viu?

Virei-me na direção da voz.

O cara estava atrás da caixa registradora, mexendo nas prateleiras. De costas pra mim. Devia ter a minha altura, mais ou menos. E num canto, pendurado numa moldura de madeira e vidro, estava o desenho que eu fiz vinte anos atrás do *Under Hero*... O desenho que ficou com o...

O homem colocou uma edição de capa dura de alguma HQ em cima do balcão e finalmente me olhou.

Teve um segundo de reconhecimento, que pareceu durar uma eternidade, e então ele sorriu por trás de um bigode e cavanhaque muito bem-feitos e passou os dedos pelo seu cabelo levemente bagunçado.

As minhas pernas ficaram moles e, por um instante, achei que fosse explodir. O meu coração batia tão forte que parecia querer me fazer lembrar de como me senti quando me apaixonei pela primeira vez.

O frio na barriga, a adrenalina, o sentimento de ser invencível, de poder tudo — o meu coração revivia tudo isso em uma fagulha de instante.

Abri a boca para pronunciar o nome dele, mas a minha voz se perdera em algum lugar dentro de mim. Foi quando ele ergueu a mão e fez o símbolo do *Under Hero* em frente ao rosto.

Eu sorri.

Ele sorriu.

E nós dois brilhamos, porque éramos feitos de sol.

AGRADECIMENTOS

Desde que surgi no mercado literário, vi muitas coisas acontecendo. Transformações na minha escrita, na forma como as pessoas me viam, e em como eu próprio enxergava o mundo; isso se reflete de maneira direta na minha forma de contar histórias. Não foi fácil escrever *Feitos de Sol*. Eram muitos sentimentos, traumas e desabafos que eu precisava colocar no papel de uma maneira sincera e que fizesse sentido na ficção. E algumas pessoas foram essenciais para que isso ocorresse:

Obrigado, Pedroca, por não ter desistido de mim e ser o melhor editor do mundo. Agradecimentos eternos à Alessandra. Você foi paciente, amorosa e me ensinou coisas que mudaram minha escrita de uma forma permanente. Eu nunca mais serei o mesmo escritor depois de você, e você sabe disso! Obrigado também a toda equipe da Faro Editorial: do editorial, a Carlinha; do comercial, o Cadu, o Caio, a Carol, o Diego; da equipe gráfica, o grande Osmane. Muito obrigado!

Obrigado também às minhas agentes: Lúcia e Eugênia, pela visão única de vocês.

Obrigado à minha família, que apoia cada decisão louca que eu tomo. Silvio, Lucilene, Patrick, Gustavo e Victória. Meus avós, tios e tias, meus cachorros, gatinhos e amigos, que nunca deixam de acreditar que eu poderei fazer coisas incríveis na minha vida.

Um muito obrigado aos meus leitores, TODOS, SEM EXCEÇÃO, que não deixam de me empurrar sempre para a frente! Nossa conexão é única e só a gente sabe disso. Um especial a alguns que leram *Feitos de Sol* muito antes de ele se tornar este livro, são eles: Lailie, Ailton, Diego, Thiago e Carlos. As impressões de vocês foram essenciais para o livro evoluir ao que se tornou.

Por fim, muito obrigado ao menino que viu o sol em mim.

Outros livros de Vinícius Grossos:

O GAROTO QUASE ATROPELADO

Uma história emocionante sobre adolescentes que escolhem acreditar no que sentem. Você vai se emocionar!

1+1 A MATEMÁTICA DO AMOR

O que fazer com um turbilhão de sentimentos quando se tem apenas 16 anos?

O VERÃO EM QUE TUDO MUDOU

A vida às vezes nos traz inúmeras surpresas... Sem avisar ela muda de direção.

ASSINE NOSSA NEWSLETTER E RECEBA
INFORMAÇÕES DE TODOS OS LANÇAMENTOS

www.faroeditorial.com.br

Há um grande número de portadores do vírus HIV e de hepatite que não se trata. Gratuito e sigiloso, fazer o teste de HIV e hepatite é mais rápido do que ler um livro.
FAÇA O TESTE. NÃO FIQUE NA DÚVIDA!

CAMPANHA

ESTA OBRA FOI IMPRESSA
EM OUTUBRO DE 2021